Ditmar Doerner

Schneefeste

Ben Deickers erster Fall

DIX
VERLAG

Ditmar Doerner

Schneefeste

Ben Deickers erster Fall

DIX
VERLAG

Für Miriam, Fabian und Daniel

Unser gesamtes lieferbares Programm und
viele ergänzende Informationen finden Sie unter
www.dix-verlag.eu

eBook dieses Titels: ISBN 978-3-941651-30-2

ISBN 978-3-941651-20-3

Coverillustration: Natalie Eichhorst-Ens, Köln
Gestaltung und Satz: fototypo Berlin
Druck und Bindung: CPI – Ebner & Spiegel, Ulm
Printed in Germany

Ein feiner Nebel zog über die Häuser des Dorfes und ein unbeteiligter Beobachter hätte sich am Bild der Dutzend alten Fachwerkhäuser erfreuen können, aus deren Schornsteinen in dünnen Schwaden Rauch in den Schnee verhangenen Himmel schwebte. Doch es war noch früh am Morgen und niemand, weder ein Einheimischer, noch ein Auswärtiger, war zur Stelle, um die letzten Augenblicke des Friedens in dem kleinen Dorf genießen zu können. Eine tiefe Stille lag über den verschneiten Häusern, eine Stille, wie sie nur in einem kalten und schneereichen Winter möglich ist.

In den Ställen waren ab und an Kühe zu hören, die gemolken werden wollten. Das metallene Scheppern der Geschirre, mit denen sie an ihren Plätzen nebeneinander festgemacht waren, hatte bereits vor dem Morgengrauen eingesetzt. So wie jeden Tag. Und obwohl es schon kurz vor halb sieben war, zeigte sich noch keiner der Einwohner auf den engen Gassen des Dorfes. Das lag nicht nur etwa daran, dass für die Kinder bereits Weihnachtsferien waren, sondern an den Schneemassen, die das kleine Dorf vor drei Tagen zugedeckt hatten. Vor genau zweiundsiebzig Stunden war es dem Räumdienst der Gemeinde zum letzten Mal gelungen, bis in die kleine Ortschaft vorzudringen. Seitdem war das Dorf von der Außenwelt abgeschnitten.

An den Seitenstreifen der Straße hatte der zur Seite geschobene, schmutzige Schnee kurz das friedliche Bild der vollkommenen Winterlandschaft zerstört, doch die wieder einsetzenden Schneefälle hatten die Idylle rasch wieder hergestellt.

Wäre das nicht der Fall gewesen, wäre das Dorf nicht eingeschneit worden, hätte es also vielleicht getaut oder wäre irgend jemand in der Gemeinde auf die Idee gekommen, für die kleine Ortschaft eine Art Schnee-Notfallplan zu erstellen, dann wären die kommenden Ereignisse vielleicht nicht so passiert, wie sie dann passierten. Und wie es nur der Wunsch eines Einzigen war, der sogar dafür gebetet hatte, dass das Dorf für einige Tage zu seiner eigenen, kleinen Welt, seinem eigenen kleinen Kosmos würde. Mit all seinem Guten – und all seinem Bösen.

Erster Tag

Kapitel eins

Wenn man nach langer Zeit wieder allein in seinem Bett schläft, dann ist dieser Schlaf häufig unruhig, leicht und nicht erholsam. Wenn man dann eine stille Minute in sich hinein hört, scheint es, als signalisiere der Körper, dass er nun verletzlicher ist, weniger geschützt und anfälliger für Angriffe von außen.

Auch Paul Jonkers Schlaf war unruhig, leicht und wenig erholsam. Vor knapp einem halben Jahr hatte der Krebs seine Frau Lina geholt, nach fünfundvierzig Ehejahren. Hier in diesem alten, am Fußende schon wurmstichigen Holzbett, das hier schon gestanden hatte, als sie beide hier eingezogen waren.

Eines Morgens, an einem sonnigen Samstag im Juli, er war gerade vom Bettrand aus in seine Pantoffeln geschlüpft, hatte er diese ungewohnte Stille bemerkt. Er hatte gestutzt, gelauscht, ohne sich zu rühren, aber alles, was er gehört hatte, war das Rauschen der Blätter und das aufgeregte Gezwitscher der Spatzen und Amseln draußen in den Kirschbäumen. Es hatte das angestrengte Atmen seiner Frau gefehlt, das ihn die vergangenen Monate des Öfteren beinahe in den Wahnsinn getrieben hatte, und das er nun – kaum zu glauben – mit einem Schlag vermisste.

Auch heute Morgen wälzte sich der alte Bauer wieder ruhelos von einer Seite zur anderen. Er wusste, dass er nicht mehr einschlafen würde, jetzt nicht mehr, wo er einmal ans Denken gekommen war. Trotzdem hielt er die Augen geschlossen. Eine schwache Helligkeit drang durch seine Lider. Während er dalag und versuchte, sich zu entspannen, an irgendetwas anderes zu denken als an seine Frau, schob sich ein leises Geräusch immer mehr in den Vordergrund seines Bewusstseins. Es war das Zerren der Kühe in ihren Geschirren drüben im Stall. So unruhig bewegten sie sich nur, wenn sie noch nicht gemolken waren.

Eine Sekunde lang wollte Paul sofort aufspringen, doch dann erinnerte er sich, dass Rainer versprochen hatte, in dieser Woche das Melken der Kühe zu übernehmen.

Sein Sohn wohnte seit drei Jahren gegenüber, wenige Meter vom Elternhaus entfernt, getrennt nur durch den gepflasterten Hof, auf dem allerlei Traktoren, Anhänger, Wasserwagen und Pflüge standen. Früher hatte Paul selbst dort gewohnt und vor ihm sein Vater. Das kleinere Haus dort drüben war immer schon das Anwesen der jüngeren Generation gewesen; solange, bis die Alten abtraten.

Paul setzte sich auf und blinzelte durch einen schmalen Spalt zwischen den zugezogenen Vorhängen. Es dämmerte. Gleichzeitig sah er die fast runde Scheibe des Mondes, die die Bäume vor dem Fenster in ein silbrig helles Licht tauchte. Kleine, trockene Schneeflocken fielen gelassen und lautlos gegen das Fenster. Auf dem abgeplatzten weißen Lack des Fenstersimses sammelten sie sich zu einer winzigen Schneewehe.

Paul Jonker stieg in seine alten, ausgetretenen Pantoffeln und stand langsam auf. Das alte Bettgestell knarrte behäbig.

Trotz der Pantoffeln drang ihm die Kälte sofort an die Füße. Die alten Fliesen im Schlafzimmer vereinnahmten jede Wärme, die von den unteren Räumen nach oben zog. Augenblicklich fror er. Das alte Bauerngehöft besaß keine Ölheizung so wie die meisten anderen Häuser des Dorfes. Paul Jonker und sein Sohn heizten weiterhin mit Holz, Briketts und Kohle. Vor zwei Jahren, als seine Frau Lina noch lebte, da hatten sie einmal kurz überlegt, auf Öl umzustellen, doch dann war Lina krank geworden, und die mögliche neue Heizung war unwichtig geworden bei all den Sorgen und Hoffnungen rund um die Krankheit, die alles Denken in Besitz genommen hatte.

An dem Tag, als Lina vom Arzt gekommen war, hatte sie die Wagenschlüssel auf den Tisch gelegt, sich einen Kaffee gemacht und ihm gesagt, dass sie Krebs hätte. Mein Gott, so lange war das jetzt her, zwei Jahre schon. Dabei wusste er noch ganz genau, was sie damals anhatte: Ein geblümtes Kleid mit einem kleinen roten Gürtel um die Hüften und ihre braunen Schuhe, die an den Fersen drückten, und die sie deswegen nur anzog, wenn sie in die Stadt fuhr, um besonders schön auszusehen.

Paul schlurfte nach nebenan ins Badezimmer. Vom Deckenlicht des Schlafzimmers fiel Licht in den kleinen Raum und auf die uralten dunkelgrünen Fliesen, die er noch zusammen mit seinem Vater geklebt hatte.

Paul schaute kurz in den alten, teils beschlagenen Spiegel über dem kleinen Waschbecken. Seine wenigen Haare standen ihm wirr vom Kopf, unter den Augen warfen dicke Tränensäcke traurige Schatten auf seine Wangen.

Alt war er geworden. Alt und müde. Er rieb sich über die Wangen. Das kratzende Geräusch hatte Lina nie leiden können. Nun kümmerte es niemanden mehr. Den karierten Morgenmantel übergeworfen stieg Paul langsam die Treppe zu den Wohnstuben hinab. Mit fast achtzig spürte er seine Knie, vor allem im Winter.

Früher hatte er die kalte Jahreszeit gemocht, mehr als den Sommer, das ewige Schwitzen, doch jetzt dachte er bereits zu jedem Winteranfang im Dezember an den kommenden März.

Die Vorderpfoten auf die zweite Treppenstufe gesetzt, empfing ihn Caesar mit einer Mischung aus Bellen, Jaulen und Knurren.

»Brav.« Paul tätschelte dem Hund den Kopf. »Brav, Caesar.«

Der Mischling stammte aus einem Wurf der Gruhses, Nachbarn hier aus dem Ort, einer Familie, die rund hundertfünfzig Meter weiter in einem kleinen baufälligen Haus auf der anderen Seite der Straße wohnte. Fünf Jahre war das jetzt her. Paul hatte den alten Säufer Gruhse damals im Wald oberhalb vom Dorf getroffen, direkt im Morast vor den beiden kleinen Teichen. Mittlerweile war Gruhse auch schon tot. Tot gesoffen, wie die Dorfbewohner hinter vorgehaltener Hand sagten.

Ursprünglich waren die Teiche im Wald Bombentrichter. Im Jahr 1944 musste hier ein amerikanischer Flieger auf der Route zur Stadt – wohl mehr aus Versehen – zwei Bomben abgeworfen haben. Den Häusern des Dorfes hatten sie keinen Schaden zugefügt, aber die Alten hatten geweint und gejammert, dass der Krieg nun auch hierhin gekommen wäre. Für die Kinder dagegen waren die beiden knapp fünf Meter tiefen und zehn Meter breiten Krater im nahe gelegenen Wald eine Sensation gewesen. Es dauerte etliche Stunden, bis sie sie nur wenige Meter vom Feldweg oberhalb des Dorfes bei den dichten Brombeerbüschen gefunden hatten.

Die Kinder, damals auch Paul Jonker, hatten nichts Eiligeres zu tun gehabt, als die riesigen, zerfetzten und scharfkantigen Bombenhülsen vorsichtig ins Dorf zu tragen. Dort hatten sie, jetzt uninteressant, mehrere Tage und Wochen auf dem Grundstück der Mühlers gelegen. Eines Morgens waren sie dann einfach fort.

Vor fünf Jahren hatte Paul den alten Gruhse oben an den Bombenlöchern getroffen. Nach tagelangen Regenfällen waren die Gruben voll Wasser gelaufen. Paul hatte mit dem Traktor Reisig in den Wald gebracht und sich über den Mann gewundert, der regungslos mit einem großen Leinensack vor den Wasserlöchern stand. Noch mehr aber hatte es ihn überrascht, dass der Sack, den sich der alte Gruhse über die Schulter geworfen hatte, voller Leben gewesen war.

Etwas zögerlich war Paul Jonker von seinem Traktor gestiegen und zu Gruhse rüber gegangen. Dabei hatte er sich eine Zigarette angezündet, einfach um etwas zu tun. Der alte Gruhse war kein angenehmer Zeitgenosse. Er hatte dort in seiner alten, schmierigen Latzhose gestanden, die er immer getragen hatte. Sein schütteres Haar war unter einer alten grauen Kappe versteckt, die er ein bisschen schief auf dem Kopf getragen hatte. Bei Gruhse hatte man nie wissen können, ob er nicht schon einen über den

Durst getrunken und gerade auf eine Gelegenheit gewartet hatte, Streit und Händel anzufangen.

Trotz des leichten Windes, der durch die Blätter der Bäume und Sträucher geweht war, hatte Paul die Alkoholfahne von Gruhse riechen können. Ungelenk und stockend hatte er ein Gespräch über das Wetter begonnen, aber Gruhse hatte keine Anstalten gemacht, das klägliche Gejaule zu erklären, das aus dem Leinensack gekommen war. Paul war nichts anderes übrig geblieben, als den alten Säufer auf den hüpfenden Sack anzusprechen. Gruhse hatte den Mund zu einem schiefen Lächeln verzogen: »Der letzte kleine Scheißer, der noch übrig ist!«, hatte er gesagt, so als würde das alles erklären.

»Wovon übrig?« Paul hatte geahnt, was Gruhse gemeint hatte.

»Die Sella, unsere Hündin, hat vor ein paar Tagen geworfen. Hat die kleinen Scheißer aber versteckt, weiß der Teufel warum, das Sauvieh. Sieben Stück. Hab die Bande erst heute Morgen entdeckt. Im Stall waren sie. Hab ihnen die Köpfe eingeschlagen.« Er hatte mit dem Sack geschlenkert, und das Gewimmer war lauter geworden, »Nur der hier hat sich versteckt. Unter dem Heuwagen. Hab ihn erst nicht gefunden, den kleinen Pinscher.« Gruhse hatte begonnen, den Leinensack langsam mit einer Kordel zuzubinden. Die Hände des alten Säufers hatten dabei gezittert, und er war nicht einmal in der Lage gewesen, einen einfachen Knoten zu binden.

»Was willst du denn mit dem hier machen?«, hatte Paul gefragt, obwohl er die Antwort schon gewusst hatte.

»Wirst schon sehen!« Gruhse hatte sich aufgerichtet und dabei ein bisschen geschwankt. Er hatte Paul einen kleinen, schorfigen Ratscher auf der Handfläche gezeigt. »Hab mich geschnitten, als ich ihn unter dem Wagen her gezogen hab.« Gruhse hatte böse gegrinst: »Dafür lernt der jetzt schwimmen!«

Ohne zu wissen warum, hatte Paul plötzlich die Hand ausgestreckt: »Überlass ihn mir, ich nehm ihn mit!«

Paul hatte in die verwaschenen, gelblichen Augen geblickt, den sauren Schweiß des Alten gerochen, aber trotzdem versucht zu lächeln. Gruhse war einen Schritt näher gekommen:

»Was willste denn mit dem kleinen Scheißer? Kostet dich doch nur Geld!«

Paul hatte eine wegwerfende Handbewegung gemacht und gelangweilt die Augen verdreht: »Du weißt doch: die Kinder. Der Rainer will schon lang einen Hund haben. Liegt mir dauernd in den Ohren damit. Und für den Hof wär er auch ganz gut«.

Gruhse hatte zu grinsen begonnen: »Für zwanzig überlass ich ihn dir, den kleinen Scheißer hier! Er schüttelte den Sack, und der junge Welpe begann erneut jämmerlich zu winseln. »Würd ihn ja selbst gerne behalten, aber geht nicht. Wir ham ja schon die Sella.« Er hatte Paul verschlagen angeschaut, so als hätte er prüfen wollen, ob Paul seine mickrige, kleine Lüge erkannt hatte.

»Du Drecksack!«, hatte Paul gedacht, sich aber zu einem weiteren Lächeln gezwungen. »Kriegst du nachher im Dorf unten«. Er hatte die Hand nach dem Sack erneut ausgestreckt.

»Hier haste ihn!« Gruhse hatte den Sack einfach in den Morast fallen lassen, sich umgedreht und war gegangen,

Paul hatte sich gebückt und den Sack geöffnet. Zwei riesige dunkelbraune Augen hatten ihn voller Angst angestarrt. Der Welpe hatte versucht abzuhauen, aber Paul hatte sich den Kleinen geschnappt, ihn vorsichtig hochgenommen und betrachtet: Schwarzbraun mit weißen Tupfen auf Nase und Pfoten, die für den winzigkleinen Körper viel zu groß schienen.

Auf Pauls Arm hatte sich das kleine Tier fast augenblicklich beruhigt und sich in seine Armbeuge eingegraben. Das dünne Schwänzchen hatte heftig gegen seine Schulter geschlagen. Paul hatte gelächelt, und komischerweise waren ihm Tränen in die Augen getreten. Es hatte fast den Anschein, als hätte der kleine Kerl gewusst, dass er es bis hierhin erst einmal geschafft hatte.

In der Diele standen Pauls Gummistiefel ordentlich auf der Matte vor der Tür, darauf die dicken Wollsocken vom Vortag. Vom Garderobenhaken schnappte er sich die erstbeste Jacke und setzte eine dunkle Wollmütze auf. Kurz überlegte er, zuerst den Hund zu füttern, besann sich dann aber anders. Er öffnete die Tür und atmete geräuschvoll aus: Seit dem Abend hatte es erneut unglaublich viel geschneit. Die Traktoren, Anhänger und Wagen im Hof waren unter den Schneemassen fast vollständig verschwunden, auf dem Dach gegenüber stapelte sich der Schnee meterhoch. Sogar in der Nähe des Schornsteins. Paul schüttelte den Kopf. Es brannte also noch kein Feuer drüben bei Rainer, sein Sohn lümmelte sich offensichtlich immer noch im Bett.

Der Weg zum Kuhstall war Schwerstarbeit, Paul versank bis über die Knie im Schnee. Wie ein Storch stakste er quer über den Hof, damit nichts in seine Stiefel rutschte. Jeder seiner Schritte knirschte trocken unter den Gummisohlen.

Auf der kahlen Eiche an der Toreinfahrt saßen drei Krähen. Zwischen all dem Schnee hatten sie sich Platz auf ein paar Ästen geschaffen.

Das unangenehme Krächzen der Tiere war jetzt das einzige Geräusch, das Paul hörte. Die Kühe im Stall standen still. Sie wussten durch die Geräusche an der Haustür, dass sich nun bald jemand um sie kümmern würde.

Paul blieb mitten auf dem Hof stehen. Er genoss die winterliche Stille. Kurz drehte er sich um und sah Caesar, der es aber vorgezogen hatte, im Haus zu bleiben. Mit den Vorderpfoten auf die Fensterbank am Küchenfenster gestützt, sah er Paul nach.

Das Rolltor des Stalles quietschte in seinem rostigen Scharnier, als sich Paul dagegen stemmte. Sein angestrengter Atem wirbelte in Dunstwolken um seinen Kopf. Seine Lungenflügel sogen sich voll kalter Winterluft und schmerzten fast.

Im Kuhstall war es im Vergleich zu draußen bullig warm. Sofort umfing Paul der würzige Geruch der Kühe. Neugierig blickten sie ihm in ihren Geschirren entgegen. Jetzt wurde das Muhen lauter. Paul schaltete das Radio an, das seit Jahren auf einem alten Holzstuhl unter den Fensterluken stand, aber nichts geschah. Er verfolgte das Stromkabel mit den Augen vom Gerät zurück bis zur Steckdose und runzelte die Stirn. Jemand hatte den Stecker heraus gezogen. Paul bückte sich und schob ihn wieder in die Dose. Im selben Augenblick ertönte leise Musik. Paul hörte kaum hin.

Während er sich aufrichtete, fiel sein Blick auf die abgetrennte Box von Nero.

Nero war der einzige Bulle, den Paul noch besaß. In den vergangenen Jahren war Paul die Arbeit mit den unberechenbaren Kolossen einfach zu viel geworden. Außerdem waren sie als Zuchtbullen nicht mehr so gefragt wie früher, Kühe wurden mittlerweile schon lange künstlich besamt. Deswegen hatte er bis auf Nero vor drei Jahren alle Bullen verkauft.

Zudem hatte es im Nachbardorf einen Unfall gegeben. Eine junge Bäuerin war von einem Stier im Stall zu Tode gestoßen worden. Die Frau hatte den Koloss zusammen mit ihrem Mann am Abend von der Weide in den Stall geführt. Weil der Bulle schon seit Wochen gemeinsam mit Kühen geweidet hatte, war niemand auf den Gedanken gekommen, dass das Tier aggressiv werden könnte. Wohl deshalb war die Frau unvorsichtigerweise zuerst in die Box des Stieres gegangen. Plötzlich hatte das Tier einen Sprung nach vorne gemacht. Aus dem Nichts heraus, ohne einen Laut, still wie ein Hai. Ihr Mann hatte die Szene hilflos mit ansehen müssen. Als er im Haupthaus sein Gewehr geholt und auf den Bullen geschossen hatte, war es längst zu spät gewesen.

Paul schaute auf die Kette, mit der Rainer und er den Bullen immer fest machten. Zwei Glieder in der Mitte waren gesprengt. Zerrissen lag der Rest am Boden, verdreckt und halb versteckt zwischen Stroh und Kuhdung.

Paul spürte ein Kribbeln im Magen. Schnee rutschte vom Dach des Stalls und landete mit einem satten Platschen draußen auf dem Hof.

Paul stand ganz still und hörte sein Blut in den Ohren rauschen. Plötzlich dachte er wieder an den letzten Krieg, an sich selbst, als er, immer noch Kind, bewaffnet mit einem Gewehr, das er kaum hatte halten können, geschweige denn damit schießen, durch unbekannte Wälder und Unterhölzer gerobbt war. Ohne jede Ahnung, was zu tun gewesen wäre, hätte er tatsächlich den Feind getroffen.

Vom anderen Ende des Stalls hörte er jetzt ein tiefes Brummen. Das Grollen klang dunkel und Furcht einflössend.

Paul hatte den Respekt vor den gefährlichen Tieren nie abgelegt. Langsam drehte er den Kopf zur gegenüberliegenden Seite des Stalls, versuchte zwischen den Geschirren der Kühe etwas wahrzunehmen. Dann sah er den Kopf des Bullen, die dunklen Augen blickten verschlagen in seine Richtung. Vollkommen unbeweglich verharrte der Bulle, schnaubte kurz und brummte erneut. Böse und abwartend.

»Wie zum Teufel hast du dich wieder los gerissen?« Paul schob seine Mütze in den Nacken und kratzte seine kahle Stelle am Kopf. In den vergangenen Jahren hatte der Bulle immer mal wieder Ärger gemacht.

Ein paar Spatzen flogen kreuz und quer durch den Stall und stürzten sich in den gewagtesten Kurven über die Kühe.

Paul beschloss, seinen Sohn aus dem Bett zu holen. Alleine würde er mit dem Bullen nicht fertig werden, das war unmöglich und viel zu gefährlich. In dem Augenblick, als er zum Tor zurückgehen wollte, hörte er hinter sich ein leises Knacken. Einen Augenblick war er unentschlossen, sich umzudrehen. Er wollte den Bullen nicht aus den Augen lassen.

Dann ein weiteres leises Knacken hinter sich, und Paul spürte plötzlich einen furchtbaren Schmerz. Heißer, brennender und stechender als bei seinem Herzinfarkt vor vier Jahren.

Kopfüber und ohne einen Laut von sich geben zu können, sank der alte Bauer nach vorne auf den schmutzigen Stallboden. Strohhalme piekten in sein Gesicht, aber das spürte Paul kaum. Ein paar Sekunden noch konnte er die Gülle riechen, dann vermischte sich sein Blut mit dem schmutzigen Stroh.

Die Gestalt hinter ihm betrachtete den sterbenden Mann, fragend fast, dann verließ sie den Stall. Ohne Eile, jeden Schritt wohl überlegt. Vorher jedoch legte sie noch ein weißes Blatt Papier auf den Schemel an der Wand. Das Rolltor ließ sie weit offen stehen, den beobachtenden Bullen gar nicht bemerkend.

Kapitel zwei

Menschen in gehobenen Positionen ertappen sich ab und an bei dem Gedanken, Geld und Anerkennung gegen eine weniger exponierte und untergeordnete Stelle eintauschen zu wollen. Sie glauben, so der Falschheit und dem alltäglichen Betrug in ihren Kreisen zu entgehen. Als ob eine Welt, in der weniger Macht und Intelligenz herrschen, auch weniger Arglist, Täuschung und Niedertracht beherbergen würde.

Bert Rumper war ein Meister der Niedertracht, ein Ausbund an Starrsinn, geistiger Beschränktheit und Grausamkeit. In seinem Betrieb in der Stadt war er verhasst. Niemand hätte dem starken Mann mit dem struppigen blonden Haar eine Träne nachgeweint, wäre er auf der Stelle tot umgefallen. Zudem besaß er ein ungewöhnlich hohes Maß an Selbstvertrauen, das häufig denen eigen ist, die nicht imstande sind, ihre Beschränktheit zu begreifen. Diese Kombination war es, die Bert Rumper zum Außenseiter im Dorf machte. Was ganz ausdrücklich für die kleine, jetzt verschneite und von der Außenwelt abgeschnittene Ortsgemeinschaft sprach. Aber dieses Außenseitertum irritierte Bert Rumper nicht. Er war der festen Überzeugung, deshalb Außenseiter zu sein, weil niemand im Dorf die Fähigkeit besaß, seine Weitsicht und Klugheit zu würdigen. Er meinte die Wahrheit zu erkennen, ebenso Recht und Unrecht unterscheiden zu können. Beim letzten Dorffest im Sommer hatte er nicht umhin gekonnt, den Feiernden die Wahrheit über ihr mickriges Dasein darzulegen, und hatte sich damit – und auch seine Familie – noch mehr an den Rand der kleinen Dorfgemeinschaft gedrängt. Aber das störte Bert eben keineswegs. Der Holzzaun, den er bereits am darauf folgenden Morgen, einem Sonntag, zur Straße hin gebaut hatte, sollte deswegen auch nicht so etwas wie Scham verdecken, die ein normaler Mensch nach dem vorherigen Abend hätte empfinden müssen. Nein, der Zaun war Ausdruck, sich freiwillig abzugrenzen.

Kurz vor acht Uhr hatte sich Bertie, wie ihn seine Frau manchmal nannte, die dunkelgrüne Pudelmütze auf den Kopf gezogen, den Bundeswehrparka übergeworfen und damit begonnen, den Hof frei zu schaufeln. In der Nacht war ein Teil der Schneemassen vom Dach des Fachwerkhauses direkt vor die Garage gerutscht.

Mit seinen Riesenkräften warf Bert nun Dutzende Schaufeln voller Schnee fast mühelos über den Zaun auf die Straße, auf der ohnehin zurzeit kein Auto mehr fahren konnte.

Das Schrabben der Schaufel auf dem eishart gefrorenen Boden der Einfahrt zerstörte die Stille, die bis dahin im Dorf geherrscht hatte. Ein paar Kohlmeisen flogen protestierend aus der Buche, die zwischen Zaun und Straße stand. Von den federnden Ästen rieselte weiterer Schnee auf die Straße.

Warum Bert Rumper letztendlich aufschaute, wusste er selbst nicht. Aber was er schräg gegenüber sah, erschreckte sogar ihn. Rund fünfzig Meter entfernt, auf dem Hof von Jonker, getrennt nur durch die Massen des zur Seite geschobenen Schnees an den Rändern der zugeschneiten Straße, stand ein riesiger Bulle. Seine Nüstern blähten sich rhythmisch, und die heiße Luft seines Atems bildete einen feinen Nebel vor seinem gewaltigen Kopf, der seine mächtige Vorderpartie fast einzuhüllen schien. Unbeweglich stand er dort und starrte Bert Rumper aus dumpfen Augen an.

Beide betrachteten einander mit Neugierde und Unglauben. Bei dem Bullen mischte sich Hass dazu, bei Bert Rumper Furcht.

Zwar war er bislang in seinem Leben noch nie einem Streit aus dem Weg gegangen, aber hier erkannte selbst er, dass es besser war, sich zurückzuziehen. Dies war kein Mensch, den er durch seine Furchtlosigkeit und Brutalität beeindrucken konnte.

Bert Rumper kannte den Bullen. Er wusste, dass das Tier dem Vater-Sohn-Gespann von Gegenüber gehörte.

Und vielleicht, ja wahrscheinlich sogar, war es das Weihnachtsgeschenk dieser beiden an das Dorf, den Bullen hier ein paar Tage frei herumlaufen zu lassen.

Langsam setzte sich der Bulle in Bewegung. Sein schwerer dunkler Kopf schwang von einer Seite zur anderen, die Muskeln auf seinen Schulterblättern schienen das dreckige, dunkelbraune Fell sprengen zu wollen. Die Hufe und Beine, die weit über sechshundert Kilogramm zu tragen hatten, knickten in dem mehr als einen Meter hohen Schnee ein. Aber gelassen, fast stoisch gleichmäßig näherte sich der Bulle dem Mann auf der anderen Straßenseite.

Bert Rumper warf die Schneeschaufel in hohem Bogen in die Garageneinfahrt. Polternd und rutschend schlitterte sie über den frei geschippten Asphalt. Bert rannte in den Anbau, der an sein Wohnhaus grenzte und schlug in aller Eile die Tür zu. Und verriegelte sie.

Schon wollte er die Leiter zum Speicher hochklettern – selbst er wusste genau, dass die Holztür der Kraft des Bullen ohne weiteres nachgeben würde – dann aber überlegte er es sich anders. Als er sich vergewissert hatte, rechtzeitig nach oben flüchten zu können, schaute er durch das Fenster der Tür. Einige Spinnweben mit den Mumien kleiner Kreuzspinnen störten sein Sichtfeld. Er pustete die Weben fort. Der Bulle war jetzt bereits auf seinem

Grundstück. Mitten auf dem Hof stand er, ein prachtvolles und gleichzeitig abstoßendes Tier.

Mit einem Horn stieß Nero die Schneeschaufel leicht an, sie schepperte. Dann hob er den Kopf. Seine Augen suchten den Mann hinter der Fensterscheibe. Langsam kam er näher, seine Nüstern berührten fast das Glas. Auf der anderen Seite der Tür spürte Bert Rumper das Adrenalin in seinem Körper. Einer seiner Träume war es schon immer, vor Australiens Küste von einem Käfig aus weiße Haie zu beobachten. Das hier war nicht ganz so gut, aber immerhin. Rumper war gleichzeitig verängstigt und fasziniert von der Bösartigkeit, die von dem Tier ausging. Der feuchte Atem des Tieres beschlug die Scheibe der Tür. Bert Rumper wich zurück, stieg die Leiter hinauf, setzte sich auf den offenen Speicherboden und beobachtete, wie die Tür, die die beiden eben noch getrennt hatte, langsam, fast sachte eingedrückt wurde. Mit einem stetigen, immer lauter werdenden Knirschen schob sie sich aus den Angeln und landete mit lautem Gepolter auf dem Betonboden. Der Bulle blickte sich um. Die sorgfältig an der Wand aufgereihten Gartengeräte, Schaufeln, Harken, Besen und Sägen, interessierten ihn nicht. Bert Rumper grinste, als er den Bullen dort unten stehen sah. Er grinste wie ein Kind im Zoo, das von einem sicheren Platz aus einen Löwen mit Steinen bewirft.

Der Bulle hob langsam den Kopf. Missmutig schaute er zu Rumper hinauf. Bert konnte das Tier riechen, eine Mischung aus Dung und Moschus. Der Bulle schaute regungslos auf die Gestalt dort oben. Fast so, als wolle er sich dessen Gesicht einprägen und nie wieder vergessen. Dann stieß er ein tiefes Brummen aus. Unangenehm laut hallte es von den Wänden des kleinen Anbaus wider.

Vorsichtig schob sich der Bulle rückwärts wieder hinaus ins Freie, fast so als wüsste er, dass er sich verletzen könnte, wenn er Kraft und nicht Geschicklichkeit einsetzte. Vor der Türe verharrte er ein paar Sekunden und verließ wenig später ohne jede Hast den Hof und trottete ins Dorf.

Kapitel drei

Sind Menschen plötzlich wieder sich selbst überlassen, lassen sie sich oft gehen. Die einen essen zu viel, andere trinken übermäßig, wieder andere waschen sich nicht mehr. Und es gibt die, die nicht mehr aus dem Haus gehen. Oder wenn sie es doch tun, ihre Umgebung emotional in ein Schlachtfeld verwandeln. Manchmal auch nicht nur emotional, sondern auch real. Indem sie sich betrinken, Streit anfangen und sich prügeln.

Rainer Jonker zählte zu denen, die das mit dem Schlachtfeld auf ihre eigene Wohnung übertrugen. Verschlafen stand er in seinem alten, grau verwaschenen Morgenmantel in der Tür zur Küche und rieb sich mit einer Hand die Augen.

Rainer fühlte sich schlecht. Ein unangenehmer, alter Geruch nach Fisch und abgestandenem Bier verstärkten das Pochen, das seit dem Aufwachen von innen gegen seine Schädeldecke klopfte. Er massierte seine Schläfen und schaute sich um: Die Küche gab, Himmelherrgott, ein ausgesprochen desaströses Bild ab. Neben der Spüle stapelten sich dutzendweise schmutzige Teller mehrerer Wochen, die Kochnische war übersät mit unzähligen Fettspritzern. Aus dem übervollen Mülleimer ragten Eierschalen, Konservenbüchsen und Bananenreste. Daneben lagen wahllos verstreut Metall- und Papierverpackungen längst verschimmelter Fertigmahlzeiten. Sogar auf dem Tisch in der Mitte des Raumes türmten sich benutzte und verschmutzte Teller, Tassen und Gläser. Rainer stopfte eine stinkende Dose Fisch in einen leeren Cornflakeskarton neben dem Mülleimer. Magensäure kroch unangenehm seine Speiseröhre hoch, und er rülpste leise.

Bis vor einem Jahr hatte er hier, gegenüber dem Hof seiner Eltern, mit Claudia zusammen gelebt. Zwei Jahre lang. Kurz vor der Hochzeit war sie dann verschwunden. Von einem auf den anderen Tag. Ohne Abschiedsbrief, ohne ein Wort. Am Abend, bevor sie ihn im Riss gelassen hatte, wie er es jetzt noch still für sich nannte, hatte es den letzten großen Streit gegeben. Rainer wusste längst nicht mehr, worum es überhaupt gegangen war. Am nächsten Morgen stieg Claudia wie jeden Tag eine Stunde vor Rainer aus dem Bett. Er blieb liegen, weil sein Vater an jenem Tag mit den Kühen beschäftigt gewesen war. Seitdem hatte er Claudia nicht mehr gesehen. Damals arbeitete sie als Krankenschwester drüben in der Stadt in der Kreisklinik.

Jetzt dachte er daran, wie sie häufig unter der Dusche gesungen hatte, bevor sie nach unten gegangen war, um sich einen Kaffee zu machen. Und manchmal, je nachdem, wie sie gelaunt gewesen war, ihm auch eine Kanne aufgebrüht hatte. An diesem letzten Morgen jedoch nicht.

Aber das war ihm damals natürlich nicht aufgefallen. Erst am Abend gegen neunzehn Uhr, kurz nachdem die Kühe versorgt und Rainer mit großem Hunger ins Haus gekommen war, hatte er Claudias Abwesenheit bemerkt. Er hatte sich in den großen alten Cordsessel gesetzt, der seit über zehn Jahren im Wohnzimmer stand und sich gewundert. Mehrere Stunden lang. Erst dann hatte er gegen zweiundzwanzig Uhr die Polizei gerufen. Und war in dem alten abgewetzten Sessel eingeschlafen. Und wie er geschlafen hatte. Erst am nächsten Morgen war er wieder aufgewacht. Bevor er nochmal die Nummer der Wache in der Stadt gewählt hatte, hatte er mit der Kreisklinik telefoniert. Dort hatte man ihm gesagt, dass Claudia zwar seit sechs Uhr im Haus wäre, aber nicht mit ihm reden wollte. Daraufhin hatte er einfach wortlos aufgelegt.

In den kommenden Wochen hatte er zwar manchmal noch gehofft, ihr kleines, gelbes Auto auf den Hof fahren zu hören, dachte ab und zu sogar daran, wie schön es doch wäre, sie in der Küche beim Backen oder Kochen zu finden, wenn er vom Feld kam, aber Claudia war fortgeblieben. Nun schon ein Jahr. Und Rainer hatte sich daran gewöhnt.

Er war zu phlegmatisch, um in irgendeine Sache auf der Welt viel Energie zu investieren. Das war schon immer so gewesen und würde wohl immer so sein.

Rainer lebte also allein. Einen Steinwurf von seinem Vater entfernt. Dessen Frau war tot, seine eigene fort. Es war ja fast das Gleiche.

Rainer schaute aus dem Fenster. Er wusste nicht genau warum, aber der Schnee verbesserte seine Laune. Vielleicht lag es aber auch daran, dass seine Kopfschmerzen kaum noch zu spüren waren. Rainer gähnte noch einmal und ging rüber in die alte Waschküche. Kalt war es hier, die Temperatur lag kaum über dem Gefrierpunkt. Die kleinen, geviertelten Fenster waren von außen mit frostigem Schnee beschlagen. Die Kälte ließ die kahlen Betonwände heller erscheinen, als sie es tatsächlich waren. Eine fast unüberschaubare Zahl verschmutzter Wäschestücke stapelte sich vor der alten Waschmaschine links neben der Tür. Socken, Unterhosen, Hemden, T-Shirts, alles lag durcheinander. Neben Kanistern und Eimern voller Öl, Terpentin und Farbe standen seine drei Paar Gummistiefel, auch das Paar mit dem Schnürverschluss. Sie verhinderten, dass Schnee über die Ränder in seine Stiefel fiel, dort aufweichte und seine Socken nass machte. Rainer hockte sich hin und zog sie an, genau wie die verfilzten Wollhandschuhe, die neben dem alten Stuhl lagen. Das rostige Schnappschloss an der Tür quietschte, als er es entriegelte. Dem Wetter, den Unmengen Schnee schenkte er keinen zweiten Blick. Rainer machte sich auf den Weg zum Stall.

Die Luft war trotz der Kälte feucht. Sie schnitt nur wenig in seine Lungen. Geräuschvoll atmete Rainer aus. Er blieb stehen und betrachtete den Dunst, den sein Atem in der Luft verursachte. Er mochte den Winter. Er mochte die Kälte, den Schnee und seine eigentümliche Stille.

Unter der über Nacht gefallenen Schneedecke spürte er eine verharschte Kruste, auf der seine Gummistiefel nur schwer griffen.

Als er den Hof fast zur Hälfte überquert hatte, wurde er unruhig. Zwar hörte er – wie immer, wenn sein Vater im Kuhstall arbeitete – Musik aus dem Radio, trotzdem fühlte er, dass etwas nicht stimmte. Jetzt sah er es: Das Rolltor stand sperrangelweit offen. Dabei achtete sein Vater immer genau darauf, dass das Tor stets geschlossen war. Da war sein Alter wie in so vielem recht pingelig.

Durch den Wind war Schnee ins Innere des Stalles geweht. Rainer fluchte.

Als er das Tor fast erreicht hatte, bemerkte er ein Paar Stiefel, das jemand achtlos auf den Stallboden geworfen hatte. Dann erkannte er, dass in den Stiefeln noch Füße steckten.

Kapitel vier

Unglaublich, aber auch wenn man die vierzig schon überschritten hat, ist es trotzdem möglich, sich wie ein verliebter Jugendlicher zu fühlen, Herzklopfen und feuchte Hände zu bekommen oder von einem auf den anderen Augenblick deprimiert oder euphorisch zu sein. Für Tom Heller war das die Erkenntnis der vergangenen Wochen. Nach zwei Jahren, in denen er sich zunehmend in seine Arbeit gestürzt und versucht hatte, jeden Gedanken an Frauen im allgemeinen und seine Exfreundin im speziellen zu unterbinden, hatte er den letzten Monat direkt nach dem Aufwachen wieder ganz bewusst an ein weibliches Wesen gedacht. Und, so komisch es für ihn auch klang ... er hatte sich glücklich gefühlt. Die Arme hinter dem Kopf verschränkt, starrte er jeden Morgen an die Decke und schmiedete Pläne, die unglaubliche, vollkommen unerwartet erschienene, wunderschöne Frau in seinem Leben zu überraschen.

Anne arbeitete im Präsidium zwei Türen weiter. Sie gehörte nicht zur Mordkommission wie Tom, Anne war erst bei der Sitte gewesen zwei Stockwerke tiefer und jetzt beim Rauschgift im gleichen Trakt. Anfangs war sie ihm gar nicht aufgefallen, was vielleicht daran gelegen hatte, dass sie eher still war und meist in Arbeit vertieft, wenn Tom sie im Vorübergehen vom Flur aus in ihrem Zimmer sah.

Irgendwann, nein nicht irgendwann, vor fünf Wochen hatten sie zufällig am selben Tisch in der Kantine gesessen, und obwohl Witze über den Koch an der Tagesordnung und deswegen ziemlich abgedroschen waren, hatte er begonnen, lustig zu sein. Und erstaunlicherweise hatte sie tatsächlich über seine Witzchen gelacht. Zuerst hatte er sich noch unsicher gefühlt. Aber dann hatte er bemerkt, dass sie mit ihm gelacht hatte, nicht über ihn.

Sie hatte ihn richtig angestrahlt und den Kopf leicht nach vorne geworfen, so dass ihre schulterlangen, dunkelblonden Haare ins Gesicht gefallen waren. Es war Annes Art, sich zu verstecken, wenn sie meinte, jemand könne zu viel über sie erfahren oder wenn sie einfach nur verlegen war. Ihr Trick, um ihre Unsicherheit zu verbergen. Ein anderer war der, dass sie in einem fort redete, wenn sie sich unsicher fühlte. Die meisten anderen Menschen verstummten in solchen Fällen, aber Anne machte das genaue Gegenteil, sie hörte gar nicht mehr auf zu reden, es war unglaublich.

Am nächsten Tag hatten beide wieder zusammen in der Kantine gesessen, das war um hundert Prozent mehr gewesen, als Tom sich je ausgerechnet hatte. Okay, gehofft schon, aber Hoffnung und Wirklichkeit gingen in Toms

Leben bislang meist getrennte Wege. Aber Anne war da gewesen, hatte alleine drüben in der Ecke am Tisch vor dem riesigen, grünen Gummibaum gesessen, fast als hätte sie auf ihn gewartet. Als Tom sich zu ihr gesetzt hatte, waren beide zuerst verlegen gewesen, schüchtern, aber nach und nach hatte sich die Spannung gelöst, was wahrscheinlich auch an den miserablen Kantinenfrikadellen gelegen hatte, die Tom ziemlich viel Munition für neue Gags gegeben hatten. Als er dann am Nachmittag in seinem Büro gesessen hatte, hatte er sich mit der Angst geplagt, Anne zum Essen einzuladen.

Nicht weit von hier gab es ein kleines Bistro, in dem er früher häufiger mit seiner ehemaligen Freundin gegessen hatte.

Die Entscheidung, ihr eine Mail zu schreiben, war natürlich alles andere als romantisch gewesen, aber er hatte nicht in ihr Zimmer gehen, herumdrucksen und sich dann vielleicht in Gegenwart eines Kollegen eine Abfuhr holen wollen.

Er hatte ein paar Zeilen geschrieben und abgeschickt, wobei er versucht hatte, trotz allem relativ unverbindlich zu bleiben. Zehn Minuten lang hatte er so getan, als würde er einen Bericht studieren, der seit einer Stunde vor ihm lag, dabei hatte er die ganze Zeit auf sein Postfach geschielt. Oder irgendwelche Männchen auf einen Notizblock gekritzelt. Dann war eine Mail zurückgekommen. Von einem auf den anderen Augenblick hatte sein Herz schneller geschlagen, und er hatte tatsächlich feuchte Hände bekommen.

Er hatte mit der Maustaste die Mail geöffnet, und: Ja! Ein breites Grinsen hatte sich über sein Gesicht verteilt und fast die Ohren erreicht. Sein Partner Ben Deicker hatte aufgeschaut. »Was 'n mit dir los?«

Ben hatte grimmig geschaut, aber Tom kannte Ben und wusste, dass er eigentlich zu keinem anderen Gesichtsausdruck fähig war, selbst wenn es ihm ausgesprochen gut ging.

Und jetzt, fünf Wochen später, war er mit Anne zusammen. Deswegen fühlte er sich heute so verdammt gut und deswegen hatte er es auch heute wieder geschafft, als erster im Büro zu sein. Am Abend wollten Anne und er auf den Weihnachtsmarkt gehen, Glühwein trinken, Heliumballons kaufen und auf dem Pferdekarussell fahren. All die Dinge, die man eben so macht mit Anfang vierzig.

Tom stand lächelnd vor dem Kaffeeautomaten. Vollständig glücklich wäre er allerdings gewesen, wenn diese verdammte Maschine funktioniert hätte.

Verstohlen blickte er links und rechts den Flur entlang. Niemand zu sehen, Tom hörte nicht einmal das verräterische Quietschen von Schritten auf dem grau-schwarzen Linoleum.

Mit voller Wucht trat er gegen den Automaten. Es schepperte und wenige Sekunden später fiel tatsächlich ein Pappbecher in das kleine Sichtfenster. Dampfender, heißer Kaffee schoss in einem dünnen, zischenden Strahl herunter. Tom schob das Sichtfenster nach oben, griff den Becher vorsichtig oben am Rand und spazierte langsam, ihn mit drei Fingerspitzen balancierend, zurück ins Büro. Sein Blick fiel auf das gelbe Post-it auf seinem Schreibtisch: Wenn nicht in den kommenden zehn Minuten etwas passierte, musste er sich gleich, kurz nach acht, auf den Weg nach draußen machen, ins Gebäude gegenüber, zum Oberstaatsanwalt.

»Oh nein, alles …, wirklich alles, nur das nicht!«, stöhnte er und warf seine Lederjacke über den Schreibtischstuhl. Die gute Laune schmolz zusammen.

Tom rieb sich die Augen und setzte sich auf seinen alten quietschenden Drehstuhl. In der Untertasse auf seiner Kunststoffunterlage lagen immer noch die zerdrückten Staniolpapierchen von gestern. Entschlossen beförderte er Krümel und Verpackung in den Papierkorb in der Ecke.

»He, das ist nur für Papier, ich dachte, da achtest du so drauf?« Tom verrenkte sich fast den Hals. Hinter ihm in der Tür stand Ben Deicker.

Ben und er arbeiteten seit drei Jahren zusammen. Damals hatte sich Tom entschieden etwas Besseres vorstellen können, als mit Ben ein Team zu sein. Ben Deicker galt unter Kollegen als ausgesprochen schwierig. Sein letzter Partner hatte sich zur Sitte versetzen lassen, das war ungefähr so, als würde man freiwillig von Kalifornien nach Sibirien ziehen.

Wenn man Ben nicht näher kannte, wirkte er tatsächlich unzugänglich, grimmig und einzelgängerisch. Tom hatte inzwischen auch eine frotzelnde Erklärung für Bens Grimmigkeit, obwohl die, was er nicht wusste, den Nagel auf den Kopf traf:

Bens Schwiegermutter lebte mit ihm und seiner Familie unter einem Dach. Die Deickers besaßen ein großes Reihenhaus am Rande der Stadt. Schon seit zwölf Jahren, seit der Geburt der ältesten Tochter. Die Jüngere war neun.

Vor zwei Jahren hatten die Deickers dann noch einmal Zuwachs bekommen, aber nicht so, wie Ben sich das gewünscht hatte: Der Vater von Bens Frau war gestorben, und irgendwie hatte sich Ben überreden lassen, das Dachgeschoss seines Hauses auszubauen, damit die alte Dame an den Wochenenden, wenn sich das Alleinsein besonders schlimm anfühlte, näher bei ihrer Tochter sein konnte.

Das Provisorium war – wer hätte das gedacht – schnell zur Dauerbleibe geworden. Nach und nach hatte Ben alle Möbel seiner Schwiegermutter ins Dachgeschoss schleppen müssen, angefangen von den gerahmten Fotos ihres verblichenen Gatten bis hin zur kleinen orangenen Schüssel für ihre Fußbäder. Nachdem auch das letzte Möbelstück, der klobige Schaukelstuhl, den Weg nach oben gefunden hatte, hatte Bens Schwiegermutter dann plötzlich vor der versammelten Familie erklärt, ihre Mietwohnung zu kündigen. Alle hatten gerade beim Abendessen gesessen, und Ben hatte mit knapper Not vermeiden können, dass sich ein Stückchen Schwarzbrot in seiner Luftröhre festsetzte und ihn erstickte. Lea, seine Frau, war für die Idee sofort Feuer und Flamme gewesen, sie hatte natürlich gehofft, dass ihr die Mutter vor allem beim Waschen, Essen machen und Kinder aufpassen helfen würde. Leider war Ben nichts eingefallen, wobei seine Schwiegermutter ihm helfen konnte, und das hatte er Lea auch später abends im Bett gesagt. Aber sie hatte nur gelacht und gemeint, er solle nicht so griesgrämig sein. Ben hatte sich mit einem Stirnrunzeln auf die Seite gedreht und sich gefragt, was das jetzt wieder bedeuten sollte.

Am nächsten Morgen war Ben dann seiner Schwiegermutter zum ersten Mal im Badezimmer begegnet, sie hatte sich vor dem Spiegel mit seiner Pinzette kleine Härchen an der Oberlippe ausgezupft, und seitdem wirkte er wohl etwas griesgrämig und grimmig, das musste sogar er unumwunden zugeben.

Tom allerdings schätzte mittlerweile Bens Grimmigkeit; man wusste immer, woran man war. Sie verstanden sich fast blind, was man von manchen anderen Teams der hiesigen Kriminalpolizei nicht behaupten konnte. Ben sagte des Öfteren – nur halb im Scherz – die meisten seiner Kollegen würden noch nicht einmal eine offene Tür finden. Wie es seine Art war, sagte er das selbstverständlich in Gegenwart der Betroffenen.

Mit seinen bulligen 110 Kilogramm auf einen Meter achtzig Körpergröße verteilt, war er überzeugt, sich das einfach leisten zu können. Noch niemand hatte ihn bislang vom Gegenteil überzeugt.

»Hast du mir keinen mitgebracht?« Ben gähnte, ohne sich die Hand vor den Mund zu halten. Er klopfte Schnee von seinen Schultern und zog den schwarzen Mantel aus, den er seit Urzeiten im Winter trug. Neuerdings war darauf kaum ein Staubflusen zu finden, weil der Mantel, wie alle anderen Kleidungsstücke, die in der Garderobe unten im Flur hingen, einmal in der Woche von seiner Schwiegermutter sorgfältig abgebürstet wurden.

»Was mitgebracht?«

»Na, Kaffee, was sonst?«

»Ne, heute nicht.« Tom starrte auf den dampfenden Kaffee vor sich: »Ich überleg grade, was ich Wolf sage.«

»Du hast einen Termin beim Oberstaatsanwalt?«

Heller pustete in seinen Becher: »Ja, in …«, er schaute auf seine Uhr, »Mist, nur noch sechs Minuten.«

»Wegen Aladin?« Ben Deicker warf sein Portmonee auf den Tisch gegenüber und setzte sich breitbeinig auf seinen Schreibtischstuhl. Er zog die unterste Schublade auf und legte seine Beine drüber. Wasser tropfte von seinen dicken Boots auf den grauen PVC-Boden.

»Wie, wegen Aladin?«

»Na, dem Syrer, auf den du losgegangen bist, du Nasenbär.«

»Wegen dem Syrer, ja. Und der heißt Achmed, Ben, nicht Aladin. Eigentlich müsstest du zum Wolf, nicht ich. Du bist der verdammte Rassist von uns beiden!« Tom spielte nervös mit seinen Post-its.

»Von mir aus.« Ben zuckte die Schultern und schaute rüber zum Fenster: »Mensch, ist das kalt hier!« Er stand auf, trat an die Scheibe und betastete den Heizkörper. »Kannst du mir mal sagen, warum dieses Scheißding niemals warm wird?«

»Keine Ahnung, aber ich wundere mich sowieso, wie du mit deinen dreihundert Kilo frieren kannst!«

Das Telefon klingelte. Tom betrachtete das Display.

»Intern. Wer ist das denn schon am frühen Morgen? Tom Heller hier.«

Tom hörte eine Weile zu, dann lachte er: »Wenn die eingeschneit sind, dann sind die eingeschneit, was haben wir damit zu tun?«

Ben schaute wieder aus zum Fenster. Auf dem Präsidiumsparkplatz konnte er Polizeifahrzeuge erkennen, die mittlerweile fast unter den Schneemassen begraben waren.

Tom spielte mit einem Kugelschreiber. »Und wir sollen jetzt da raus, oder was? ... Und wie, wenn ich fragen darf? ... Mit dem Hubschrauber? ... Sag mal, habt ihr sie noch alle?«

Unten auf dem Hof hasteten zwei Beamte in Uniform über den Platz. Einer stolperte und fiel in den Schnee, rappelte sich aber gleich wieder auf. Von irgendwoher zauberten sie zwei Besen. In Sekundenschnelle kehrten sie eins der Autos frei und kämpften sich dann mit lautem Sirenengeheul vom Parkplatz.

»Wart mal, ich versteh hier nix.« Tom hielt sich das linke Ohr zu. Das Sirenengeheul wurde leiser.

»Klar können wir da so nah ran fahren wie möglich, aber wenn da nicht mal die Streufahrzeuge durchkommen, wie sollen wir ... Ne, nicht dein Ernst, oder? ... Und von wem kommt das?«

Ben runzelte die Stirn. Was sollte das jetzt werden? Ein Außeneinsatz? Ohne ihn! Schon bei der Fahrt von zu Hause hierher hatte er sich fast den Hintern abgefroren. Lea hatte den Wagen mit der defekten Heizung immer noch nicht in die Werkstatt gebracht. In ein paar Monaten war allerdings wieder Frühling, dann würden sie das Problem wieder für sechs, sieben Monate verschieben können, dachte Ben. Und sich kommenden Winter aufs Neue ärgern.

»Ich glaube, ihr tickt nicht mehr ganz sauber!« Tom blickte zu Ben und deutete ihm, dass bei seinem Telefonpartner eine Schraube locker war.

»Kannst du dir Ben auf Skiern vorstellen?« Tom hörte ein paar Sekunden zu und lachte dann in den Hörer. »Ne, du, ich auch nicht!«

Ben schüttelte den Kopf. Was sollte das jetzt sein? Witzig? Sein letzter Skiurlaub lag nicht mehr als zehn Jahre zurück. Eine Woche Obergurgl. Die meiste Zeit hatte er jedoch in der Sauna gesessen. Berge waren etwas für Lea und seine Älteste, er liebte Strand und Meer.

Tom schüttelte den Kopf: »Warum schickst du nicht Braun und Bierganz? Die sind halb so alt wie wir. Die freuen sich sicher über einen kleinen Schneeausflug.«

Ben setzte sich wieder an seinen Platz, stützte die Ellenbogen auf den Tisch und sah Tom fragend an. Was er da hörte, gefiel ihm gar nicht. Das roch jetzt ganz gehörig nach Sondereinsatz. Und das bei dem Wetter!

»Weißt du was …?«, telefonierte Tom weiter, »sprich selbst mit ihm, sonst wird er 's nicht glauben. Ach, hör mal: Wenn wir das machen, dann nur, wenn du beim Oberstaatsanwalt vorbei gehst und ihm sagst, dass ich weg musste. … Ja, okay, dann ja!«

Tom reichte Ben den Hörer und lehnte sich grinsend zurück. »Wir machen eine Schneewanderung!«

Ben nahm den Hörer und legte ihn zurück auf die Gabel. »So viel können die mir gar nicht bezahlen, weißt du das?« Innerlich aber hatte er sich schon von dem Gedanken verabschiedet, den Tag ruhig an der warmen Heizung zu verbringen.

Die Luft im Keller des Präsidiums war klamm und kalt. Die kahlen Betonwände leiteten die Dezemberkälte in das große Haus, die Heizungsrohre, die sich an den langen Fluren hier unten entlang zogen, richteten bei diesen Temperaturen längst nichts mehr aus.

»Seid wann haben wir hier unten Skiausrüstungen?« Ben betrachtete missmutig die riesige dunkle Jacke und ein paar Skier mit passenden Skistiefeln, die ihm ein Kollege aus der Kleiderkammer auf die Theke gestellt hatte.

»Und das soll ich jetzt anziehen oder was?« Ben hielt die Skijacke weit von sich, als würde sie Gerüche verbreiten.

»Wenn du noch reinpasst, ja!« Der Kollege grinste.

»Ich glaub das alles nicht.« Ben schüttelte den Kopf.

Tom sammelte seine Ausrüstung zusammen, nickte Ben aufmunternd zu und ging Richtung Aufzug, Ganz so als sei es Alltag, sich als Kriminaler mit Skiern und Skistöcken einzudecken. Die passenden Stiefel trug er in einem Rucksack auf dem Rücken.

»Wo liegt überhaupt dieses Ellerdingens?« Ben schlurfte hinter Tom her. Seine Skistöcke ließ er demonstrativ über den Boden hinter sich her schleifen.

»Ellerdingen«, sagte Tom. »Fünfzig Kilometer von hier. So 'n kleines Nest. Achtzig Einwohner wenn 's hochkommt. Na ja, jetzt ja wohl einer weniger, wenn ich das richtig mitbekommen habe.«

Wenige Minuten später bahnte sich der Kombi auf Schneeketten ruhig und stetig seinen Weg Richtung Osten. Die Schneedecke auf der Bundesstraße war fest und nur rund zwanzig Zentimeter hoch. Schmutzig-graue Schneeberge, gespickt mit kleinen Kieskörnern, ragten meterhoch an den Straßenrändern empor. Laut Navigationssystem waren es noch zwölf Kilometer bis Ellerdingen. Im Fond klapperten die Skier. Der Regionalsender im Radio versprach weitere Schneefälle im Laufe des Tages.

Am Ortsausgang Böllingen endete die Straße plötzlich vor einer rund zwei Meter hohen Schneewand. Trotz des Neuschnees waren noch deutlich die tiefen Spuren des Räumfahrzeugs zu erkennen, das hier gewendet hatte und unverrichteter Dinge wieder in die Stadt zurückgekehrt war.

Tom zog den Reißverschluss seiner Jacke hoch und öffnete die Beifahrertür. Die kalte Luft machte ihn nach der langen Fahrt im warmen Auto mit einem Schlag hellwach. Links von der Straße sah er einen alten Mann, der aus dem Fenster eines Hauses schaute. Der Alte war mindestens um die siebzig, mit einem zerfurchten Gesicht. Er kaute auf irgendetwas herum und schob seine braune Kappe in den Nacken, als Tom ausstieg.

Das Haus musste einmal eine Kneipe gewesen sein. Auf dem verrotteten Vordach, von dem lange Eiszapfen herabhingen, war noch der Namenszug der Kneipe auf einem verwitterten Emailleschild zu erkennen, »Gasthaus Boose«.

Darunter las Tom die Werbung für eine Biermarke, die es längst nicht mehr gab. Der Alte beobachtete die beiden. Tom nickte kurz, aber der Mann reagierte nicht, kaute nur weiter und kratzte sich die kahle Stirn. Fluchend stieg Ben auf der anderen Seite aus dem Wagen. Wütend knallte er die Tür zu. »Oh Gott, ist das kalt, verflucht!«, schimpfte er, »Ich kann mir wirklich was Schöneres vorstellen, als mir hier den Hintern abzufrieren. Himmel, Arsch und Zwirn, ist das kalt!« Er rieb sich die Hände. »Und jetzt?«

»Ich würd sagen: Immer der Nase nach!«

Tom drehte sich zu dem Alten im Fenster: »Die Richtung nach Ellerdingen, wie kommen wir da hin? Können Sie uns das sagen?«

Der Mann winkte mit einem Arm und verschwand dann.

»Und was soll das jetzt werden?« Ben schüttelte den Kopf.

Tom zuckte mit den Schultern. »Mal gucken! Vielleicht sucht er einen Stadtplan oder so was.«

»Ich seh hier weit und breit keine Stadt, Tom! Alles was ich hier sehe ist diese Einöde und diesen Dreckschnee!«

Wütend wie ein kleines Kind trat er mit seinen Stiefeln gegen eine Schneewehe.

Wenige Augenblicke später öffnete der Alte die Tür. Um seine schmalen Schultern hing jetzt ein grüner Anorak. Vorsichtig tappte er in kleinen, unbeholfenen Schritten auf die beiden Kommissare zu. Der schmale Pfad von der Haustür zur Straße war fein säuberlich geschippt und gestreut.

»Nach Ellerdingen wollen Sie? Das ist aber noch ein Stückchen.« Der Alte fuchtelte mit seiner rechten Hand vor Toms Gesicht, zeigte auf den Wagen und schüttelte den Kopf. »Da kommen Sie aber mit dem da nicht mehr weiter.«

Ben warf dem Mann einen bösen Blick zu. »Das weiß ich selbst!«, murmelte er, drehte sich um und holte seine Skier aus dem Kofferraum.

»Was wollen Sie denn in Ellerdingen?« Der Alte legte den Kopf schief und kniff neugierig die Augen zusammen.

Tom schenkte ihm ein breites Lächeln. »Die Wasserleitungen dort sind eingefroren. Wir kommen vom städtischen Tiefbauamt. Sollen das in Ordnung bringen. Und da sind wir doch richtig hier, oder?«

»Extra aus der Stadt?«, fragte der Alte misstrauisch. Wegen der Helligkeit hielt er sich eine Hand über die Augen.

»Ja!«, Tom nickte, »extra aus der Stadt. Immer für Sie da, unser Wahlspruch, wissen Sie?«

Der Alte zeigte auf einen ausgetretenen Schneepfad rechts an der ehemaligen Kneipe vorbei. »Gehen Sie da hoch, da fahren die Kinder immer lang!«

»Danke!«, sagte Tom. Der Alte musterte die beiden wortlos. Dann tappte er wieder vorsichtig zurück zum Haus. Vor der Tür drehte er sich noch einmal um. »Und Sie wollen da wirklich hin? Mit Skiern?«

»Klar, kein Problem!«

Eine kleine Pause entstand, dann nickte der Alte in Bens Richtung: »Ihr Kollege da, der auch?«

Ben, der gerade nach den Skistöcken im Auto angelte, richtete sich auf. Mit dem Hinterkopf knallte er gegen die aufgestellte Heckklappe. »Mist!« Er rieb sich den Hinterkopf und drehte sich um: »He, Alter, was soll das denn heißen? Ich kann sicherlich zehnmal besser fahren als du! Oder soll'n wir das hier und jetzt mal ausprobieren?«

»Ich mein ja nur.« Der Alte verschwand eingeschüchtert hinter der Tür. Kurz danach erschien sein Kopf wieder hinter dem jetzt geschlossenen Fenster.

»Mach die alten Rentner nicht an, Ben! Und, ehrlich gesagt: Ich kann 's auch kaum erwarten, dich auf Skiern zu sehen.«

»Halt die Klappe und nimm mir die Dinger hier ab.« Ben hielt Tom ein Paar orange-schwarze Skier hin. »Jetzt gleich wird dir der alte Ben Deicker mal zeigen, was er noch so alles drauf hat!«

Kapitel fünf

Die Geschwindigkeit des freien Falls hat Grenzen. Sie beträgt in unseren Breitengraden knapp zehn Meter pro Sekunde. Physiker begründen das vereinfacht damit, dass der Luftwiderstand eines Körpers mit seiner Geschwindigkeit wächst. Deswegen beschleunigt der Körper nur so lange, bis der Luftwiderstand gleich seinem Gewicht ist. Von da an bleibt seine Geschwindigkeit konstant.

Von diesem Punkt allerdings war Ben im Augenblick noch etwas entfernt. Obwohl er das Gefühl hatte, jeden Augenblick die Schallmauer zu durchbrechen. Zwar fiel er nicht, sondern fuhr, aber einen Unterschied dazwischen konnte er im Augenblick herzlich wenig ausmachen.

Die Geschwindigkeit, mit der er dem Tal entgegen raste, raubte ihm den Atem und damit auch die Möglichkeit, das zu tun, was in solchen Situationen seiner Natur und seinem Wesen am nächsten kam: laut zu fluchen! Doch die vordringlichste Empfindung, die sich seiner bemächtigte, seitdem er bemerkt hatte, die Beherrschung über die Skier verloren zu haben, war eindeutig: Angst! Diese Dinger waren durch nichts und niemanden einzuschüchtern.

»Um Gottes Willen, schmeiß dich hin!«, schrie ihm Tom von der Spitze des Berges entgegen, doch auch das war offensichtlich unmöglich. Bens Geschwindigkeit und die Klobigkeit der Skischuhe verhinderten das. Außerdem war Ben selbst hin und her gerissen, auf den Beinen bleiben zu wollen und gleichzeitig einen hoffentlich halbwegs weichen Sturz in den Schnee zu provozieren. In dieser Misere schlitterte er – wild mit den Stöcken wedelnd – an einer Gruppe Jungen und Mädchen vorbei, die ihm erstaunt nachblickte. Erst als er bereits zwanzig Meter weiter war – ein dicker bunter Mann auf zwei Brettern, die ein Eigenleben führten – begannen sie zu lachen, ließen sich in den Schnee fallen und jauchzten. Wenn Erwachsene ihnen imponieren wollten, wurde es fast immer lustig.

Diese Ansicht teilte Ben Deicker im Augenblick nicht. Durch die Geschwindigkeit tränten seine Augen, trotzdem erkannte er jetzt, dass er sich dem tiefsten Punkt des Tals näherte. Fast erleichtert hoffte er, auf der anderen, ansteigenden Seite der Talsenke auslaufen zu können, da bemerkte er den Holzzaun, der beide Talseiten trennte. Doch ehe er sich um diese neue Schwierigkeit Sorgen machen konnte, sah er eine kleine Sprungschanze, die die Kinder für ihre Schlitten gebaut hatten. Nur noch wenige Meter waren es bis dorthin, und er steuerte genau darauf zu!

Er erkannte die Gefahr und versuchte seinen Skiern mit aller Macht eine Richtungsänderung nach links zu geben. Einen Sprung über das Ding, das wusste er instinktiv, würde er höchstwahrscheinlich nicht überleben.

Schließlich gelang es ihm, etwas weiter nach links zu fahren. Er begann bereits, sich innerlich selbst zu loben, da bemerkte er, dass nur der linke Ski seinen Anweisungen Folge leistete. Der rechte wurde wie magisch von der kleinen Schanze angezogen. Unerbittlich dehnten sich Bens Sehnen und Bänder in der Leistengegend. Höchstwahrscheinlich wären sie gerissen, wenn er mittlerweile nicht an der künstlichen Anhöhe angelangt wäre. Er hatte nicht einmal Zeit für einen Schrei, da nahm sein rechter Ski in Bruchteilen von Sekunden die kleine Schanze, hob ab und schien den Weg in den Himmel zu suchen. Als Folge davon hob auch Ben ab, und flog jetzt so weit, wie es den Jungen und Mädchen bislang immer verwehrt geblieben war. Er ruderte wild mit den Armen und wurde gleichzeitig wie in Zeitlupe mit seinem ganzen Gewicht nach hinten gezogen. Fallgeschwindigkeit und Erdanziehungskraft begrüßten ihn erneut und ließen ihn mit einem dumpfen Plumps rund zwölf Meter unterhalb der Sprungschanze landen. Das war neuer Rekord!

Die Kinder kreischten mittlerweile vor Vergnügen. Sie wälzten sich im Schnee, ließen die Kordeln ihrer Schlitten los, rollten hin und her und erlebten einen Moment vollkommener Schadenfreude. Dann begannen sie enthusiastisch in die Hände zu klatschen.

Tom betrachtete die Szene mit gemischten Gefühlen. Einerseits war die gesamte Abfahrt von Ben mit abschließendem Sprung über die Schanze das Lustigste, was er seit Jahren miterlebt hatte, gleichzeitig machte er sich Sorgen um seinen Partner. Erst als er aus der Entfernung sah, wie Ben bereits wieder den Kopf hob und mühsam versuchte sich aufzusetzen, grinste er ohne Gewissensbisse von einem Ohr zum anderen. Ben Deicker, der Skifahrer!

Ben selbst hatte mittlerweile die Orientierung wieder gefunden. Vorsichtig bewegte er seine Beine. Gebrochen schien nichts. Nur in den Leisten spürte er einen dumpfen Schmerz. Und an der Stirn. Fünfzig Meter entfernt sah er die Skier am Zaun liegen. Als er sich gerade Gedanken machte, wie er glaubhaft formulieren konnte, dass ein spitzer Stein seine Abfahrt so abrupt beendet hatte, bremste Tom elegant neben ihm. Schnee spritzte auf.

Bevor Tom den Mund aufmachen konnte, knurrte Ben: »Sag jetzt nichts! Halt einfach den Mund, ja?! Halt einfach deinen Mund!« Dabei hob er beide Hände rechts und links neben seinen Kopf.

Tom grinste. Er schaute hoch zu den Kindern, die immer noch äußerst amüsiert lachten und sich hin und her warfen. Auch Ben registrierte jetzt die hellen Stimmen: Vorsichtig drehte er den Kopf: »Dumme Gören! Wenn die nicht gewesen wären, dann wär das alles gar nicht passiert!«

»Klar, keine Frage, Ben, die Kinder sind 's schuld. Sag mal, wo wolltest du eigentlich genau hin?«

Ben ignorierte die Frage: »Lass mal, ich brauch noch einen kleinen Augenblick.« Er begann Schnee von Jacke und Skihose zu klopfen. Plötzlich fühlte er eine unangenehme Kälte zwischen den Beinen. Über seinen Bauch hinweg schaute er mühsam an sich herunter: Im Schritt war die Naht geplatzt. Ein Teil seiner orangefarbenen Unterhose war zu sehen.

»Na prima!«

»Was ist los?«

»Die Hose ist kaputt!«

»Ben, also, du kannst ziemlich froh sein, dass du dir nichts gebrochen hast. Mit dem Riss in der Hose bist du ganz gut weggekommen. Das sah schon ziemlich toll aus. Ich wußte gar nicht, dass Skilaufen an so einem Berg wie Extremsport aussehen kann.«

Ben musterte weiter das Loch in seiner Hose.

Tom schüttelte ungläubig den Kopf: »Wann bist du zuletzt Ski gefahren, Ben? Sag mal ehrlich!«

»Ich kann Ski fahren! Da war dieser Stein!«

»Ben, das sieht ja ein Blinder, dass du keine Ahnung vom Skifahren hast.«

Mittlerweile hatten sich die meisten der Jungendlichen wieder auf ihre Schlitten gesetzt und fuhren langsam an den beiden Kommissaren vorbei. Dabei strahlten sie Ben an und lachten immer noch so, als habe er ihnen ein ganz besonderes Geschenk gemacht.

»Ihr dummen Gören!«, fluchte Ben ihnen nach. Er wedelte mit seinem rechten Skistock, der in der Mitte eingeknickt war.

Tom schaute den Kindern nach und grinste: »Tja, Ben, da hat mir der alte Deicker ja tatsächlich wieder mal gezeigt, was er noch so alles drauf hat. Und ich muss sagen ...«, Tom nickte anerkennend, »das ist wirklich allerhand!«

Kapitel sechs

Die Macht der Medien nimmt immer abstrusere Formen an. Immer mehr Geschichten werden in den Laboren der Meinungsmacher entwickelt und hinaus in die Welt gepustet. Einmal mit etwas Leben versehen, wachsen manche ganz prächtig heran und gedeihen einen ganzen Sommer oder einen ganzen Winter lang. Andere verkümmern bereits nach wenigen Tagen und sterben fast unbemerkt ab. In diesem Winter ging angeblich ein Virus um, der den Menschen von hinten auf die Schulter tippte. In Dänemark waren daran bereits zwei Kinder gestorben. Die Nachrichtenagenturen überschlugen sich in ihrer Horrorvision, dass das Virus bald eine Pandemie auslösen könne.

Hörfunk und Fernsehen lieferten Bilder, Tabellen, visionäre Augenzeugen und Endzeitstimmung. Furcht, Panik und Angst wurden gemacht, um Geschichten schreiben und verkaufen zu können. Der Plan ging auf: Die Menschen diskutierten im tiefsten Winter bei Glühwein, beim Einkauf oder beim Besuch in einem Café über die mögliche neue Krankheit, die wohl bald Millionen Menschen dahinraffen würde.

Tatsächlich war die derzeitige Gefahr, an dem gefährlichen Virus erkranken und in der Folge daran zu sterben fast gleich null. Dennoch fürchteten sich die Menschen.

In Ellerdingen stellte sich die Situation dagegen augenblicklich vollkommen entgegen gesetzt dar: Für die Einwohner des Dorfes bestand zurzeit tatsächlich höchste Gefahr, doch niemand fürchtete sich. Was vor allem daran lag, dass die Dorfbewohner noch nichts von Paul Jonkers Schicksal wussten, der immer noch in seinem Stall lag.

Auch Else Peyn fürchtete sich nicht. Alle zweiundfünfzig Jahre ihres Lebens hatte die große, schlanke Frau mit dem aschblonden Haar in dem kleinen Dorf verbracht, gemeinsam mit ihrem Mann Werner, den sie vor sechsunddreißig Jahren auf der Schule im Nachbarort kennen gelernt hatte. Ihre Hochzeitsreise drei Jahre später hatte die beiden nach Norddeutschland geführt, nach Cuxhaven, dort, wo die Elbe in die Nordsee fließt. Dort zeugten sie auch ihren ältesten Sohn Hans. Verwandte und Nachbarn nannten ihn ein ruhiges Kind, schüchtern war er gewesen, immer ein wenig verlegen wirkend, aber sehr beliebt im Dorf. Leider war Hans nur dreiunddreißig Jahre alt geworden und jetzt bereits seit zweieinhalb Jahren tot. Gestorben an den Folgen eines Autounfalls. Eines Morgens, es war Mitte Juli, hatte er sich wie jeden Morgen zur Arbeit aufgemacht, an jenem Tag jedoch mit dem Kleinwagen der Mutter. In seinen eigenen baute er gerade eine neue Wasserpumpe ein.

Vor allem während der dörflichen Kaffeekränzchen der älteren Damen des Dorfes, die in den Wochen nach Hans' Tod in einer sehr andächtigen und nachdenklichen Stimmung abgehalten wurden, spekulierten die Teilnehmer viel, ob sein eigener, größerer Wagen ihm vielleicht das Leben gerettet hätte. Doch es war müßig, darüber zu sinnieren, Tatsache blieb, dass er an jenem Morgen den kleinen Renault aus der Garage gefahren hatte – Hans und seine Frau bewohnten ein neues Haus nur rund zwanzig Meter von dem seiner Eltern entfernt – kurz hupte, weg fuhr und nie wieder zurückkam. Fünf Minuten später stieß der Wagen vier Kilometer entfernt mit einem Traktor zusammen. Der Traktor war viel zu schnell in eine Linkskurve gefahren, der Fahrer, ein junger Mann, der gerade erst seinen Führerschein gemacht hatte, hatte die Gewalt über das klobige Fahrzeug verloren. Mit der Folge, dass er auf die andere Fahrbahn geraten war. Der junge Traktorfahrer, der unterwegs gewesen war, um auf einem der Felder Mais einzuholen, erlitt einen Schock und beklagte einen verstauchten Fuß, Hans dagegen war sofort tot.

Der Notarztwagen war mit heulenden Sirenen zum Unfallort gerast, doch als das Notfallteam den Mann eingequetscht hinter dem Steuer des kleinen, zerfetzten Renaults gesehen hatte, war alle Schnelligkeit, Konzentration und Angespanntheit aus ihnen gewichen und hatte einer stillen, aber doch routinemäßigen Trauer Platz gemacht.

Und nicht nur diesen Verlust hatte Else Peyn hinnehmen müssen: Auch ihr anderer Sohn, Marcel, war früh gestorben. Mit elf Jahren hatte er eine Blinddarmentzündung bekommen, die vom Arzt des benachbarten Städtchens nicht erkannt worden war. Mehr als einen Tag lang lag der Junge gekrümmt vor Schmerzen im Bett seines abgedunkelten Zimmers, leicht fiebernd und mit Durchfall. Die Mutter verabreichte ihm die vom Arzt verordnete Medizin, dabei hätte sie ihm genauso gut ein Stückchen Zucker geben können, so wirkungslos war die Arznei. Irgendwann in der darauf folgenden Nacht war der Blinddarm dann gebrochen und der Junge gestorben, bevor die Eltern ein Krankenhaus erreicht hatten.

Als einziges Kind war Else Peyn und ihrem Mann die Tochter geblieben. Britta war eines der Kinder gewesen, die die Ski- und Flugkünste von Kriminalhauptkommissar Ben Deicker bewundern durften. Auch sie hatte sich im Schnee gerollt, als der dicke Mann mit einem Bein über die kleine Sprungschanze gesaust und dann in den Schnee gepurzelt war. Doch generell galt Britta allerorts als scheu und still. Was kein Wunder war, wenn man bedenkt, dass sie ihre Geschwister für immer verloren hatte und für die Eltern die aufgestellten Photos der Brüder auf den gestickten weißen Deckchen im Wohnzimmerregal manchmal mehr zu bedeuten schienen als sie selbst. Doch schon jetzt wusste sie, dass die Zerfahrenheit und Gleichgültigkeit, die ihre Eltern ihr gegenüber manchmal an den Tag legten, doch sehr entschieden einer permanenten, ängstlichen Bemutterung vorzuziehen waren.

Dabei liebte Else Peyn ihre Tochter mehr als alles andere und sie wusste, sie würde verrückt werden, sollte ihrem einzig verbliebenen Kind etwas zustoßen. So war sie Britta gegenüber immer hin und her gerissen zwischen bedingungsloser Liebe und einer gewissen Distanz, die ihr, so hoffte sie, bei einem weiteren Unglück die winzige Chance geben würde, nicht für den Rest ihres Lebens schreien zu müssen.

Es war schwer geworden, das Leben, dachte Else Peyn. Gerade jetzt saß sie am Tisch im Wohnzimmer und schälte Kartoffeln. Keine Stunde verging, in der sie nicht an ihre Söhne dachte, und dieser Gram hatte tiefe, senkrechte Furchen in ihr Gesicht gezogen. Manchmal saß sie stundenlang einfach nur da, erlebte Situationen vergangener Tage, die vor ihrem inneren Auge vorbei huschten, lauschte der tickenden Uhr und suchte immer wieder einen Sinn in dem Geschehenen. Auch jetzt waren ihre Gedanken bei ihren toten Söhnen.

Während sie mit einem Messer die Druckstellen aus den Kartoffeln schnitt, hörte sie plötzlich hinter sich ein tiefes Brummen. Das Wohnzimmerfenster in dem alten Haus, das noch von ihrem Großvater erbaut worden war, begann bei einer Höhe von einem Meter, und noch ehe Else Peyn vor Schreck von ihrem Stuhl auffuhr, weil ihr das laute Brummen einen heftigen Adrenalinstoß versetzte, verdunkelte sich der Raum. Dem Brummen folgte das Knirschen des gefrorenen Schnees vor dem Haus. Else schaute verwirrt auf den Fernseher, weil sie hoffte, das Geräusch sei Teil irgendeines Filmes, den sie sich eigentlich hatte anschauen wollen, aber der Bildschirm war dunkel.

Sekundenbruchteile stand der Stuhl, den Else mit ihren Kniekehlen nach hinten gestoßen hatte, auf zwei Beinen, dann bewegte er sich, zuerst in Zeitlupe, dann immer schneller werdend, nach hinten. Der Lärm ließ sie erneut zusammen fahren. Mit der Kartoffel in der einen und dem Messer in der anderen Hand starrte sie nun aus dem Fenster und sah, was zuerst keinen Sinn ergab: Die gesamte Helligkeit des Raumes wurde von einem tiefen Braunton verschluckt, der das Fenster verdunkelte. Im ersten Augenblick dachte sie, die Kinder des Dorfes hätten ihr einen Streich gespielt und eine alte Decke vor das Fenster gehängt, doch dann bemerkte sie, dass sich dieses Etwas bewegte. Mit einem Poltern entglitt ihr das Kartoffelmesser und fiel klappernd zu Boden. Fast gleichzeitig wurde ein Teil des Fensters frei und wenige Sekunden später starrte ein riesiger dunkler Kopf in ihre Richtung. Zuerst konnte Else nicht erkennen, was sie von dort draußen anstarrte. Voller Angst, aber auch voller Neugierde, griff Else hinter sich. Fast blind tastete sie auf dem Tisch nach ihrer Brille, ohne das Etwas vor dem Fenster aus den Augen zu lassen. Mit der Brille auf der Nase erkannte sie jetzt die bösen, funkelnden Augen eines Tieres. Ja, sie kniff die Augen zusammen, das war tatsächlich ein Bulle. Seine beiden spitzen Hörner stießen leicht gegen das Fensterglas. Fast schien es ihr, als klopfe das Tier leise an ihr Haus.

»Das ist der Tod!«, dachte sie voller Gewissheit. Aber ehe sie diesen Gedanken weiterspinnen konnte, hatte das Tier bereits den Kopf gedreht und war gemächlich an der Häuserwand weiter gezogen. Durch sein enormes Gewicht sackte der Bulle in den alten, tiefen Schnee ein, dennoch trottete er ohne Zögern zielstrebig zur angrenzenden Scheune hinüber, zupfte kurz am Heu, das sich dort nahe des offenen Tores in Ballen stapelte, und war wenige Augenblicke später hinter der Scheunenwand verschwunden. Der Gestank des Tieres stand noch einige Minuten vor dem Haus der Peyns, sinnbildlich vielleicht für die Gefahr, die sich in den kommenden Stunden immer mehr über das kleine Dorf legen würde.

Kapitel sieben

Ob man nach Niederlagen im Erdboden versinkt oder wie ein Platzhirsch weiter wild, laut und unmelodisch röhrt, ist nicht nur eine Frage des Alkoholpegels oder Selbstvertrauens. Es kommt vor allem auch auf die Fähigkeit an, schauspielern zu können. Nehmen wir als Beispiel Ben: Nach seinem eklatanten Sturz wäre er tatsächlich am liebsten im Boden versunken. Nichts hasste er mehr, als ausgelacht zu werden. Das hatte er sich früher in der Schule gefallen lassen müssen, zumindest so lange, bis seine Mitschüler die leidvolle Erfahrung gemacht hatten, von ihm einfach an die Wand gedrückt zu werden, wenn sie ihn zu sehr ärgerten.

In seinem Erwachsenenleben konnte er diese Strategie aus nahe liegenden Gründen so gut wie gar nicht mehr anwenden. Wenn er einen Kollegen an die Wand des Präsidiums gedrängt hätte, nur weil der aus einem nichtigen Grund über ihn gelacht hatte, wäre Ben seinen Beamtenstatus relativ rasch los gewesen. Deswegen überspielte er nun seine Wut und ließ sich seine Verlegenheit nicht anmerken. Denn Hohn und Spott, das hatte er als Heranwachsender schnell heraus gefunden, genossen Menschen nur, wenn das Opfer sich wehrte, wenn es rot wurde, wenn es stotterte, wenn es weinte oder wenn es weglief. Von all dem tat Ben nichts mehr. Schon lange nicht mehr. Auch jetzt nicht. Er versuchte seinen kolossalen Stunt einfach zu ignorieren.

»Kannst du mir mal sagen, was wir hier sollen?« Ben schnaufte. Die beiden Kommissare querten gerade die Talsohle. Nach rund einhundert Metern ging es bergauf, an jungen Birken vorbei zum ersten Haus des Dorfes. Kurz davor ragten die letzten Zentimeter des Ortsschildes aus den Schneemassen. Tom kniff die Augen zusammen. Vor dem baufälligen alten Fachwerkhaus standen zwei alte Autos aufgebockt auf zwei Hebebühnen. Ein alter Opel Diplomat und ein noch älterer VW-Käfer. Auf beiden Wagendächern lag mehr als ein Meter Schnee. Hinter einem Fenster nahm Tom eine Bewegung wahr: »He Ben, die sind ja ganz fix hier! Da steht einer hinter der Gardine, siehst du? Na, das wird prima. Wer von denen hat uns denn überhaupt angerufen? Ich dachte, hier wär alles zusammengebrochen?«

»Keine Ahnung!«, brummte Ben. »Ist mir aber auch ehrlich gesagt ziemlich egal. Mir ist nur saukalt, meine verdammte Hose ist klitschnass, und ich hab richtig Hunger. Und wie ich das so sehe, gibt 's hier noch nicht mal einen Tante-Emma-Laden. Und keine Gaststätte oder so was. Das heißt, wir müssen schnell machen. Und deswegen ist das das Einzige, was mich interessiert, okay?«

Tom blieb stehen. Mit dem Oberkörper stützte er sich auf seine Skistöcke: »Mensch Ben, jetzt schau'n wir uns die Sache erst mal an, telefonieren mit dem Chef und machen uns dann wieder auf den Heimweg, klar? In sechs Stunden sitzt du zu Hause in deiner Sauna, dann ein großes Bier auf deinem Knie, richtig voller Magen und dazu noch gut gelaunt, weil deine Schwiegermama vielleicht oben mit Fieber im Bett liegt. Komm jetzt: Nehmen wir uns erst mal den Vogel vor, der uns da beobachtet. Vielleicht kann der uns schon sagen, wo wir hin müssen.«

Bereits als er das sagte, ahnte Tom, dass er Ben und sich etwas vormachte. Er war sich ziemlich sicher, in sechs Stunden keineswegs wieder in der Stadt zu sein. Ein unbestimmbares Gefühl sagte ihm das.

Seitdem Friedrich Eser das Vogelhäuschen in seinem Garten aufgestellt hatte, verbrachte er viel Zeit am Fenster. Um die Meisen, Dompfaffe und Rotkehlchen beobachten zu können, hatte er sich extra den schweren, dunklen Ledersessel aus dem Wohnzimmer ans große Fenster gezogen. Hier saß er meist zwei Stunden nach dem Frühstück, und nach dem Mittagessen noch einmal. Bis ihm der Kopf schwer wurde, und er für ein Schläfchen auf das alte Sofa neben dem Klavier überwechselte. Friedrich Eser war arbeitslos und mit seinen siebenundfünfzig Jahren machte er sich keine großen Hoffnungen mehr, noch jemals in seinem Leben einen Job zu finden. Außerdem gefiel ihm die Tatsache, sein restliches Leben, abgesehen von kleinen Spaziergängen, in seinem Haus zu verbringen. Er brauchte keine Gesellschaft. Was auf Gegenseitigkeit beruhte: Die Gesellschaft brauchte ihn auch nicht. Und in seinem Fall wusste er, dass die Gesellschaft das persönlich meinte. Aber auch darüber machte er sich keine Gedanken mehr. Für ihn rückten jene Dinge in den Vordergrund, die ihm auch schon früher, als Kind, wichtig gewesen waren. Da war an erster Stelle seine Liebe zu Büchern. Wobei er bei der Wahl seines Lesestoffes sehr tolerant war: Ein amerikanischer Kriminalroman der Bestsellerautorin Patricia Cornwell konnte ihn genauso fesseln wie ein Tier- oder Pflanzenbuch von David Attenborough. Es gab einfach so unendlich viel Interessantes zu lesen. Oder zu sehen. Er beobachtete wie gesagt auch Vögel. Oder Rehe. Oder auch Menschen. Das waren zumeist sogar die interessantesten Objekte. So wie die beiden Komiker dort, die jetzt geradewegs auf sein Haus zukamen.

Tom schaute auf das braun-rot angerostete Namensschild an der verwitterten Haustür. Der grüne Lack des Rahmens war an vielen Stellen abgeplatzt und gab den Blick auf altes, grau-verblasstes Holz frei. Das Gartentürchen des kleinen Vorgartens hatte halb offen gestanden und die beiden Kommissare waren eingetreten und über einen kleinen vom Schnee frei geschaufelten Pfad die fünf Stufen zu der alten Haustür hoch gestiegen. Ihre Skier und Skistöcke lehnten ein paar Meter entfernt an einem Stückchen Gartenzaun.

Eine getigerte Katze saß in zwei Meter Entfernung hinter ihnen und lugte misstrauisch herüber. Beide Kommissare hatten nicht viel für Katzen übrig, sie ignorierten das Tier.

»Friedrich Eser«, las Tom auf dem kleinen Namensschild, »mal hören, ob der schon was weiß.«

»Worauf du dich verlassen kannst!«, wollte Ben gerade sagen, als die Tür mit einem lauten Quietschen aufging. Ehe Tom noch etwas sagen konnte, sauste die Katze mit fünf langen Sätzen an ihnen vorbei und verschwand im Inneren des Hauses. Tom schaute hoch und sah einen ungepflegt wirkenden Mann in Strickjacke, Trainingshose und grünen Filzpantoffeln. Die Haare hatte er altmodisch zurück gekämmt, eine dicke, am Bügel mit einem Pflaster geklebte Hornbrille ließ seine Augen unnatürlich groß erscheinen.

»Guten Tag, die Herren, kommen Sie doch herein. Ihnen tun doch sicher alle Knochen weh.« Er grinste Ben an.

»Oh, keine Zeit, wir müssen die Sprungtechnik am Bildschirm noch genau auswerten!« Ben versuchte schlagfertig zu sein. Vom ersten Augenblick an, als die Türe aufgegangen war, hatte er das Gefühl gehabt, diesen schmierigen Kerl zu kennen.

»Meine Herren, freut mich, dass Sie es bis hierhin geschafft haben. Sie«, er schaute zu Ben, »sind ja jetzt der Held der Kinder. Tolle Nummer. Die Abfahrt da eben ... filmreif! Und der Sprung über die Schanze ...! Ganz große Klasse!« Eser betrachtete Bens nasse Hose: »Dass Sie noch gehen können, Respekt!« Er nickte anerkennend.

Ben kniff böse die Augen zusammen: »Man tut, was man kann«, knurrte er.

»Sie haben da übrigens ein Löchlein!« Eser zeigte auf Bens Schritt. Tom merkte, dass sein Partner um Fassung rang.

»Sie haben uns beobachtet?«, fragte er und warf an Eser vorbei einen Blick ins Innere des Hauses. Viel war jedoch nicht zu erkennen: Eine Garderobe, ein Spiegel, eine alte, angemalte Milchkanne, verschiedene Paar Schuhe. Das Markanteste jedoch war der muffige Geruch, der jetzt an ihnen vorbei nach draußen zog.

»Ich sitze die meiste Zeit am Fenster, wissen Sie, und sehe fast alles, was sich draußen abspielt, auch wenn ich die meiste Zeit lese.«

»Lesen!«, sagte Ben, nur um etwas zu sagen. Er fühlte sich ausgesprochen unwohl. Nicht nur, weil dieser merkwürdige Kerl sich über ihn lustig machte, auch, weil er vergeblich versuchte, Friedrich Eser einer Situation oder Bens Beruf entsprechend, einer Akte zuzuordnen.

»Ja, vielleicht erinnern Sie sich, lesen, das haben die Menschen gemacht, bevor sie den Einschaltknopf beim Fernsehen gefunden haben.«

Ben wollte etwas erwidern, aber Tom legte ihm die Hand auf die Schulter: »Herr …, Herr Eser, kennen Sie einen Paul Jonker?«

Friedrich Eser lehnte sich jetzt gegen den Türrahmen. »Selbstverständlich. In dem kleinen Dorf kennt doch jeder jeden. Jeder weiß vom anderen ziemlich viel.« Er lachte: »Sogar ich.«

Tom ging nicht näher auf diese Bemerkung ein: »Dann können Sie uns doch auch sicher sagen, wo wir das Haus von Paul Jonker finden, oder?«

Friedrich Eser zog die Strickjacke enger um seine Schultern, trat vor die Türe und deutete mit dem rechten Arm den Berg hinauf: »Den Hof meinen Sie, denke ich. Der Mann ist Bauer. Hat Kühe, wissen Sie?« Er machte eine Pause und schaute Tom durchdringend an. »Also: Sie gehen hier die Straße weiter hoch. An dem großen Apfelbaum links vorbei und nach hundert Metern geht links ein Weg ab. Da gehen Sie aber nicht rein. Sie gehen zehn Meter weiter in den nächsten kleineren Weg. ›An den Buchen‹ heißt er. Links ist das Haus von Rumper und rechts gegenüber wohnt der alte Jonker mit seinem Sohn. Draußen an der Hauswand hängt ein altes Reklameschild für irgendein Eis. Klopfen Sie einfach an, die beiden Jonkers sind immer da. Wenn sie nicht auf dem Feld sind. Aber bei dem Wetter denk ich das nicht!« Er schaute skeptisch in den dunklen Himmel. »Also, Sie haben gute Chancen, die beiden anzutreffen. Wenn nicht im Haus, dann im Stall. Und der Hund …«, Eser grinste wieder vieldeutig, »der tut nix.«

»Klasse!« Ben stieg grußlos die Treppen hinab und griff sich seine Skier.

Kapitel acht

Trennt sich der Geist nach dem Tod tatsächlich vom Körper, stirbt er, oder ist er für immer darin gefangen, sozusagen lebendig begraben!? Eine etwas beängstigende Vorstellung. Leider kann sie uns niemand beantworten, und die Gesichtsausdrücke friedlich verstorbener Toter – wenn es die gibt – lassen auch keine verwertbaren Rückschlüsse zu. Wird unser Geist also mit beerdigt, oder schwebt er fünf Meter über der mehr oder weniger feierlichen Zeremonie, beobachtet uns und freut oder ärgert sich still?

Tom Heller zumindest fühlte sich in diesem Moment beobachtet. Er hockte neben Paul Jonkers Leiche und betrachtete den toten Bauern. Das Rückenteil der Jacke war blutbesudelt. Tom zerschnitt sie vorsichtig mit einem kleinen Messer, das er immer bei sich trug. Darunter trug der Bauer ein kariertes Hemd, das von seinem Blut vollkommen durchnässt war. Die Handschuhe, die Tom eben übergezogen hatte, waren klobig, und Tom hatte Schwierigkeiten, mit dem Messer das Hemd zu zerschneiden. Dann lag der graue, haarige Rücken des Bauern frei. In Höhe des Herzens war eine cirka zwei Zentimeter breite Wunde zu erkennen. Rund um die Wunde war Blut geronnen und verkrustet. Tom hörte Ben seufzen. Tom fiel erst jetzt auf, dass Ben das an jedem Tatort machte.

»Keine Schusswunde, Ben, sieht eher aus wie erstochen.«

Er drehte sich zum Sohn des Toten: »Und Sie haben Ihren Vater wirklich nicht angerührt?« Rainer Jonker schüttelte leicht den Kopf. Er stand ungefähr drei Meter entfernt, direkt neben einer Kuh, der er ab und zu auf die Flanke schlug.

Tom irritierte das Verhalten des Mannes. Von Anfang an hatte Rainer Jonker den Eindruck gemacht, als gehe ihn das Geschehen hier gar nichts an, als sei er ganz zufällig zur Türe herein gekommen und beobachte zwei Männer bei einer vollkommen belanglosen Tätigkeit.

Für sich selbst hatte Tom bereits entschieden, dass dieses Dorf vornehmlich von höchst merkwürdigen Menschen bewohnt war. Tom sah Ben am Fenster stehen. Er schaute hinaus. Wahrscheinlich dachte er ans Mittagessen.

»He, Ben, hast du gehört, was ich gesagt habe?« Ben reagierte nicht.

»Ben? He, Ben!« Tom stand auf und ging rüber zu ihm. »Sag mal, träumst du, oder was ist los?«

»Ne, schon gut, lass uns hier mal voran machen.« Ben drehte sich zu Rainer Jonker.

»Warum haben Sie Ihren Vater nicht umgedreht, wäre doch das Logischste. Oder haben Sie direkt gesehen, dass er tot ist?«

Rainer Jonker steckte beide Hände in die Taschen seiner alten Jeans: »Er hatte die Augen auf. Ich bin nah an ihn ran und hab gesehen, dass er die Augen auf hat. Und ich hab gerufen, hab was zu ihm gesagt, aber er hat nicht geantwortet. Da hab ich gewusst, dass er tot ist.«

Ben ging näher an Rainer Jonker heran, wollte ihn mit seiner Präsenz einschüchtern: »Ziemlich abgebrüht, muss ich schon sagen. Sie finden hier Ihren Vater, erkennen sofort, dass er tot ist, obwohl er auf dem Bauch liegt und rufen die Polizei.« Ben nickte anerkennend mit dem Kopf. »Vorbildlich.«

Rainer Jonker zuckte die Schultern, ohne die Hände aus den Hosentaschen zu nehmen. Dann begann er fast gelangweilt mit einer Harke Kuhmist durch das Gitterrost hinter den Kühen zu ziehen.

Tom beugte sich erneut über den Toten: »Ben, hilf mir mal, ich will den Mann hier umdrehen.« Zu Rainer Jonker sagt er: »Sie brauchen nicht mehr hier zu bleiben. Wir sichern hier nur die Spuren, soweit das möglich ist und kommen dann gleich zu Ihnen.« Rainer Jonker stellte die Harke an die Wand und ging. Ben schaute ihm kopfschüttelnd nach: »Ist das ne ganz besondere Spezies, oder was? Die ticken doch hier alle nicht mehr ganz sauber, oder? Wenn du mich fragst, die sind hier alle ein bisschen durchgedreht.«

»Mag ja sein, aber der Junge hier hat eigentlich genau das getan, was wir immer wollen. Hat 's einfach richtig gemacht. Und, Ben, wenn du die Leute nicht anscheißen kannst, weil sie die Spuren zertrampeln, bist du auch nicht glücklich.«

Gemeinsam drehten sie die Leiche vorsichtig auf den Rücken. Auf dem Bauch war keine Wunde zu erkennen. Beide Kommissare schauten auf, weil Rainer Jonker wieder im Tor stand.

»Ist noch was?« Tom schaute den Sohn des Toten unfreundlich an.

»Ich wollte nur sagen, Sie sollten besser aufpassen hier, unser Bulle hat sich los gemacht.«

Ben richtete sich abrupt auf: »Wie, der Bulle hat sich los gemacht? Welcher Bulle?« Er schaute kurz zu Tom rüber. »Was heißt das denn jetzt schon wieder?«

»Unser Zuchtbulle, wir haben nur noch einen. Als ich …« Er stockte. »Als ich vorhin meinen Vater fand, hab ich 's erst gar nicht bemerkt. Eben erst, als ich den Tieren das Heu gegeben hab.« Er zeigte auf die gerissene Kette. »Hier steht der Nero sonst immer im Winter. Und jetzt ist er weg.«

»Und? Ist der gefährlich oder was?« Tom schaute nach draußen. Er atmete tief aus. Leichter Schneefall hatte wieder eingesetzt.

»Ist ein Preisbulle, der Nero. Bislang hat er hier im Dorf noch keinem was getan. Einmal hat er einer Kuh das Horn in den Bauch gestoßen, aber mein Vater hat gesagt, das sei aus Versehen gewesen. Ich denk mal: Keine Sorge. Außerdem: Den hören Sie ja, bevor er bei Ihnen ist.«

Zum ersten Mal huschte so etwas wie ein Lächeln über das Gesicht von Rainer Jonker. Dann versteinerten sich seine Gesichtszüge wieder. Er tippte sich an eine imaginäre Kappe und ließ die beiden Kommissare mit dem toten Bauern allein.

Ben schüttelte den Kopf: »Durchgeknallt, sag ich, einfach nur durchgeknallt.«

Er schob das Stalltor wieder zu. Mit einem lauten Klicken fiel es ins Schloss. »Aber der Kerl ist mir eigentlich egal, weißt du? Was mir mehr Sorge macht, ist, dass hier ein Typ mit einem Messer oder so was frei rum läuft. Und dann noch dieser Bulle dazu. Diese Viecher können ganz schön hinterlistig sein, weißt du das? Ich hab früher mal auf dem Land gewohnt.«

»Das glaub ich!«

»Was soll das denn jetzt wieder heißen?«

»Nix, Ben, gar nix!«

Tom kramte in seiner Manteltasche. Dann hielt er inne und rannte zum Tor. Zwei Kühe schreckten auf und rutschten auf dem nassen und kotigen Untergrund fast weg.

Ben kam ebenfalls aus der Hocke: »Was ist los, Mann? Mach keinen Wirbel.« In einem Anflug von Panik dachte Ben, Tom habe zwischen den Kühen gerade den Bullen entdeckt, der sie jetzt auf die Hörner nehmen wollte. Hastig schaute er sich um. Doch auf dem Gang an der anderen Seite war nichts zu sehen.

Tom ignorierte seinen Kollegen und schob das Tor wieder auf: »He, Herr Jonker, kommen Sie doch noch mal bitte zurück.« Er winkte den Sohn des Toten heran, der bereits wieder auf dem Weg zum Wohnhaus war. Ben schaute wieder durch das kleine Fenster, an dem er eben schon gestanden hatte. Der Himmel hatte sich im Laufe der vergangenen beiden Stunden immer mehr verdunkelt. Es schneite jetzt stetig. Die kleinen, harten Schneeflocken hatten sich bereits zu einer dünnen Schicht auf ihre eigenen Fußspuren gelegt.

Ganz gemächlich schlenderte Rainer Jonker zurück zum Stalltor. Seine Hände hatte er immer noch in den Hosentaschen. »Herr Jonker, sagen Sie mal, gibt es hier so etwas wie ein Ortszentrum?«

»Ortszentrum?«

»Ja, wo Sie zum Beispiel Ihre Dorffeste feiern, wo Sie sich treffen, wo Sie Ihr Bier trinken. So was eben.«

Rainer Jonker wich Toms Blick aus und deutete mit einer Kopfbewegung Richtung Straße.

»Hier weiter durch, vorletztes Haus rechts ist der ›Forellengrund‹.«

»Geht das auch genauer? Ist das ein Teich oder was?«

»Die Looses haben da eine Fischzucht, ja. Na ja, so ne Art zumindest. Kommen im Sommer immer viele Angler hin. Die fischen da in den Tümpeln hinter dem Hof rum. Und im Hof selbst haben die eine Gaststube, mit ein paar Zimmern zur Vermietung. Da im ›Forellengrund‹ gehen die Leute auch was trinken, ja.«

»Schön.« Tom ging die langsame, stockende Art des Mannes zunehmend auf die Nerven. Er war sich noch nicht im Klaren darüber, ob der Mann die beiden Kommissare provozieren wollte, oder ob ihm der Tod seines Vaters tatsächlich vollkommen egal war.

»Herr Jonker, wie viele Einwohner hat das Dorf? Oder besser, wie viele Erwachsene gibt es hier?«

Rainer Jonker kniff die Augen zusammen und schaute in Richtung Ben, der immer noch vor dem kleinen Fenster stand: »Also Einwohner sind wir so an die achtzig, würd ich sagen.« Er schnäuzte ausgiebig in den Schnee.

Tom verdrehte die Augen. Jonker wischte sich die Nase mit dem Handrücken. »Aber davon sind fast die Hälfte Kinder. Also ich würd sagen, so an die vierzig Erwachsene.« Tom ging einen Schritt auf Jonker zu: »Dann tun Sie mir jetzt bitte einen Gefallen und sagen den anderen

Leuten Bescheid, dass wir uns alle in einer Stunde in der Gaststube vom ›Forellengrund‹ treffen, okay?«

»Ich wollt ja sowieso grade rum gehen und Bescheid sagen wegen Nero. Hab ich ja gesagt.«

Tom verstand nicht.

»Nero, der Bulle. Der macht da immer ein Spiel draus, wenn er ausbüxt.«

»Heißt das, das Vieh macht das häufiger?«

Rainer Jonker grinste breit: »Ne, nicht häufiger, aber einmal ist das schon passiert. Das ist ein richtiger Sauhund. Hat mich damals beinahe erwischt, als ich ihn einfangen wollte. Hab mich grade noch hinter einen Holzverschlag drüben bei Gruhses werfen können.«

Ben schnaufte: »Na prima. Jetzt haben wir es auch noch mit einem wild gewordenen Ochsen zu tun.«

Rainer Jonker begann mit einer hohen, unangenehmen Stimme zu lachen. Er zeigte den beiden zwei Reihen schmutzig gelber Zähne. »Herr Kommissar, Sie sind zwar sicher ein schlauer Mann, aber das sollten Sie schon wissen: Ein Bulle, das ist nicht dasselbe wie ein Ochse.«

»Ach nein?«

»Unser Nero ist ein richtiger Zuchtbulle, wissen Sie? Den vermieten wir sozusagen, wenn die Kühe hier in den Dörfern ringsum Nachwuchs bekommen wollen. Der steht voll im Saft. Und ein Ochse hat eben keine Eier mehr.

Tom schaute kurz zu Ben, dann zu Jonker: »Okay, dann tun Sie uns jetzt bitte den Gefallen und sagen in den Häusern Bescheid, dass wir uns in einer Stunde«, er schaute auf seine Uhr, »also so gegen halb zwölf im ›Forellenhof‹ treffen.«

»›Forellengrund!‹«

»Wie bitte?«

»Die Gaststube heißt ›Forellengrund‹, nicht ›Forellenhof‹.«

»Auch gut. Dann gehen Sie mal los, wir, äh, wir machen hier weiter.« Tom spürte, wie er langsam kalte Füße bekam. Durch das offene Stalltor zog eisige Luft herein, und er stand genau im Durchzug.

Rainer Jonker ging, drehte sich dann aber noch einmal um: »Soll ich auch kommen? Zum ›Forellengrund‹, meine ich.«

Tom stutzte: »Ja klar, jeder, der seit heute morgen hier im Dorf ist. Die sollen alle kommen. In einer Stunde. Sie auch, klar.«

»Soll er auch kommen? Großartige Frage!« Tom schüttelte den Kopf. Er schob das Stalltor wieder zu. Fast im selben Moment wurde es von außen wieder aufgezogen.

»Noch was«, sagte Jonker, »der Hund von meinem Vater ist auch weg.«

»Der Hund von Ihrem Vater ist auch weg. Schön, hier scheinen sich ja alle Tiere zu verabschieden. Dann passen Sie jetzt mal gut auf Ihre Kühe auf.« Tom versuchte das Tor erneut zuzuschieben.

»Ich mein ja nur, die beiden waren immer zusammen, und ich kann Caesar nirgends finden.«

Tom wurde ungeduldig. »Wir kümmern uns später drum. Aber danke.« Er sah Rainer Jonker nach. Es schneite mittlerweile so stark, dass der Bauer nach wenigen Metern kaum noch zu sehen war.

»He, Ben, merkst du, dass wir hier total einschneien. Die müssen uns irgendeine Schneeraupe schicken, sonst kommen wir hier nie mehr weg.«

Ben wischte sich die Hände an einem großen Taschentuch, das er aus der Hosentasche fingerte: »Die haben doch alle eine Macke. Hast du den gehört. ›Das ist ein Bulle und kein Ochse!‹ Hab ich mich hier um die Stelle des Dorfdeppen beworben, oder was? Mich von irgendwelchen Hinterwäldlern blöd anmachen zu lassen.«

»Komm Ben, lass mal gut sein, du bist nur ein bisschen empfindlich heute. Sag mir mal lieber, wo wir die Leiche hinlegen sollen, wenn wir hier fertig sind?«

»Wir sichern hier den Tatort, verriegeln alles und rühren sonst gar nix an. Mann, ich bin kein Gerichtsmediziner, keine Ahnung, wonach ich sonst noch suchen soll.«

Tom zeigte auf den Toten: »Du spinnst ja. Und der Sohn kommt hier weiter rein, melkt und füttert die Kühe und steigt dann jedes Mal über seinen toten Vater oder was? Lass uns den gleich rüber tragen. Da vorne links ist ne Abstellkammer, da stehen alte Geräte und so 'n Kram drin, legen wir ihn da rein. Und dann sollen die Kollegen bald kommen. Hast du schon einen erreicht?«

Ben verneinte.

Tom suchte nach seinen Zigaretten. »Glaubst du, dass man hier rauchen darf?«

»Also ich werd 's dir nicht verbieten.« Ben drehte sich zu den Kühen. »Und der Milch wird 's wohl auch nicht schaden.«

Tom hielt Ben das Päckchen hin: »Derjenige, der das hier gemacht hat, ist noch im Dorf. So schnell kommt hier keiner raus. Und bei den wenigen Leuten fällt das auf, wenn einer fehlt.«

»Wär zu schön, um wahr zu sein.« Ben begann zu husten. Dabei fiel sein Blick auf den verdreckten Schemel an der Wand. Aber eigentlich fiel ihm nicht der Schemel auf, sondern das Blatt Papier, das darauf lag. So weiß und sauber passte es einfach nicht hierher. Ben ging rüber und betrachtete es, ohne es anzufassen. Leise pfiff er durch die Zähne. »Tom, komm mal her, ich glaube, wir haben hier einen Literaten.«

»Steine«

Ich stelle mir manchmal vor, das Leben ist nur so begrenzt wie das Feld in unserem Mühlespiel, und genauso begrenzt wie die Kreise für die Mühlesteine in unserem Spiel ist für uns die Möglichkeit, im Leben glücklich zu werden. Und glücklich werden wir nur, wenn wir drei Dinge erreicht haben: Den Mut zum Handeln, das Handeln selbst und dass das Handeln dann auch wirklich gelingt.
Jede Stufe zu diesem Glücklichsein im Leben können wir im Mühlespiel wiederfinden: Erstens: Der Mut oder Wunsch zu spielen, zweitens tatsächlich die Steine zu legen und es drittens zu schaffen, eine Mühle zu bauen.
Ich versuche, diese Mühle zu bauen, doch spätestens, wenn ich zwei Steine in einer Reihe habe, macht mir mein Gegenüber die Mühle kaputt.
Ich versuche es immer wieder, aber ich habe nicht genügend Steine und auch nicht genügend Kreise auf dem Feld, und ich stelle mir die Frage, ob das Ganze nicht sinnlos ist.

Tom atmete langsam aus. »Himmel, was soll uns das jetzt sagen?«

Ben schnaufte: »Dass wir es hier mit einem sehr schlechten Mühlespieler zu tun haben, denk ich mal!«

»Sehr witzig.« Tom rückte das Blatt mit einem Fingerrücken zur Mitte des Schemels, damit es nicht herunter fallen konnte. »Jetzt können wir hier noch anfangen zu knobeln. Großartig!«

»Das ist von keinem Drucker«, sagte Ben und sah sich das Papier näher an, »das sieht eher aus wie von ner Schreibmaschine.«

Tom kramte in seinem Rucksack nach einer Klarsichthülle. Vorsichtig verfrachtete er das Papier hinein. »Auf jeden Fall haben wir damit eine erste Spur«, sagte er.

»Und einen Tatverdächtigen weniger«, meinte Ben.

»Warum das denn?«

»Ich glaub nicht, dass unser Sohnemann hier zu so was fähig ist. Würd mich wundern, wenn der überhaupt weiß, wie ›Mühle‹ geschrieben wird.«

Kapitel neun

Für manche Menschen ist die erschreckendste Vorstellung, einen Schiffsuntergang zu überleben und einsam und allein auf dem Meer zu treiben. In keiner der vier Himmelrichtungen ein Fleckchen Land in Sicht. Andere erstarren beim Anblick einer langbeinigen, pelzigen Spinne, werden in vollkommener Dunkelheit panisch oder steigen lieber Hunderte von Treppenstufen als einen Fahrstuhl zu betreten.

Tom dagegen hatte Angst vor Menschenmassen. Genauer gesagt fürchtete er sich, vor ihnen zu sprechen. Es verursachte ihm zwar keine Übelkeit, doch lähmte es ihn, und das Wasser lief ihm so stark im Munde zusammen, dass er ständig schlucken musste. Zusätzlich wurden seine Hände eiskalt, als er jetzt ganz vorne im Großen Saal des ›Forellengrundes‹ an einem alten, wackligen Holztisch auf der kleinen Bühne saß. Gemeinsam mit Ben beobachtete er, wie sich der Raum langsam füllte. Keiner der beiden sagte ein Wort. Stühle wurden gerückt, das Murmeln wurde umso lauter, je mehr Menschen den Saal betraten. Man wisperte, man tuschelte, überall wurden Köpfe zusammen gesteckt. Und immer wieder spürten die beiden Kommissare die misstrauisch zugeworfenen Blicke. An den holzgetäfelten Wänden hingen Fotos der Dorfgemeinschaft, Urkunden des Wettbewerbs ›Unser Dorf soll schöner werden‹ und rund ein Dutzend geschnitzter Kneipenweisheiten wie ›Die Nelke riecht, die Rose sticht, wer gleich bezahlt, vergisst das nicht!‹

Als Rainer Jonker den Saal betrat, herrschte für einen kurzen Augenblick fast gespenstische Stille, dann setzte wieder Gemurmel ein. Nur eine alte Frau kondolierte dem Sohn des Toten. Der machte ungelenk einen Diener, so als habe er etwas geschenkt bekommen. Tom beobachtete einen großen, kräftigen Mann, der links am Fenster saß. Er war um die vierzig Jahre alt, trug einen dicken Bundeswehrparka, eine olivgrüne Hose und Knobelbecher und schien sich prächtig zu amüsieren. Er lachte die Frau neben sich immer wieder an und deutete mit dem Kopf in Richtung Jonker.

Der Sohn des Toten wich den Blicken der Menschen aus. Mit gesenktem Kopf suchte er sich einen Platz weiter vorne an der Bühne. Ben sortierte die handgeschriebene Liste mit den Namen der Dorfbewohner, die ihm der Gastwirt gegeben hatte.

Wolfgang Loose führte den ›Forellengrund‹ seit zwei Jahren, ungefähr so lange, wie er Alkoholiker war. Seine einzige Hilfe, neben seiner Frau, die ebenso an der Flasche hing wie er selbst, war eine junge Bedienung aus dem Nachbardorf, die seit gut einem Jahr vor allem an Wochenenden und Festtagen aushalf.

»Wer hier wohnt, der muss mit der Menschheit wirklich abgeschlossen haben!« Ben schaute von Tom zu den Menschen im Saal hinunter und seufzte. »Kannst du dir vorstellen, hier zu leben? Mann Gottes! Keine Geschäfte, kein Kino, gar nichts. Und du fährst sicher eine Stunde zur Arbeit. Und immer dieselben Nasen, jeden Tag.«

»Halt die Klappe, Ben!« Tom schnippte mit seinem Feuerzeug, »du bist nur sauer, weil du nicht im Büro deinen Hintern an der warmen Heizung wärmen kannst.«

»Quatsch. Guck sie dir doch an, die können sich doch alle nicht riechen hier.«

»Wie kommst du denn jetzt da drauf?«

»Schau sie dir doch an: Alle eifrig ins Gespräch vertieft, aber keiner sagt was zu dem Sohn. Hör mal, das weiß sogar ich, dass man so einen jetzt nicht alleine sitzen lässt. Scheinen richtige Sonnenscheine zu sein, besonders der Bundeswehrtyp da vorne am Fenster. Wenn ich jetzt Zugriff auf unseren Computer hätte, ich sag dir, in drei Minuten käm der aus der Kartei gesprungen. Ich ruf gleich Braun an.«

Tom schmunzelte, sagte aber nichts. Bens Intuition war, milde ausgedrückt, häufig ein wenig mit Fehlern durchsetzt. Das hatte beide schon oft genug in Bedrängnis gebracht. Und die Kollegen Braun und Bierganz jedes Mal fast um den Verstand. Sie waren diejenigen, die Bens Intuitionen meist nachprüfen mussten.

»Scheint irgendein Freak zu sein.« Tom beobachtete weiter die Anwesenden. Immer mehr Menschen strömten in den Saal, er schätzte, dass jetzt fast alle Erwachsenen des Dorfes da waren. Einige standen nahe der Eingangstür und aus einem Nebenraum wurden weitere Stühle herein getragen. Kurz fragte sich Tom, wer jetzt auf die ganzen Kinder aufpasste.

Atemdunst beschlug die Fensterscheiben. Als die Gasttüre jetzt aufging und noch Nachzügler hereinkamen und sich die Stiefel vom Schnee frei traten, erkannte Tom über ihren Schultern und Köpfen hinweg, dass es wieder zu schneien begonnen hatte.

»Hast du dich eigentlich schon mit dem Gedanken vertraut gemacht, hier zu übernachten?«, fragte Tom und sah zu der Holztreppe, die links neben dem Eingang ins obere Stockwerk zu den Gastzimmern führte. Er dachte an Anne und daran, dass er versprochen hatte, heute Abend zusammen mit ihr die letzten Weihnachtsgeschenke einzukaufen. Dabei hatte er ihr nicht gesagt, dass er bislang noch kein einziges Geschenk besorgt hatte. Am Anfang ihrer Beziehung wollte er nicht schon damit anfangen, ihr seine kleinen Schwächen zu präsentieren. Die würde sie noch früh genug bemerken, da war er sich sicher. Zum Beispiel nicht ganz so dringende Sachen auf das jeweilige Morgen zu verschieben. Das erklärte unter anderem den Eimer unter seinem

Waschbecken im Badezimmer. Das Ablaufbecken tropfte seit einem dreiviertel Jahr, aber bislang hatte Tom vor sich selbst immer genug Gründe gefunden, die Reparatur auf das immer nächste Wochenende zu verschieben.

Wenn er heute Abend nicht nach Hause kam, fiel das Einkaufen ins Wasser, und er stand Heiligabend womöglich mit leeren Händen da. Nicht auszudenken! Aber vielleicht funktionierte nach der Versammlung hier sein Handy wieder, er bekam eine Verbindung und konnte Anne wenigstens Bescheid sagen, dass sie ihren Einkaufsbummel verschieben mussten. Vielleicht hatte sie ja auch schon im Präsidium angerufen, aber die Kollegen wussten ja auch nicht mehr. Es war die Frage, ob die Kollegen heute noch jemanden zu ihnen schicken würden, wenn sie keinen Telefonkontakt kriegten.

»Was hast du gesagt?« Ben hatte nur mit halbem Ohr zugehört.

»Ich meinte, ob du dich schon mit dem Gedanken vertraut gemacht hast, heute hier zu übernachten?«

»Sei bloß still, du. Ich hoffe immer noch, dass wir hier am Abend weg sind.«

Tom lachte: »Glaub ich nicht. Oder meinst du, es steht gleich einer auf, wenn wir hier nach dem Mörder fragen? Mach dich mit dem Gedanken vertraut, hier schön ein Zimmer zu nehmen.«

Ben stand auf. »Quatsch du nur«, sagte er trotzig, »wenn du willst, kannst du hier bleiben, ich nicht. Und jetzt komm, lass uns anfangen.«

Er stellte sich vorne an die Bühne und hob wie ein Schauspieler die Arme. Im Gegensatz zu Tom machten Ben öffentliche Auftritte nichts aus. Was scherten ihn die Leute? Spätestens wenn sie seinen Ausweis sahen, wurden sie ruhig.

»Meine Damen und Herren, bitte Ruhe. Bitte Ruhe!« Allmählich verstummten die Gespräche, alle Blicke richteten sich nach vorne auf den dicken Mann in der dunklen Skijacke.

Tom, der jetzt schräg hinter Ben stand, sah den Riss in Bens Hose. Er hoffte, dass sein Kollege nicht auf die Idee kam, sich umzudrehen. Er war in der Lage, alle hier auf der Stelle zu verhaften, die ihn auslachten.

»Wie Sie sicherlich mittlerweile mit bekommen haben, ist hier bei Ihnen im Dorf heute Morgen etwas sehr Schlimmes passiert. Ein Mann ist getötet worden, sein Name ist Paul Jonker.«

Ben wusste zwar, dass sein Gerede sehr gestelzt klang, doch das störte ihn nicht im geringsten. Das war eben Polizistensprache. Schließlich war er kein Politiker.

Bei der Erwähnung des Namens des Toten hatte er allerdings mit irgendeiner Reaktion der Menschen gerechnet, vielleicht ein Nicken oder ein zustimmendes Gemurmel, doch die Dorfbewohner hörten ihm nur weiter schweigend zu. Nur in der hinteren Reihe hob sich eine Hand. Ben stutzte kurz, sah dann aber, dass jemand nur noch ein Bier bestellen wollte.

»Wir stehen noch ganz am Anfang unserer Ermittlungen, auf jeden Fall müssen wir Sie aber warnen, so lange die Umstände nicht aufgeklärt sind und der Täter nicht gefasst ist.« Wieder machte er eine Pause. Zum einen, weil er über den Sinn des Satzes nachdachte, den er gerade gesagt hatte, zum anderen, weil er spätestens jetzt darauf gehofft hatte, dass Tom das weitere Procedere erklären würde. Aber Tom stand weiterhin schräg hinter ihm und tat so, als ginge ihn das Ganze eigentlich gar nichts an.

»Gibt es hier so etwas wie einen Ortsvorsitzenden? Haben Sie jemanden hier, der das Dorf bei der Kreisstadt vertritt, der …«

»Ja, ich!« In der ersten Reihe erhob sich ein etwa fünfzigjähriger blondgelockter Mann. Auf seiner Nase saß eine runde Nickelbrille, womit er wie ein älter gewordener Protestler aussah. Der Mann rückte seine Jeansjacke zurecht, während er aufstand. Ben hatte einen leuchtendgelben »Atomkraft – Nein Danke!«-Button an der Jacke erwartet, aber den gab es nicht. Trotzdem war der Mann Ben sofort unsympathisch.

»Wie heißen Sie?«

»Massing, Klaus Massing.«

Ben winkte dem Mann: »Halten Sie sich bitte gleich zur Verfügung, ja? Vielleicht können Sie uns das eine oder andere sagen.« Gemurmel wurde laut, niemand schien Gefallen daran zu finden, bei den beiden Kommissaren zum Gesprächsthema zu werden.

Ben hob die Stimme: »Bitte seien Sie leise. Ich und mein Kollege hier«, er zeigte hinter sich auf Tom, der kurz nickte, »sind gekommen, um Spuren zu sichern. Im Augenblick ist es leider nicht möglich, Verstärkung anzufordern, die Wetterverhältnisse machen das unmöglich. Wir selbst sind auf Skiern zu Ihnen gekommen.«

Das sollte wichtig klingen, aber in dem Augenblick, als Ben die Skier angesprochen hatte, wusste er, dass er den Leuten eine großartige Vorlage geliefert hatte. Manchmal war er wirklich dämlich, dachte er! Die Reaktion der Leute ließ natürlich nicht lange auf sich warten.

»Wissen wir. Sie sind doch derjenige, der seit heute morgen den Rekord auf der Kinderschanze hält!« Der Zwischenruf kam aus den hinteren Reihen. Alle lachten. Ben schaute in die teils geröteten, teils bleichen Gesichter der Dorfbewohner, die sich gegenseitig anstupsten und feixten. Auch Tom musste grinsen. Obwohl Ben jetzt sicher tatsächlich nahe dran war, alle hier festzunehmen.

»Ich weiß nicht, was Sie gehört oder gesehen haben, meine Damen und Herren, aber meine Skikünste gehören hier im Augenblick wirklich nicht her. Wir sind hier, weil ein Mensch, einer Ihrer Nachbarn, ermordet wurde.« Ben machte ein drohendes Gesicht. »Wir möchten Sie bitten nachzudenken, ob Ihnen heute Morgen etwas aufgefallen ist, zwischen halb acht und acht Uhr. In der Nähe des Hofes von Paul Jonker.«

Dabei sah Ben auf den Sohn des Toten, der den Kopf in die Hände gestützt hatte und mit leerem Blick auf den Boden vor sich hin starrte.

Kapitel zehn

Einem entlarvten Kinderschänder widerfährt in unserer Gesellschaft am wenigsten Gnade. Zumindest von seinen Mitmenschen. Gerichte und Richter sehen das manchmal anders. Ein Kinderschänder, das sagt uns der Menschenverstand, ist die verdammenswerteste Kreatur, die wir uns vorstellen können. Ein solcher Mensch wird gehasst. Er ist Synonym für Ekel, Verachtung und Abscheu. Die einzige Möglichkeit für solch eine Person, erneut ein unbehelligtes Leben zu führen, ist die Identität zu wechseln oder die völlige Einsamkeit zu suchen.

Friedrich Eser hatte vor fünf Jahren diesen letzteren Weg angetreten. Fern der Menschen, die ihn einmal gekannt hatten, hatte er sich hier in Ellerdingen, am Dorfrand, ein kleines Fachwerkhaus gekauft.

Fünf Jahre war Friedrich Eser eingesperrt gewesen, fünf Jahre in einer zwei Mal vier Meter großen Zelle. Ohne Kontakt zu anderen Gefängnisinsassen. Denn auch im Knast spiegelt sich die Gesellschaft wider. Jemand, der sich an einem Kind vergangen hat, ist auch dort der größte Abschaum, den es überhaupt gibt.

Friedrich Eser hatte diese fünf Jahre im Gefängnis überlebt. Nun war sein Bedarf an Menschen gedeckt. Er wollte nicht mehr als unbedingt notwendig mit ihnen zu tun haben. Seit seiner Entlassung lebte er in dem kleinen Dorf. Niemand wusste um seine Vergangenheit. Das Verbrechen, das er begangen hatte, war in einem ganz anderen Teil des Landes geschehen. Niemand hielt den ruhigen, freundlichen Mann mit den zurück gekämmten Haaren und dem leicht gekrümmten Gang für einen verurteilten Straftäter.

Weil er alle Menschen, auch seine Nachbarn mied, fehlte Friedrich Eser selbstverständlich bei der Versammlung im ›Forellengrund‹. Vor einer Stunde hatte zwar der Sohn von Händells, die ein paar Schritte oberhalb wohnten, an seiner Tür geklingelt und ihn im Namen der Dorfgemeinschaft zu dem Treffen in der Gaststätte eingeladen, aber jedem Ellerdingener war klar gewesen, dass Friedrich Eser nicht in den ›Forellengrund‹ kommen würde. Kein einziges Dorffest hatte er bislang mit gefeiert, nicht einmal zum traditionellen Glühweintrinken Anfang Dezember auf dem Dorfplatz war er jemals gekommen.

Während die Ellerdingener gerade den beiden Kommissaren mitteilten, wo sie sich am Morgen zwischen sieben und acht Uhr aufgehalten hatten, band sich Friedrich Eser seinen grünen Lieblingsschal um den Hals, schnürte die dicken Paar Schuhe und trat in den Schnee hinaus. Er atmete tief ein und spürte die kalte Luft in die Lunge strömen. »Dies ist die beste Zeit«, sagte er sich, »um einen vollkommen ungestörten Spaziergang rund ums Dorf zu machen!« Insgeheim, das gestand er sich selbst ein, war er auch neugierig, was sich seit dem Morgen in dem kleinen Dörfchen getan hatte.

Wie viele Menschen, die schon mit dem Gesetz in Konflikt geraten und deswegen den Umgang mit Polizisten gewohnt waren, hatte er ein Gespür für sie entwickelt. Die beiden Männer am Morgen hatten ihn gleich misstrauisch gemacht. Der Dicke war ihm sogar bekannt vorgekommen, er konnte sich jedoch nicht erinnern, wo er dem Mann schon einmal begegnet sein könnte. Eser hoffte, durch seinen Spaziergang vielleicht mehr zu erfahren. Zum Beispiel, was die beiden Polizisten hierher geführt hatte und warum sich alle Dorfbewohner bereits zur Mittagszeit im ›Forellengrund‹ versammeln sollten.

Mit einem angedeuteten Fußtritt scheuchte Friedrich Eser die Katze die Treppe hinunter und schloss die Tür ab. Dann zog er sich die dunkle Kappe über den Kopf, die er vergangenes Jahr im Städtchen gekauft hatte. Sie war zwar etwas zu groß, hielt aber die Kälte fern. Im Nachbarort Böllingen läuteten die Zwölf-Uhr-Glocken. Der Himmel war dunkel verhangen, der niederfallende Schnee deckte bereits wieder die Steinplatten zu, die er vor einer Stunde frei geschaufelt hatte. Missmutig betrachtete er die Äste der großen Fichte in seinem Vorgarten, die sich unter ihrer Schneelast teilweise bedrohlich bis zum Boden neigten. Alle anderen Pflanzen wie seine kleine Birke, die er im Frühjahr gepflanzt hatte, waren unter den Schneemassen begraben. Während er vorsichtig die ansteigende Straße ins Dorfinnere hinaufstakste, krochen beunruhigende Gedanken durch seinen Kopf: Was wollten diese beiden Polizisten hier? Waren sie seinetwegen gekommen? Nein, sie waren ja auf der Suche nach Paul Jonker, so etwas ähnliches hatten sie doch gesagt, oder? Er blieb einen Augenblick stehen und lauschte der Stille im Dorf. Frische Schlittenspuren zogen sich kreuz und quer über die Straße. Eser betrachtete die verlassenen Häuser. Der herabfallende Schnee hinderte den Rauch aus den Schornsteinen am Aufsteigen und verlieh der kalten Luft eine ungewöhnlich rauchige Note. Nach zweihundert Metern bog Friedrich Eser an der Abzweigung in die Straße ›An den Buchen‹. Links von ihm stand das alte Rumperhaus, rechts der Bauernhof von Paul Jonker und seinem Sohn.

Was wollten die beiden Kommissare hier? Wenn er den Dicken richtig verstanden hat, war irgendetwas passiert. Oder würde etwas passieren. Friedrich Eser schlug den Weg zum ›Forellengrund‹ ein. Er versank noch tiefer im Schnee. Plötzlich spürte er eine nasse Kälte an seinem rechten Fuß. »Verdammt!«, murmelte er halblaut vor sich hin. Eser stützte sich an einem Pfahl ab, hob den rechten Fuß so weit aus dem Schnee, dass er etwas sehen konnte und betrachtete den Stiefel. Im Fersenbereich zog sich ein langer feiner Riss von links nach rechts. Kurz überlegte er, nach Hause zurück zu gehen und die Schuhe zu wechseln, da spürte er ein Prickeln im Nacken. Fast so, als kröche die Winterkälte ganz langsam an der freien Stelle zwischen Mantelkragen und Mütze entlang, doch es war etwas anderes: Er fühlte sich beobachtet.

Langsam drehte er den Oberkörper nach hinten. Was er sah, ließ seinen Herzschlag für ein paar Sekunden aussetzen: Ein großer mächtiger Bulle stand rund fünfzig Meter von ihm entfernt und starrte ihn drohend an. Oder täuschte er sich etwa?

»Oh lieber Gott ja, ich täusche mich!«, murmelte er. Seine Brille war beschlagen und vielleicht war das dort ja gar kein Bulle, sondern etwas ganz anderes. »Was soll es anderes sein?«, fragte ihn seine innere Stimme, »ein Elch oder was?« Hektisch nahm er die Brille von der Nase und rieb sie an einem Stück Pullover, das unter seinem Mantel hervorlugte. Als die Brille wieder auf seiner Nase saß, sah Eser, wie das Tier ihn weiter regungslos anstarrte. Die großen, dunklen Augen fixierten ihn starr, ohne jegliche Bewegung. Friedrich Eser begann zu schwitzen. Seine Angst wurde größer und stieg unangenehm prickelnd seine Wirbelsäule hinauf. Seine Beine fühlten sich furchtbar steif an und verzweifelt dachte er einen kurzen Augenblick, dass er sich keinen Zentimeter von der Stelle bewegen konnte. Doch dann begannen sie wie von selbst zu laufen.

Aber Unsinn: Natürlich konnte in diesem Schnee von Laufen keine Rede sein, er schwamm vielmehr vorwärts, wie in einem Fluss, der ihm tosend an den Beinen zerrte. Eser ruderte wild mit den Armen, um so viel Schnee wie möglich aus dem Weg zu schieben. Nach wenigen Metern wagte er einen Blick zurück.

»Oh Gott!« Das schwere Tier hatte sich ebenfalls in Bewegung gesetzt. Langsam noch, aber voller Kraft. Fast mühelos durchpflügte es hinter ihm die Schneemassen. Friedrich Eser wendete den Blick wieder nach vorne. »Lauf«, dachte er, »lauf, Friedrich, lauf!«

Doch nach weiteren zwei Metern stolperte er über eine kleine Kinderschaufel. Unaufhaltsam kippte er im Weiterlaufen langsam nach vorne. Automatisch versuchte er sich mit den Armen abzustützen. Dabei wäre er beinahe kopfüber in den Schnee gefallen, hätte sein linkes Bein nicht im letzten Augenblick Halt gefunden. Mühsam behielt er das Gleichgewicht und kämpfte sich weiter. Dabei rutschte ihm seine Kappe ins Gesicht. Einen Augenblick lang konnte er nichts sehen. Mit einer fast beiläufigen Bewegung warf er sie hinter sich, so als könne der kleine

Fetzen Stoff den Bullen vielleicht für ein paar Sekunden aufhalten. Wild mit den Armen rudernd hastete er weiter, ohne noch einmal einen Blick hinter sich zu werfen. Er wusste, dass der Bulle hinter ihm aufgeholt hatte, er wusste es, auch wenn das Tier noch nicht zu hören war. Was er hörte, war sein eigener Atem. Stoßweise und immer kürzer werdend entwich die Luft aus seiner schmerzenden Lunge. Er rannte am Haus der Gruhses vorbei. Der Zaun im Vorgarten bestand aus Zaunlatten. Mickrige, ein Meter hohe Zaunlatten, nutzlos wie eine Wasserpistole. Und alle Ellerdingener saßen im ›Forellengrund‹. Niemand konnte ihm jetzt und hier schnell die Haustür aufmachen und zurufen: »Hallo, Herr Eser, kommen Sie doch auf einen Sprung herein!«

Er hastete vorwärts, mühte sich verzweifelt durch den massigen Schnee. Ein paar Meter weiter vor dem Haus der Massings standen mehrere Buchen. »Zu dünn«, dachte er, »oh Gott, die sind zu dünn.« Der ›Forellengrund‹ lag immer noch rund fünfzig Meter entfernt.

Kurz überlegte er, auf ein zugeschneites Autodach zu springen. Doch vor seinem geistigen Auge sah er sich bereits von dem schneenassen Lack abrutschen. Ganz langsam, fast in Zeitlupe. Und dann würde der Stier mit heißen Nüstern heranstürmen und seine Hörner in seinen Rücken bohren. In seine Lunge und sein Herz.

Eser lief noch schneller. Nun nahm er neben seinem eigenen Atem auch ein anderes Geräusch wahr. Das Geräusch glich dem einer ganzen Rinderherde. Die Hufe des Stieres. Noch zwanzig Meter bis zum ›Forellengrund‹.

»Nicht stürzen!«, hämmerte es in Esers Kopf, »um Gottes Willen nur nicht stürzen. Du schaffst es!«

Friedrich Eser erkannte die Menschen hinter den großen Fensterscheiben der Gaststätte. »Sie sehen mich nicht«, dachte er verzweifelt, »Schaut aus dem Fenster! Macht die Tür auf! Schaut aus dem Fenster, verdammt noch mal!«

Aber wie es nun einmal so war, beobachtete niemand der Dörfler den Wettlauf zwischen Friedrich Eser und dem Stier. Alle schauten auf die beiden Kommissare.

Deswegen hielt Friedrich Eser auch niemand die Tür auf, als er die Gaststätte erreicht hatte. Sein Atem ging mittlerweile hechelnd und stoßweise, die kalte Luft brannte wie Feuer in seiner Lunge. Die Brille war fast völlig beschlagen und eher Hindernis als Hilfe. Doch er konnte sie nicht von sich werfen, selbst, wenn er es gewollt hätte. Er brauchte seine Arme, um die Balance zu halten. Knapp fünf Meter trennten den wild schnaubenden Bullen noch von Friedrich Eser. Mit letzter Kraft riss er die schwere Eichentüre auf. »Einen Schritt noch«, schrie es in ihm. Er drückte die Klinke, schraubte sich förmlich in den Raum hinein und warf die Türe gleichzeitig hinter sich ins Schloss. Eine

Leistung, die ihm sein früherer Sportlehrer nicht einmal als Teenager zugetraut hätte.

Auch jetzt noch hatten nur ein paar Ellerdingener in den hinteren Reihen den Tumult an der Eingangstür mitbekommen. Verwundert starrten sie auf den Mann, der wimmernd und keuchend auf dem schmutzigen und schmierigen Holzboden kniete und nach Atem rang. Aufmerksam wurden die weiteren Gäste erst wenige Sekunden später durch den ohrenbetäubenden Lärm, mit dem der Bulle gegen die Tür donnerte und sie in der Mitte fast spaltete.

Erst jetzt starrten alle Augenpaare auf die merkwürdige Gestalt, die wie zum Gebet bereit auf dem Boden kniete. Vor Angst zitternd und klatschnass geschwitzt, nahm Eser mit bebender Hand die völlig beschlagene Brille ab. Langsam schaute er vom Boden auf und keuchte mit der letzten Luft, die seine Lungen hergaben: »Wer …, wer von euch beschissenen Dörflern hat diesen gottverdammten Bullen frei gelassen?«

Dann fiel er kraftlos nach vorne, streckte auf dem schneenassen Boden alle Viere von sich, schloss die Augen und dankte Gott seit langer, langer Zeit wieder einmal für seine große Güte.

Kapitel elf

Die Physiognomik, also vereinfacht ausgedrückt die Wissenschaft der Deutung des Charakters des Menschen nach seiner Gestalt und seinen Gesichtszügen, ist vollständig in Vergessenheit geraten. Zu Recht: Niemand kann einen Menschen nur nach seinem Äußeren beurteilen.

So sollte man es auch mit Michael Schlem halten: Der gut aussehende, intelligente Mann war genau das, was man, ohne sich auch nur eine Sekunde mit einem schlechten Gewissen quälen zu müssen, einwandfrei als Arschloch bezeichnen konnte. Seine einzige Qualität, sowohl privater als auch beruflicher Natur, bestand darin, die Wichtigkeit von Ereignissen sehr schnell einschätzen zu können.

Der braungebrannte, dunkelhaarige Mittvierziger erkannte die mögliche Entwicklung eines Geschehens blitzschnell und konnte beurteilen, ob sich daraus eine Story machen ließ oder nicht. Wenn nicht, verschwendete er keinen weiteren Gedanken mehr an sie, wenn ja, setzte er Himmel und Hölle in Bewegung, um sie in alle Welt zu verkaufen. Dazu war ihm jedes Mittel recht.

Das Mantra, das ihn zu einem der bekanntesten Fernsehjournalisten des Landes gemacht hatte und in seinem Badezimmer in einem Rahmen neben dem Spiegel hing, lautete: »Erst ich!«

Schlem war skrupellos und egozentrisch. Mehrmals im Jahr präsentierte er an verschiedenen Journalistenschulen seine beruflichen Leitsätze, in denen dann, und nur dann Worte wie Teamwork, saubere Recherche oder Antikorruption vorkamen. Mit wohlklingender Stimme schilderte er dem staunenden und hungrigen Mediennachwuchs wenig wahre Anekdoten aus seinem berühmten und aufregenden Berufsleben.

Heute allerdings verfluchte er ausnahmsweise seinen Ruf als Starreporter. Schlem saß seit einer Stunde an seinem Schreibtisch und surfte lustlos im Internet. Sein Kopf brummte ein wenig. Er war wütend: Sein gestriger Plan, die Praktikantin aus der Sportredaktion flach zu legen, wie er es nannte, war gescheitert. Vorerst. Dabei war der Abend gestern gut angelaufen: Erst das Essen bei seinem Lieblingsitaliener, ein überteuertes Angeberlokal in der Südstadt, dann die schummrige Bar am Stadthaus mit ihren wunderbaren Cocktails und schließlich … nichts mehr. Die Praktikantin, er wusste nicht einmal mehr, wie sie hieß, hatte einfach nichts trinken wollen, kicherte die meiste Zeit dumm in der Gegend herum und nervte ihn den ganzen Abend mit ihrem Gequietsche, sie könne es einfach nicht glauben, mit solch einem berühmten Journalisten ein ›Date‹, wie sie es mit Anführungszeichen gestikulierte, zu haben. Kurz nach elf hatte Schlem dann die Nase voll und seine Blicke über das restliche Lokal schweifen lassen. Während die Kleine ihm von ihren verschiedenen Praktika erzählte, die sie vergangenes Jahr gemacht hatte, war er auf eine Blondine aufmerksam geworden, die zwei Tische entfernt saß. Er war ein wenig auf seinem Hocker zur Seite gerückt, um sie besser im Blick zu haben. Vor allem gefiel Schlem das enge T-Shirt der Dame, das nur knapp eine enorme Oberweite verhüllte.

Die Blonde dort drüben war nicht allein. Neben ihr saß eine Pressefrau, die, das wusste Schlem aus unzähligen Terminen, bei der Stadtverwaltung arbeitete. Mit einem kurzen »Entschuldige mich bitte, ich muss rasch jemanden begrüßen«, schnappte er sich sein Glas und wechselte mit einem strahlenden Lachen an den Tisch der beiden Damen. Nach dem üblichen ›Hallo‹ waren die drei kurz danach in ein reges Gespräch vertieft. Schlem beherrschte den Small Talk wie kein Zweiter. Wenn er sich allerdings tiefere Gedanken darüber gemacht hätte, wäre ihm bewusst geworden, dass auch seine privaten und persönlichen Gespräche nie über diese Ebene hinausgingen.

Eine Viertelstunde später schlenderte er an der Theke entlang zur Toilette. Er warf einen Blick auf den Tisch, an dem er bis vorhin gesessen hatte. Der Platz der Praktikantin war leer. Das allerdings störte ihn nicht weiter. Im Gegenteil: »Wär ja noch schöner gewesen, wenn ich sie hätte nach Hause bringen müssen«, dachte er.

Aber auch das Gespräch mit den beiden Damen lief nicht eben in die Richtung, die ihm vorschwebte. Seine Witze kamen aus irgendeinem Grund nicht an und beide Damen linsten des Öfteren über seine Schulter, so als würden sie nach jemand Besserem Ausschau halten. Anmerken ließ er sich seinen Unmut natürlich nicht. Noch ein bisschen Konversation, kurz nach zwölf dann der galante und spendable Abschied, in dem er die Cocktails der beiden Damen mit auf seine Rechnung nahm. Wer weiß, vielleicht verhalf ihm die eine der beiden schon morgen zu einer Superstory.

Rechts neben dem Computer sprudelte ein Aspirin in seinem Glas. Das Internet warf beim Namen des Dorfes keinen einzigen Treffer aus. Das Kaff lag rund fünfzig Kilometer entfernt und wenn Schlem heute zu etwas wirklich absolut keine Lust hatte, dann war es, sich auf den Weg ins Niemandsland zu machen. Doch genau das war die Order. Kurz vor den Weihnachtstagen ein ungeklärter Todesfall in einem zugeschneiten Dorf, das stachelte die Phantasie jedes Zuhörers und Zuschauers an. Das ließ die Leute enger am Weihnachtsbaum zusammen rücken, da schmeckte der Christstollen doppelt so gut, hatte sein Chef gesagt. Schlem fluchte leise und betrachtete verdrossen die Brausetablette, die immer kleiner werdend, am Rand des Wasserglases entlang tanzte.

Kapitel zwölf

Manchmal ist Gott vergleichsweise tolerant und nachsichtig, und zeigt einem auf nicht allzu unmenschliche Art und Weise, dass man sich überschätzt hat. Wenn beispielsweise ein Skifahrer direkt nach dem Anfängerkurs eine schwarze Piste hinunterfährt und sich nur ein Bein, und nicht direkt den Hals bricht. Allerdings überwiegen, rein gefühlsmäßig zumindest, die Fälle, in denen Gott sich lieber hartherzig zeigt. Wenn man mit einem Seemannsköpper in ein flaches Gewässer springt, nur um jemandem imponieren zu wollen, oder wenn man dummerweise versucht, den Wassertrog aus dem Löwengehege zu stehlen. In diesen Fällen kann man eigentlich immer drauf wetten, dass Er einem die Quittung präsentiert. Was ja auch nur recht und billig ist; ab einem gewissen Grad muss Dummheit in einem darwinschen Sinne einfach bestraft werden.

Im konkreten Fall hier war alles ganz harmlos. Ben gebärdete sich auf der kleinen Bühne immer mehr wie ein Filmstar. Selbstverliebt dachte er gerade, dass nichts und niemand die Aufmerksamkeit der Menschen von ihm ablenken könnte, da stahl ihm Friedrich Eser die Schau.

Ben starrte ungläubig auf das Häufchen Elend, das im Eingangsbereich der Gaststätte liegend nach Atem rang. Ben erkannte den Mann wieder, der am Ortseingang des

Dörfchens wohnte. Der Typ mit Hornbrille und großer Klappe, Friedrich soundso.

Obwohl es Ben freute, diesen unsympathischen Typen dort an der Türe nach Luft schnappen zu sehen, fühlte er sich plötzlich unwohl. Nicht nur, dass Tom und er weiterhin in diesem kleinen Dorf festsaßen und wahrscheinlich auch die Nacht über hier bleiben mussten, sondern auch weil es nicht das kleinste Fitzelchen einer Spur gab. Außer diesem merkwürdigen Wisch mit dieser komischen Mühle-Spiel-Geschichte. Der Mord schien vollkommen unbemerkt geschehen zu sein. Keiner der Dorfbewohner hatte auf irgendeine seiner Fragen oder Äußerungen reagiert, sie hatten ihn nur gebannt angestarrt, als sei er ein Bauchredner. Ben schaute zu Tom, der sich neben ihn stellte.

»Was macht der Komiker denn da?«, fragte Ben.

»Ich schätze mal, der hat den ausgebüxten Bullen gefunden.« Tom schaute sich im Saal um und schüttelte den Kopf: »Ben, wir kommen hier keinen Schritt weiter.«

Eine kleine Pause entstand. Eine ältere Frau in einem grünen Wollmantel und ein dicker Kerl in Skihosen halfen Eser wieder auf die Beine. Plötzlich sagte Ben: »Okay, lass uns hier Schluss machen.«

Tom zog die Augenbrauen zusammen und schüttelte den Kopf: »Du spinnst wohl. Keine zweihundert Meter weiter liegt ein Mann mit einem Stich mitten durchs Herz, und du willst Weihnachten feiern, oder was? Sag mal, meinst du das eigentlich ernst?« Tom deutete mit einer Handbewegung auf die Dorfbewohner. Einige hatten sich bereits erhoben und gingen an dem immer noch etwas indisponiert wirkenden Friedrich Eser vorbei zum Eingang. Durch die Ritzen der beschädigten Tür fiel helles Tageslicht. Ein älterer Mann schob sie vorsichtig auf. Der Rahmen hatte sich verzogen und das untere Stück kratschte über den Boden. Der Bulle war nirgends zu sehen.

»Irgendeiner ist gerade dabei, uns ganz gehörig zu verarschen, Ben, merkst du das? Und ich hab keine Lust, mich verarschen zu lassen, ehrlich nicht. Hörst du?«

Ben legte den Kopf in den Nacken, dass es knackte: »He, Tom, bleib ruhig, ja? Ich mein ja gar nicht ganz aus dem Dorf raus, nur hier Schluss machen, hier in der Kneipe.« Er drehte seinen Kopf. »Himmel, ich glaub, ich krieg Kopfschmerzen.«

Tom nickte dem einen oder anderen Ellerdingener zu, der sich auf dem Weg nach draußen noch einmal zu den beiden Kommissaren umdrehte, »Von dem Sturz heute morgen oder was?«

»Quatsch, ich hab nur Hunger.« Ben rief den Wirt, der halbvolle und leere Bier- und Limogläser einsammelte und über die Tische wischte. »Sagen Sie mal, kann man bei Ihnen auch was zu essen kriegen.

Mit lautem Scheppern stellte der Wirt das Tablett vor Ben auf den Tisch: »Sie meinen, ob Sie hier auf dem Land gut essen können. Ich würd sagen prinzipiell schon. Nur jetzt im Winter lohnt das Geschäft hier nicht. Keine Wanderer, keine Urlauber, eigentlich kommt keiner.«

Als er Bens zerknirschtes Gesicht sah, fügte er rasch hinzu: »Aber ich kann Ihnen natürlich gerne was machen lassen, wenn Sie wollen. Meine Frau macht die besten Schnitzel im Umkreis von fünfzig Kilometern.«

Bens Augen begannen zu leuchten. »Das wäre schön.« Mit einem abschätzenden Blick auf Tom sagte er: »Und wenn 's ganz schlimm wird: Hätten Sie dann auch noch zwei Zimmer für uns?«

»Was heißt bei Ihnen ganz schlimm?« Der dicke Wirt hörte auf, Bierdeckel einzusammeln und schaute Ben an. Dabei rieb er sich seine rote Nase.

»Ganz schlimm heißt, wenn wir hier keine Verstärkung kriegen, die den Toten untersucht oder mitnimmt. Dann sind wir sozusagen gezwungen, hier zu übernachten, und so wie es aussieht sind Sie der einzige, der Zimmer vermietet.«

»Zwei Zimmer wird schwierig, aber ein großes hätten wir dann schon noch«, sagte der Wirt.

Bens Augenbrauen schoben sich erschreckt in die Höhe: »Wie, nur eins? Wir brauchen zwei!«

Tom hörte kaum zu. Er betrachtete gedankenverloren die Schneeflocken, die gegen die Fensterscheiben wehten. Die Luft im Saal war schlecht, es stank nach Bier und Gekochtem. Er dachte wieder an Anne. Eben hatte er versucht, zu telefonieren, aber sein Handy war tot und gab keinen Mucks von sich. Andererseits blieb noch Zeit: Wahrscheinlich hatte sie zwar mittlerweile in seinem Büro vorbei geschaut und ihn nicht gefunden, aber Ben und er waren ja häufig unterwegs, deswegen würde sie sich noch keine Gedanken machen. Er wollte es später noch einmal versuchen. Erreichen musste er sie unbedingt, nicht nur, weil er ihre Stimme hören wollte. Auch wegen der Verabredung für die Weihnachtsgeschenke musste er ihr Bescheid sagen.

Und statt lächelnd mit Anne irgendwo an einem Glühweinstand zu stehen, würde er die Nacht mit Walross Ben verbringen und sich dessen Geschnarche anhören. Er seufzte leise und drehte sich wieder zu Ben und dem Wirt.

»Wir stellen im Winter immer allen Kram für die Gäste in die Zimmer, wissen Sie? Angeln, Sitzschemel, Ködereimer, all das Zeugs. Unten im Keller ist dafür kein Platz. Und um die Zeit gibt 's wie gesagt keine Gäste«, sagte Wolfgang Loose gerade.

»Heute dann aber wahrscheinlich schon.«, brummte Ben, »Scheiße!«

Tom wies mit einer Kopfbewegung Richtung Tür. »Was war denn da los vorhin? War der Mann betrunken oder was?«

Der Wirt schüttelte den Kopf: »Nein, der Eser trinkt nicht. Der Bulle von Jonker ist wieder ausgebüxt und hat den alten Esel wohl fast erwischt. Das dauert immer ne Weile, bis der keine Lust mehr hat, draußen rum zu rennen und in den Stall zurückgeht.«

Ben setzte sich senkrecht auf und starrte abwechselnd auf den Wirt und nach draußen. »Was? Sie lassen den Bullen auch jetzt noch frei rum laufen? Der wird nicht eingefangen oder so?«

Der Wirt grinste breit: »Fangen Sie den mal ein! Ein schlaues Vieh ist das. Ist schon früher ein paar Mal abgehauen. Aber bislang hat er noch keinen erwischt.«

Bens Augen verengten sich: »Der will nur spielen, oder was? Das heißt, das ist hier wohl im Dorf so eine Art Volkssport? Vor nem Bullen weglaufen. Täusch ich mich, oder sind die eben trotzdem einfach alle wieder raus und unterwegs zu ihren Häusern?«

Er stand auf und schaute aus einem Fenster. In Gruppen oder allein gingen die Einwohner durch den Schneefall nach Hause. Ben schüttelte den Kopf: »Die gehen hier mitten über die Straße, und auch jetzt noch in dem dichten Schnee!«

Der Wirt zuckte mit den Schultern: »Ja, wie gesagt, ist ja noch nie was passiert. Ich denk auch nicht, dass der Nero wirklich gefährlich ist.«

Ben verdrehte die Augen, sagte aber nichts.

»Wir haben eh anderes zu tun, als den Bullen einzufangen«, sagte Tom.

»Ja«, brummte Ben leise, »vielleicht 'n hübsches Zimmer suchen. Tom, ich glaube, die haben hier alle einen an der Waffel, oder?!«

Er seufzte: »Prima, ehrlich.«

Tom lachte: »Sei doch froh, dann kann dir heute Abend wenigstens deine Schwiegermutter nicht zu Leibe rücken.«

»Sehr, sehr witzig!«

Tom zündete sich eine Zigarette an. Der Wirt öffnete an der Längsseite des Saales die Fenster. Kalte Luft strömte in weißen, kalten Schwaden in den Raum. Ganz in der Nähe hörte Tom das Tuckern eines Traktors im Leerlauf. Irgendwo im Ort lief eine Kreissäge an. Das Leben in Ellerdingen ging für die meisten einfach weiter wie bisher. Mit Mord waren die Dorfbewohner nicht sonderlich zu beeindrucken, schien es.

Die beiden Kommissare schauten sich an. »Herr Loose, haben Sie noch einen kleinen Moment Zeit? Wir müssen mehr über die Leute erfahren.«

Der Wirt drehte sich um: »Ich weiß aber nicht, ob ich da der Richtige bin. Ich bin ja kein Alteingesessener, meine Frau und ich sind erst vor zwei Jahren hierher gezogen.

Ben rückte dem Wirt einen Stuhl zurecht: »Sie sind doch hier die Anlaufstation für alle. Ich denk mal, hier trinkt doch jeder sein Bierchen, und Sie kriegen alles mit. Und Sie machen sich auch sicherlich Ihre Gedanken, auch wenn Sie die Leute nicht aushorchen wollen, oder?« Ben lächelte Wolfgang Loose auffordernd an.

Tom schaute weg. Bei Bens psychologischer Holzhammer-Methode drehte sich ihm jedes Mal der Magen um. In den Jahren, die Tom und Ben gemeinsam ein Büro teilten, hatte Ben immer größten Wert drauf gelegt, als hart zu gelten. Und von psychologischem Firlefanz hatte Ben auch noch nie etwas gehalten. Vor allem deswegen passte sein jetziges Feingefühl so gar nicht zu ihm.

Aber der Wirt kannte Ben nicht. Und außerdem machte der Herr Kommissar auf den Wirt den Eindruck, als lasse er Widerspruch nur in äußersten Notfällen gelten. Der Gastwirt zögerte noch, setzte sich dann aber doch langsam auf den angebotenen Stuhl. »Ich kann eigentlich nur Gutes über die Ellerdingener sagen, ehrlich. Bin noch mit keinem aneinander geraten, jeder bezahlt seine Zeche früher oder später, alle helfen, wenn wir hier für das Dorffest aufbauen, ist okay hier, kann ich nur sagen.«

Eine kurze Pause entstand, die die beiden Kommissare in ihren Verhören immer einplanten. Auch Wolfgang Loose wand sich ungefähr zehn Sekunden, dann sagte er: »Klar, als ich das vom Paul gehört habe heute morgen, hab ich schon kurz hier an die Geschichte mit Gerd Gruhse gedacht.« Er hob abwehrend die Hände: »Aber da weiß ich nicht viel drüber, das ist schon ein bisschen her.«

»Welche Geschichte?« Tom schaute Ben kurz an.

»Der Gerd hat als Junge mal Mist gebaut. Hat sich richtig versündigt.« Loose schaute die beiden durchdringend an: »Hören Sie, ich will darüber wirklich nicht reden, ich kenne die Leute hier mittlerweile ganz gut, ich will 's mir nicht verderben und hier Gerüchte verbreiten. Der Gerd hat ja dafür wohl auch seine Strafe bekommen.« Loose versuchte aufzustehen, aber Ben drückte eine Hand auf die Schulter des Wirts.

»Herr Loose, wir verlieren hier nur Zeit, wenn Sie uns nicht ein bisschen was erzählen wollen über die Leute hier im Dorf. Wir müssen einfach nur wissen, wer hier wohnt, mit wem wir es zu tun haben. Es geht hier um Mord, verstehen Sie? Und wenn jemand mit dem Gesetz in Konflikt gekommen ist, heißt das noch lange nicht, dass es ein zweites Mal passieren muss.«

Loose räusperte sich, schaute kurz zu Ben, dann zu Tom: »Ja, der Gerd, also ich kenn das ja auch nur aus den Erzählungen, der hat sich mal an ein Mädchen ran gemacht.« Der Wirt starrte auf das Tablett mit den schmutzigen Gläsern und begann sie unnötigerweise der Größe nach zu sortieren. Plötzlich machte er einen sehr unglücklichen Eindruck.

»Was heißt hier ›ran gemacht‹? Herr Loose, bitte etwas genauer!« Tom trommelte ungeduldig mit den Fingerspitzen auf die Tischplatte.

Der Wirt wand sich verunsichert auf seinem Stuhl.

»Na ja, er hat sie bedroht eben.«

Ben war plötzlich hellwach.

»Er hat sie bedroht eben.« Am liebsten hätte Ben den Kerl am Kragen gepackt. »Womit hat er sie bedroht? Herr Loose. Lassen Sie sich nicht alles aus der Nase ziehen! Hier ist ein Mensch ermordet worden, verstehen Sie, und das ist erst ein paar Stunden her. Je länger derjenige frei herumläuft, desto größer werden die Chancen, dass er damit durchkommt, also machen Sie den Mund auf!«

Wolfgang Loose betrachtete seine schmutzigen Fingernägel: »Also, so wie ich gehört hab, ist der Gerd zusammen mit einer aus dem Nachbarort, oben aus Böllingen, jeden Dienstag zum Konfirmandenunterricht gefahren.«

Ben stutzte: »Kann doch wohl so nicht stimmen, war wohl 'n bisschen alt für den Konfirmandenunterricht, oder?«

Der Wirt nickte mit dem Kopf. »Ja, ich meine, der Gerd, der ist mit ihr gefahren, und ist dann immer ins Dorf, um was einzukaufen oder so. Keine Ahnung, woher die sich sonst kannten. Warten Sie mal. Die sind danach gleich weg gezogen, aber an den Namen … ja, Bettina hieß sie, das Mädchen, Bettina Drees. War schon ein Früchtchen. Auch mit dreizehn Jahren schon. Na ja und einmal, das war wohl im Sommer, hat der Gerd das Mädchen plötzlich mit einem Messer bedroht. Man weiß ja nicht, was da vorher gewesen ist, wissen Sie. Steckt man ja nicht drin. Er hat sie auf jeden Fall in den Wald gezerrt und hat versucht, sie zu vergewaltigen.«

Er nickte bedächtig, so als hätte er die Szenerie gerade detailliert vor Augen. »Hat sie wohl auch vergewaltigt. Und dann hat er, so hab ich es zumindest gehört, sie halt noch bedroht. Dass sie nichts sagen soll, sonst bringt er sie um und so. Die Kleine hat dann doch geredet, und den Gerd haben sie am gleichen Abend wohl abgeholt.«

»Den Burschen hätte ich auch gerne abgeholt!«, dachte Ben. Während der Wirt redete, hatte er an seine Älteste denken müssen. Was würde er wohl mit jemandem machen, der eine seiner Töchter vergewaltigt hätte. Schon bei dem Gedanken daran merkte er, wie er sich verkrampfte. Bewusst langsam atmete er aus und sah auf seine Hände, die zu Fäusten geballt waren. Kurz blickte er hoch, aber weder Tom noch der Wirt schienen etwas bemerkt zu haben.

»Und, ist es dann zum Prozess gekommen?« Ben suchte ganz langsam, um sich weiter zu entspannen, in seiner Jacke nach seinem Notizblock. Gleichzeitig hoffte er, dass sich Tom das Wichtigste merken würde. Die letzten Sätze des Wirts eben hatte er gar nicht mit bekommen.

»Ja, das ging wohl ziemlich rasch sogar. Der Junge saß zwei, drei Monate in der Stadt in Untersuchungshaft, und wenig später ist der Prozess eröffnet worden. Das muss alles sehr schnell gegangen sein.«

»Was muss schnell gegangen sein?« Tom sah Ben an. Der Gedanke, dem Wirt ein bisschen auf den Zahn zu fühlen, war richtig gewesen.

»Na, dass es zum Prozess kam. Das Mädchen hat ausgesagt. Der Gerd – das muss man ihm ja zugute halten – hat sich schuldig bekannt, und dann haben sie ihn auch bald eingesperrt. Für drei Jahre. Weil er die Kleine wohl bedroht hat. Hat das Gericht gesagt.«

Ehe Loose weiter erzählen konnte, schwang die Tür zur Küche auf und knallte gegen die Wand. Eine große, kräftige Frau um die Dreißig polterte herein. Als sie die beiden Kommissare sah, blieb sie kurz stehen, kam dann aber an den Tisch. Die weiße Schürze, die sie über einem braunen Kleid trug, war gespickt mit Soßenflecken.

»Tschuldigung«, sagte sie laut, dabei lächelte sie Ben sehr direkt an. Der erwiderte den Blick erst offen, dann etwas unsicher, als sich die Augen der Frau nicht von seinen lösen wollten. Als sie ihm zuzwinkerte, schaute er verlegen zu Tom.

Mit leeren und halbvollen Gläsern auf einem Tablett verschwand die korpulente Frau wieder in der Küche. Hinter der Schwingtür klapperte Geschirr, Gläser klirrten, dann war es wieder ruhig.

Tom nickte dem Wirt zu. »Vielen Dank, Herr Loose. Sie haben uns sehr geholfen. Jetzt haben wir schon einen besseren Überblick.«

Beide Kommissare lächelten und standen auf, der Wirt blieb sitzen.

»Ach, und eins noch.« Ben drehte sich noch einmal um, »seit wann ist er denn wieder hier, der Gerd Gruhse?«

Loose wackelte mit dem Kopf hin und her: »Also ein Jahr ist das schon her, dass er wieder hier ist.«

Tom nickte dem Wirt zu. »Danke.«

Loose fuhr sich mit dem Zeigefinger an den Mund. »Keine Ursache.« Mit beiden Händen hielt er sich an der Tischplatte fest und zog sich mühsam hoch. Müde stützte er sich ab und sah die beiden Kommissare fragend an:

»Und, wie is 's jetzt, soll ich Ihnen das große Zimmer parat machen oder was?«

»Ich denke mal, besser wären wirklich zwei!« Ben lächelte gequält, band sich den Schal um den Hals und ging nach draußen.

»Überwältigend, was?!« Ben und Tom bahnten sich vom ›Forellengrund‹ aus einen Weg zum Haus der Gruhses. Das kleine gemauerte Haus, seit seinem Bau vor dreißig Jahren immer noch im Rohputz, lag nur gut einhundert Meter von der Gaststätte entfernt. Trotzdem war es durch den weiterhin heftigen Schneefall kaum zu sehen. Im Gänsemarsch folgten die beiden Kommissare einem der vielen Trampelpfade, die die Ellerdingener beim Verlassen des Lokals getreten hatten.

»Was ist überwältigend?« Ben konnte an den Schneemassen nichts finden. Schneeflocken fielen kalt und nass zwischen Kragen und Nacken. Er zog seine Jacke enger um sich und starrte schlecht gelaunt vor sich hin.

»Der Schnee hier, was denn sonst? Die Nase von dem Wirt oder was? Hast du schon mal so viel Schnee gesehen?«

Heller erkannte in einem Vorgarten den gedämpften Schein einer Lichterkette an einer kleinen Tanne, die durch die Schneemassen fast vollständig begraben war. Nur die grüne Spitze schaute noch heraus.

»Ne!« Ben verdrehte die Augen. »Ist mir im Augenblick aber auch vollkommen egal. Ich weiß nur, dass mein verdammtes Handy hier nicht funktioniert. Und oben auf den Berg gehen will ich auch nicht. Nicht wirklich. Dieser Scheißbulle!« Er schaute sich um. »Und außerdem glaube ich nicht so recht, dass sich die Kollegen heute noch aufmachen zu uns hier. Wir sind eh seit einer Woche in Notbesetzung. Die werden versuchen anzurufen, und wenn die nichts hören, war 's das. Wir haben nichts bestätigt. Die denken wahrscheinlich, wir machen hier Skiurlaub und warten ab. Zumindest bis heute Abend, denk ich.«

Tom drehte sich zu Ben: »Die Nacht bleiben wir hier, das ist klar, Ben. Finde dich damit ab. Ach, und auch, dass ich dich nicht sonderlich attraktiv finde. Als Mann, meine ich. Okay, du bist und bleibst ein Skiass, aber trotzdem versprech ich dir: keine Autogramme und keine Avancen.«

»Sehr witzig.« Ben schnaufte verächtlich und schubste Tom nach vorne, »komm, geh weiter, ich will wissen, ob uns der Gruhsejunge weiterhelfen kann. Wie auch immer, keine Ahnung. Und ich kann nur hoffen, dass uns dieser Bulle nicht über den Weg läuft, ehrlich. Wer kümmert sich überhaupt um den? Das kann doch alles nicht wahr sein. Mann, Mann, Mann, ist das ein Scheißtag.«

Plötzlich fiel ihm die Kellnerin wieder ein: »Hast du mitgekriegt, dass mir die Frau eben zugezwinkert hat?«

»Welche Frau? Da waren viele Frauen.« Toms Stimme war kaum zu hören.

»Na, die Kellnerin eben, die die Gläser abgeräumt hat.«

»Ist mir nicht aufgefallen. Wahrscheinlich Wunschdenken!«

Ben seufzte: »In dem Fall kann ich ehrlich gesagt drauf verzichten. Die ist sicher ganz nett, aber ...«

»Ben, bleib mal ruhig, ja! Die hat dich ja jetzt auch nicht sofort in ihr Bett eingeladen, oder? Die hat dir zugezwinkert.« Tom lächelte. »Ich glaub zwar eher, die hat was im Auge gehabt, aber ich kann mir auch durchaus vorstellen, dass du auf einen gewissen Frauentyp einen Reiz ausübst.« Er schaute Ben abschätzend an: »Doch, könnte ich mir vorstellen!«

»Was soll das denn jetzt heißen?«, fragte Ben.

»Na, manche stehen eben auf dich, manche Rundliche, mein ich.«

»Himmel, bist du ein Arsch! Ich weiß wirklich nicht, warum ich dich nicht einfach irgendwann aus Versehen erschieße.«

In diesem Moment hörten beide einen Schrei. Genau aus der Richtung, in die sie unterwegs waren. Beide Kommissare begannen zu laufen.

Kapitel dreizehn

Eines unterscheidet einen realen Mord ganz entscheidend von denen, die wir Tag für Tag im Fernsehen oder im Kino präsentiert bekommen: Die Stille. Von einem toten Menschen, gerade von dem Opfer eines Gewaltverbrechens geht eine unglaublich große Stille aus. Auch wenn es noch vor wenigen Sekunden oder Minuten einen furchtbaren Kampf gegeben hat, Schreie, Tritte, verzweifelte Versuche von Gegenwehr, mit einem Schlag ist alles vorbei. Der Kampf ist vorüber, der Körper ist frei, scheint erlöst.

Tom registrierte diese Stille jedes Mal ganz bewusst. Er wusste auch, dass diejenigen, die diese Stille verdrängten, Ambulanzfahrer, Notärzte oder Augenzeugen, dafür irgendwann zahlen mussten. Meist in ihren Träumen oder mit ihrer Gesundheit. Tom selbst hatte am Anfang immer versucht, am Schauplatz eines Verbrechens möglichst cool und unbeteiligt zu reagieren. Dafür hatte er bezahlt. Regelmäßig war er fast immer um kurz nach eins aufgewacht und konnte nicht wieder einschlafen.

Seit vier Jahren aber versuchte er die Stille in sich aufzunehmen. Was ihm dabei aber immer noch Angst machte, war die Tatsache, wie verstört manche Toten aussahen. Nicht verwüstet, massakriert, geschlagen oder geschunden, sondern einfach verstört. Ihr Gesichtsausdruck zeigte häufig keinen Frieden, obwohl doch der Tod angeblich nur ein langer Schlaf war. Tom versuchte sich einzureden, dass der Ausdruck im Gesicht der Toten nicht zu deren Tod gehörte, sondern zum letzten Augenblick ihres Lebens. Aber das tröstete ihn auch nicht. Es machte ihm immer wieder Angst, dass der Tod zwar eine Stille hinterließ, aber viel zu selten einen sichtbaren Frieden.

Auch Gerd Gruhse wirkte alles andere als friedlich. Der junge Mann, ehemaliger Vergewaltiger und Taugenichts, lag in seinem blutverschmierten braunen Pullover und einer besudelten Jeans auf dem Teppich des kleinen Wohnzimmers. Seine Augen starrten auf das voll gestopfte Holzregal, in dem seine Mutter seit Jahren alte Frauenzeitschriften sammelte. Sein letzter Blick war auf Dutzende belanglose Illustrierte gefallen.

Tom hockte sich neben den Toten. Der Mann hatte eine ähnliche Verletzung wie Paul Jonker, das sah er sofort. Ein Messer oder etwas Ähnliches war unterhalb seines linken Schulterblatts in den Körper eingedrungen. Tom hörte Ben hinter sich schwer atmen, nahm wahr, wie sich Stoff an Stoff rieb, wenn Ben sich bewegte. Eine alte Standuhr tickte, und im Ofen neben dem niedrigen Fenster knackte Holz. Das ganze Zimmer schien aus einem anderen Jahrhundert, nur der große, silberne Fernseher in der Ecke machte diesen Eindruck zunichte. Draußen im Nebenzimmer weinte eine Frau. Dazu Gemurmel. Tom registrierte jedes Geräusch. Der Tote musste seinem Mörder den Rücken zugewandt haben, seine Füße lagen nur wenige Zentimeter von der Zimmertüre entfernt. Höchstwahrscheinlich hatte er seinen Mörder ins Zimmer gebeten, war vorangegangen und dann erstochen worden. Alles machte den Eindruck höchster Überlegung. Bevor man ins Wohnzimmer gelangte, musste man durch einen kleinen Flur und eine Küche. Hier hatten die beiden Kommissare weder Blut noch Spuren eines Kampfes entdecken können.

Tom blickte hoch. Ben hockte auf einem Stuhl neben dem Ofen. »Das hat uns grade noch gefehlt!« Er klang tief deprimiert.

Gerade war ihm klar geworden, dass sie beide heute auf jeden Fall hier bleiben würden. Die Kollegen waren nicht erreichbar, es war nicht mehr lange hell, und das Ganze hier nahm allmählich beängstigende Züge an. Kurz fragte er sich, was er heute Abend vorgehabt hatte, ob er etwas verpassen würde, wenn er heute hier im Dorf blieb, aber ihm fiel nichts ein. Meist saß er zu Hause müde bis elf im Sessel oder lag ausgestreckt auf dem Ledersofa vor dem Fernseher. Zumindest dann, wenn sich dort nicht seine Älteste rumlümmelte. Oder seine Schwiegermutter, die nach einem Plausch mit ihrer Tochter wieder mal nicht die Treppe nach oben gefunden hatte.

Tom sagte nichts. Im Augenblick fühlte er sich wie in einem Traum, eingehüllt in eine Geschichte, die er nicht beeinflussen, nur bestaunen und fürchten konnte. Und mitgerissen wurde.

Alles schien einfach so gut zusammen zu passen. Ein Mord, zwei Kommissare in einem eingeschneiten Dorf, noch ein Mord und für die beiden Kriminalisten keine Möglichkeit, Verstärkung zu holen. Für Tom sah es so aus, als habe der Mörder schon lange auf diese Chance gewartet, als sei das Szenario, das sich den Dorfbewohnern und den beiden Polizisten bot, lange geplant.

Ben sagte etwas, aber Tom hörte nicht wirklich, registrierte die Worte nicht. Ben stubste ihn an die Schulter.

Tom drehte sich um: »Was ist?«

»Ich sagte: wohin mit dem Toten?«

»Nicht so eilig. Erst mal fotografieren, oder?« Er seufzte. »Das Spiel kennst du doch noch von eben, oder? Mach dich nützlich und organisiere einen Fotoapparat. Oder hast du den noch von heute morgen?«

Ben kramte in seinen Taschen. Nach einer Weile lächelte er grimmig und zog eine kleine silberne Digitalkamera aus der Tasche. Im Sitzen begann er Bilder zu schießen. Tom versuchte über Handy die Dienststelle zu erreichen. Vergebens. Er steckte sein Telefon wieder in die Tasche und schaute nach draußen. Ein paar Meter vor dem Fenster standen mehrere, dick vermummte Gestalten. Sie redeten miteinander. Durch den weiter fallenden Schnee waren sie kaum zu erkennen. Einen Augenblick dachte Tom, die Leute ins Haus zu holen, dann schüttelte er den Kopf. Der junge Mann hier war schon mindestens eine Stunde tot. Der Täter würde nicht so dumm sein, und gerade jetzt noch einmal zurückkommen, oder?

Ben saß wieder reglos auf der Truhe und betrachtete den Toten.

»Was ist los, Ben?«

»War das so geplant, Tom? Sind wir hier in eine Sache rein geraten, die schon lange überlegt war? Der Schnee macht es jedem unmöglich, abzuhauen, wohin auch immer. Alle müssen hier bleiben. Alle Opfer, die sich der Mörder ausgesucht hat, sagen wir mal, es gibt noch mehr, sitzen in der Falle. Die können hier nicht weg. Genauso wenig wie wir. Das gefällt mir gar nicht. Und der Mörder lässt sich noch nicht mal davon stören, dass wir hier sind. Der müsste doch Angst kriegen und seinen Plan verschieben, wenn hier zwei Kommissare auftauchen.«

»Ich hab wirklich keine Ahnung!« Tom zog den Vorhang des kleinen Fensters zu: »Und was heißt hier ›alle Opfer‹? Du glaubst doch nicht, da kommen noch mehr, oder?«

Ben schüttelte zweifelnd den Kopf: »Zwei Tote an einem Tag, das hab ich noch nie gehabt, du etwa?«

Tom schaute auf den Toten: »Ne, ich glaub nicht«, sagte er leise.

»Und dann der Bulle. Glaubst du, das ist Zufall, dass der hier frei rum läuft, so dass sich fast keiner mehr auf die Straße traut?« Er schob kurz die Vorhänge zur Seite, »Na ja, fast keiner mehr.«

»Na ja, alle außer uns, würd ich mal sagen.«

Tom registrierte erneut das Weinen der Frau im Nebenraum. »Komm Ben, da können wir uns gleich Gedanken drüber machen, ja? Laß uns erst mal hier um den Jungen kümmern. Sind noch mehr Leute im Haus.«

Ben öffnete den Reißverschluss seiner Winterjacke. »Komm. Wir brauchen eine Plane oder so was. Und dann legen wir ihn zu dem anderen in den Stall. Dauert nicht mehr lang, bis es dunkel wird.«

»Aber ich geh nicht hier raus, bevor ich mir nicht das Blatt da vorne näher angeschaut hab.« Tom deutete mit dem Kopf auf das voll gestopfte Regal. Auf dem zweiten Brett von oben, unterlegt von Dutzenden alten bunten Zeitschriften, schaute ein Stück Papier über den Rand.

»Himmel!« Schwerfällig stand Ben auf. Mit zwei Fingern holte er das Papier vom Regal und legte es vorsichtig auf den Tisch.

Und da sie ihn verspottet hatten, zogen sie ihm den Purpur aus und zogen ihm seine eigenen Kleider an und führten ihn hinaus, dass sie ihn kreuzigten.
Und sie zwangen einen der vorüberging, mit Namen Simon von Kyrene, der vom Felde kam – der war der Vater des Alexander und des Rufus – dass er ihm das Kreuz trüge.
Und sie brachten ihn an die Stätte Golgatha, das ist verdolmetscht: Schädelstätte.
Und sie gaben ihm Myrrhe in Wein zu trinken; aber er nahm's nicht.
Und sie kreuzigten ihn. Und sie teilten seine Kleider und warfen das Los darum, wer sie bekäme.
Es war aber um die dritte Stunde, da sie ihn kreuzigten.
Und es war oben über ihm geschrieben, was man ihm schuld gab, nämlich: Der König der Juden.
Und sie kreuzigten mit ihm zwei Mörder, einer zu seiner Rechten und einer zu seiner Linken. (Da ward die Schrift erfüllt, die da sagt: ›Er ist unter die Übeltäter gerechnet.‹)
Und die vorübergingen, lästerten ihn und schüttelten ihre Häupter und sprachen: ›Der du den Tempel zerbrichst und baust ihn in drei Tagen, hilf dir nun selber und steig herab vom Kreuz!‹

Desgleichen die Hohenpriester verspotteten ihn untereinander samt den Schriftgelehrten und sprachen: ›Er hat anderen geholfen und kann sich selbst nicht helfen. Der Christus, der König von Israel, der steige nun vom Kreuz, dass wir sehen und glauben.‹
Und die mit ihm gekreuzigt waren, schmähten ihn auch.
Und um die sechste Stunde ward eine Finsternis über das ganze Land bis in die neunte Stunde.
Und um die neunte Stunde rief Jesus laut und sprach: ›So soll es sein!‹ und stieg herab vom Kreuz.
Die Schriftgelehrten und Hohenpriester aber erschraken und flohen von dem Berg in die Stadt und berichteten, was sie gesehen.
Die wenigen, die aber am Kreuz geblieben waren, knieten vor ihm und beteten.
Die Finsternis entließ einen Regen, wie er niemals zuvor gesehen worden war.
Und Jesus sprach zu ihnen: ›Stehet auf und verkündet, was ihr gesehen und fraget, ob es nun ein Volk gibt, das bereit ist, mir zu folgen.‹
Die Männer und Frauen ließen ihn allein und berichteten, was sie erfahren hatten.
In der Stadt aber ergossen sich Flutwellen durch die Straßen. Die Römer flohen und das Land war frei,

ehe die Nacht vorüber war.
Jesus ward anerkannt vom Volk der Juden und regierte das Land viele Jahre.«

Hier endet meine Geschichte und hätte sich das damals alles wirklich so zugetragen, wie ich es gerade geschildert habe, dann gäbe es in den Geschichtsbüchern bestimmt nur folgendes über Jesus zu lesen:
»Christus, Jesus von Nazareth, König der Juden, der sein Volk aus römischer Belagerung des Augustus befreite. Der Sage nach von Pontius Pilatus als Gotteslästerer zum Tode durch Kreuzigung verurteilt, aber der Legende nach vom Kreuz gestiegen.«
Mehr wäre den Geschichtsschreibern Jesus nicht wert gewesen. Und deswegen finde ich, war das Beste, was er machen konnte: Sich ans Kreuz nageln lassen, auch wenn er vielleicht anders gekonnt hätte.

»Na prima!«, seufzte Tom. »Wenn du nichts dagegen hast, versteck ich mich schon mal irgendwo in einer Scheune. Langsam glaub ich, dass wir es hier mit einem ausgewachsenen, waschechten Psychopathen zu tun haben!«

Kapitel vierzehn

Irgendwann gibt es kein Zurück mehr. Wenn man einen Baum zu lange mit der Axt bearbeitet, stirbt er, auch wenn man ihn nicht ganz fällt. Ein paar Schläge weniger und er erholt sich vielleicht wieder, aber ab einer gewissen Zahl von Schlägen ist der Baum verloren, die Wunde zu groß.

Auch Hertha Gruhse war verloren, innerlich abgestorben. Jahrelang hatte ihr Mann sie gedemütigt und verletzt, nicht nur körperlich. Seine Handgreiflichkeiten, zum Beispiel die Ohrfeigen, wenn das Essen zu spät auf den Tisch kam, gehörten ja fast schon zum Alltag. Vor allem hatte er sie mit all den Beschimpfungen verletzt, sie sei nichts wert und wäre ohne ihn längst in der Gosse gelandet.

Eines Tages hatte ihr Geist dann resigniert und abgeschaltet. Auch als ihr Mann später starb, war sie nicht wieder zurückgekehrt in ihr früheres Leben, zu dem fröhlichen Ich ihrer Kindheit. Auch nach seinem Tod blieb sie die lethargische Person, die sich für nichts mehr begeistern konnte, deren Augen leer erstarrt und die wunschlos geworden waren. Irgendwann in ihrer vierundzwanzig Jahre dauernden Ehe hatte es den einen körperlichen oder seelischen Schlag gegeben, der zu viel gewesen war, der sie zu dem Menschen gemacht hatte, der sie nun war. Ihre Kraft war einer stillen Resignation gewichen. Deswegen hatte sie auch damals nicht eingegriffen, als er den kleinen Hund einfing, um ihn im Bombenloch im Wald zu ertränken. Sie wusste, wenn sie sich dort einmischte, wäre seine Bosheit für ihre Aufmüpfigkeit, wie er es gerne genannt hatte, schmerzhaft und gemein gewesen. So hatte sie den jungen jaulenden Hund schließlich als das kleinere Opfer betrachtet.

Hertha war auch jetzt noch, mit Anfang fünfzig eine recht große Person, sank aber immer wieder in sich zusammen. Nun saß sie fast gekrümmt auf der alten, verschlissenen Eckbank in der Küche, nur ein paar Meter entfernt von ihrem toten Sohn, und schluchzte vor sich hin. Neben ihr saß Martina, ihre jüngere Tochter. Die junge Frau war vor einem halben Jahr wieder ins Dorf zurückgezogen. Vorher hatte sie mit einem Schreinerlehrling aus dem Nachbardorf zusammengelebt, aber die Beziehung der beiden war schnell wieder beendet. So war Martina bald schon nach Hause zurückgekehrt, zu Mutter und Bruder.

Martina hatte die Hand auf die Schulter ihrer Mutter gelegt und streichelte ihr ab und zu über den Rücken. Trotzig schaute sie die beiden Kommissare an.

»Wer tut so was?«

Tom seufzte innerlich. Was für eine Frage! Und wie häufig hatte er sie schon gehört. Dabei war sie ganz einfach zu beantworten, dachte er, mit einem Wort: Jeder.

Zumindest war das seine eigene, zugegebenermaßen etwas zynische Meinung. Kamen alle negativen Faktoren in einer bestimmten Situation zusammen, war jeder zu einem Mord fähig. Die Anlässe wurden immer nichtiger. Angefangen vom weggeschnappten Parkplatz bis zum Streit um das letzte Päckchen Butter im Supermarkt, es gab mittlerweile fast nichts mehr, was nicht in Mord oder Totschlag enden konnte. Es war tatsächlich erschreckend.

Tom schaute Martina Gruhse kurz an und sagte wie immer: »Das werden wir heraus finden.« Dann mit Nachdruck: »Aber Sie müssen uns helfen!«

Hertha Gruhse schaute auf und sah Tom in die Augen: »Ich hab mir schon gedacht, dass so was passieren würde. Der Gerd. Dabei hat er doch seine Strafe abgesessen gehabt, er konnte das doch alles gar nicht wieder gut machen.« Langsam kramte sie ein großes kariertes Stofftaschentuch aus ihrer Kitteltasche und schnäuzte sich laut.

»Warum glauben Sie, dass so etwas passieren konnte?« Bens Magen knurrte laut und er hoffte, dass die anderen nichts gehört hatten. Schon beim Reinkommen ins Zimmer hatte er den duftenden Marmorkuchen gerochen, der auf der Anrichte neben der alten Spüle stand. Aber es wäre wohl pietätlos, danach zu fragen, dachte er.

Martina, die Tochter, schnaubte verächtlich: »Der Gerd hat gesessen, das wissen Sie doch sicher schon längst, oder?

Er hat mal ein Mädchen vergewaltigt, ach, was sag ich, er hat es einer Nutte, einer Hure aus dem Nachbarort besorgt.«

Martina Gruhses Gesicht verzog sich vor Zorn: »Ich weiß, dass er vor Gericht schuldig gesprochen wurde, aber er war mehr als ein Jahr in diese Schlampe verliebt, und die hat mit ihm gespielt und ihn aber auch nie gehen lassen, die alte …!« Sie schaute ihre Mutter traurig an »Ich sag 's lieber nicht, Mama.«

Hertha Gruhse war aufgestanden und füllte Wasser in einen Kochtopf. Jetzt drehte sie sich um und sah ihre Tochter mit nassen Augen an: »Martina, … es ändert nichts!«

»Ja, Mama, ist schon gut.«

Tom machte es zwar nicht gerne, aber es war wohl an der Zeit, ihr zu sagen, dass ihr Bruder alles andere als ein Unschuldslamm gewesen war: »Liebe Frau Gruhse, ich glaube Ihnen gerne, dass bestimmte Frauen mit Männern ganz furchtbar spielen und dass sie sie sogar in den Wahnsinn treiben können, aber das gibt ihnen trotzdem nicht das Recht, sich über den Willen des anderen hinwegzusetzen. Wissen Sie, Vergewaltigung ist eines der schlimmsten Verbrechen überhaupt, verstehen Sie!«

Martina Gruhse lachte bitter: »Nett ausgedrückt, Herr Kommissar. Sie sind ein Kriminaler, Sie müssen so reden, da werden Sie für bezahlt, aber ich hab meinen Bruder gekannt, und ich weiß genau, dass er nie jemandem was getan hat, nicht in der Schule früher und nicht bei der Arbeit.« Sie schaute mit funkelnden Augen aus dem Fenster. »Nur … diese Schlampe hat ihm den Kopf verdreht.«

Ben schaute auf die große Uhr über der Spüle. Zehn vor drei. Bald würde es dunkel werden. Und sie waren immer noch keinen Schritt weiter gekommen und immer noch allein, ohne Verstärkung.

»Hören Sie«, sagte er zu den beiden Frauen, »ich kann mir ungefähr vorstellen, wie Sie sich fühlen, und wir wollen Sie mit unseren Fragen auch nicht lange quälen, aber, um das Thema abzuschließen: Wieso ist es aus ihrer Sicht dazu gekommen, dass Gerd das Mädchen vergewaltigt hat?«

Martina zündete sich eine Zigarette an, die auf dem Küchentisch lag, und blies den Rauch energisch in Richtung Decke: »Am Abend vorher war Dorffest. Hier bei uns, also beim Loose drüben, im ›Forellengrund‹. Und da war die natürlich auch. Sie gehörte zwar nicht zum Dorf, aber wenn sie irgendwo ein paar Männer gerochen hat, dann war sie zur Stelle. Auch mit ihren vierzehn, fünfzehn Jahren, wie alt sie auch war. Und an dem Abend hat sie sich an den Alburg ran gemacht. An den jüngeren, nicht an den älteren. Der Ältere ist nicht mehr auf dem Hof. Der Jüngere führt den Bauernhof hinterm Berg. Also der ist so Mitte dreißig und verheiratet, und die haben … ja, die haben ein Kind gehabt, ein Mädchen.« Sie schaute einen Moment gedankenverloren auf den Tisch, unschlüssig fast, dachte Ben, so als wollte sie noch etwas dazu sagen, hatte es sich dann aber doch anders überlegt. »Na ja, aber egal. Dieses Flittchen Drees auf jeden Fall – hat den Alburg angemacht, angetanzt den ganzen Abend lang, dass es peinlich war. Die Frau von dem Alburg, die war – Mama, wo war die Malena an dem Abend?«

Hertha Gruhse goss kochendes Wasser in eine alte Porzellankanne: »Ich glaub, die war noch im Krankenhaus mit der Kleinen, also mit der Tochter, die hatte irgendwas an den Mandeln. Ist jetzt auch schon tot. Noch jünger als der Gerd.« Hertha Gruhse schluchzte wieder und stützte sich mit beiden Händen auf die Spüle. Tom war nahe daran, aufzustehen und der Frau zurück an den Tisch zu helfen, ließ es dann aber doch.

Auch Martina Gruhse betrachtete ihre Mutter. »Ja, und auf einmal waren die beiden, also der Alburg und die Drees, diese Schlampe, dann weg. Irgendwo in den Büschen verschwunden. Das ist dann irgendwann aufgefallen, und alle haben ihre Witzchen gerissen, haben sich auf die Schenkel geschlagen, die Männer zumindest. Ja, und weil viele eben wussten, dass der Gerd ein Auge auf die Drees geworfen hatte, haben sie ihn aufgezogen. Dass er jetzt aber hinterher müsse und solche Sprüche. Der Gerd hat sich das angehört, hat zuerst versucht mitzulachen, ist dann aber gegangen. Ich hab das damals auch nur so am Rande mitgekriegt, ich war selbst gut angesäuselt, aber später, als wir nach Haus gekommen sind, da saß er hier und hat nur vor sich hin gestarrt. Im Dunkeln, wissen Sie, hier in der Küche, da, wo Ihr Kollege jetzt sitzt.« Sie nickte mit dem Kopf in Bens Richtung, der kurz an sich runterschaute.

»Ich denk mal, dass er enttäuscht war, und das ist dann eben umgeschlagen, und er hat sich vorgenommen, es der kleinen Hexe zu zeigen. Hat er ja auch gemacht und dafür dann bezahlt.« Sie machte eine Pause. »Genug bezahlt, finden Sie nicht?« Sie sah die beiden Kommissare herausfordernd an.

Tom ignorierte ihren Blick. Worauf er im Augenblick am allermeisten verzichten konnte, war eine Grundsatzdiskussion über Recht und Unrecht.

»Wer ist denn das, der ›Alburg‹? Wenn ich Sie richtig verstanden hab, dann gehört diese Familie noch hier zum Dorf, wohnt aber außerhalb?

Martina Gruhse inhalierte tief und nickte. »Wenn Sie hier die Dorfstraße bis zum Ende durchgehen, also bis zum Jonkerhaus, dann gehen Sie links den Berg hoch. Da ist oben ein Haus, allein stehend, ›Haus im Park‹, heißt das. Das steht schon lange leer. Da gehen Sie dran vorbei der Straße nach und dann sehen Sie schon den Hof unten im Tal. Sind vielleicht sechs-, siebenhundert Meter bis dahin.«

Tom blickte rüber zu Ben, der die Augen verdrehte.

»Erst mal danke«, sagte Tom und lächelte die junge Frau kurz an. Dann nach einem Zögern. »Dürfte ich Sie jetzt bitten, das Haus für eine halbe Stunde zu verlassen?«

Hertha Gruhse drehte sich von der Spüle um und schaute die Kommissare fragend an. Dann erkannte sie den Grund und begann erneut zu weinen. Ihre Tochter stand auf und nahm sie in den Arm.

»Es tut mir leid«, sagte Tom, »wir bringen ihren Jungen rüber ins Jonkerhaus. Wir haben einen Schlüssel, und«, er stockte, weil er wusste, wie ungelenk sich das Folgende anhören würde, »wir sammeln dort die Beweise.«

»Sag lieber: Die Leichen«, dachte Ben wütend, »das trifft 's eher. Von Beweisen ist hier weit und breit leider nichts zu sehen.«

»Ach!« Tom hielt sich einen Zeigefinger an den Mund, »haben Sie eine Bibel im Haus?« Hertha schaute ihre Tochter an. »Ich, ich glaub schon. Was wollen Sie denn damit?«

»Wir müssen nur was nachschauen«, sagte Tom und versuchte zum zweiten Mal innerhalb von einer Minute ein Lächeln.

Kapitel fünfzehn

Ist es nicht unglaublich, dass wir die Toten behutsamer und vorsichtiger behandeln als die Lebenden? In dem Moment, in dem der Geist den Körper verlassen hat, in dem der körperliche Mensch nur noch Hülle ist, da wird dieser Hülle der Respekt entgegen gebracht, die dem Geist zu Lebzeiten häufig versagt geblieben ist. Auch Gerd Gruhse widerfuhr im Augenblick jener Respekt, den ihm die beiden Kommissare zu seinen Lebzeiten wohl nur sehr schwerlich entgegen gebracht hätten.

Eine Stunde später lag er, behutsam verpackt in weißer Plastikfolie, im Stall von Bauer Jonker. Genauer gesagt im kleinen Nebenraum, in dem die großen Milchkannen aufgereiht waren. Bauer Jonker leistete ihm Gesellschaft und lag ungefähr einen Meter von ihm entfernt. Ebenfalls auf dem Boden, ebenfalls in weißer Plastikfolie.

Tom und Ben sahen sich in dem kühlen Raum um und dachten beide dasselbe: »Eine Menge Platz für mehr.«

Ben zog seine Winterjacke aus. Auf seiner Stirn glänzten Schweißperlen, auf dem Pullover zeichneten sich unter den Achseln dunkle Flecken ab. »Du, ich muss jetzt unbedingt was essen und trinken.«

Er zeigte auf die beiden Leichen: »Wir haben hier ne Menge Arbeit und keine Ahnung, wie wir weiterkommen sollen. Also lass uns erst mal rüber gehen in diese Gaststätte da und was essen.« Dabei fasste er sich, ohne es zu merken, an den langen Riss an seiner Skihose.

»Ben, lass es ruhig angehen. Wir können hier einfach nicht viel mehr tun, du hast schon Recht. Nur mit den Leuten sprechen, Tatorte anschauen, aber die ganze Systematik, die fehlt doch hier. Du kannst ja nicht mal viel aufschreiben.« Tom versuchte ein Lächeln. Auch wenn er der jüngere der Beiden war, hatte er doch häufig das Gefühl, auf Ben aufpassen zu müssen. In brenzligen Situationen, an Tatorten, bei den Angehörigen der Toten oder im Präsidium während der Verhöre warf er ab und zu meist unbewusst ein Auge auf Ben. Warum, das konnte er selbst nicht sagen. Vielleicht machte er sich einfach Sorgen um den Kollegen mit seinem Übergewicht, seiner Grimmigkeit und der Schwiegermutter unter dem Dach, die ihn zur Weißglut trieb. Dass Ben weltweit einer der vordersten Anwärter auf einen erstklassigen Herzinfarkt war, wusste sogar Ben selbst. Und lebte trotzdem so ungesund, als habe er die Konstitution eines Siebzehnjährigen, dem Fast Food und jahrelange Bewegungslosigkeit nichts ausmachten. Vielleicht wollte Tom einfach verhindern, dass sein Partner eines Tages einfach so neben ihm zusammen sackte. Vielleicht im Auto, im Präsidium, vielleicht sogar in der Kantine mit einem voll beladenen Tablett. Vielleicht hatte er deswegen häufig ein Auge auf Ben.

Tom dachte darüber nach, als er Ben betrachtete, der mittlerweile wieder aus dem kleinen vergitterten Fenster in die Dämmerung hinausschaute.

»Okay, alles klar, Ben?«

Ben rührte sich nicht, nur seine Lippen bewegten sich, als er antwortete: »Weißt du, wovor ich am meisten Schiss habe?«

»Dass wir noch einen Toten finden?«

»Ne, am meisten Schiss hab ich davor, dass wir irgendwo unverhofft diesem Bullen begegnen. Das macht mir ehrlich gesagt am meisten Sorge, weißt du das?«

»Ach komm, Ben. Wenn uns das Vieh über den Weg läuft, drehen wir ihm den Hals um und machen Ochsenschwanzsuppe draus!«

»Geht nicht!«, sagte Ben lächelnd.

»Warum nicht?«

»Tom, du hörst kein bisschen zu. Das ist kein Ochse, das ist ein Bulle!«

Tom klopfte Ben auf die Schulter. »Von mir aus! Komm jetzt.«

Er schob Ben vor sich her ins Freie und schloss hinter sich die Tür. Gemeinsam kämpften sie sich durch den Schnee in Richtung ›Forellengrund‹.

Kapitel sechzehn

Hat man eine Gefahr heil überstanden, stellt sich bei vielen Menschen nicht nur Erleichterung, oder bei den Gläubigen der Dank an Gott ein, meist meldet sich sehr rasch auch der Magen. Entweder in Form, das er alles los werden will, was er in den letzten Stunden aufgenommen hat, oder in Form eines unglaublichen Appetits.

Nach seiner Begegnung mit dem Bullen vor zwei Stunden saß Friedrich Eser nach einigen Bierchen am Tresen nun in der hintersten Ecke des ›Forellengrunds‹ und machte sich mit Heißhunger über ein enormes Schweineschnitzel mit Pommes frites und gemischtem Salat her. Bratenfett, vermischt mit Sahnesauce, lief ihm an beiden Seiten die Mundwinkel herab, aber, mein Gott, wen störte das?

»Scheißegal«, dachte er bei sich, als er spürte, wie die Tropfen an seiner Kinnspitze zusammenliefen.

Er war wunderbar angeschickert, und die Dorfbewohner konnten ihn nun tatsächlich alle mal kreuzweise.

Dieses Völkchen hier hatte seiner Ansicht nach nicht mehr alle Tassen im Schrank. »Kein Wunder«, dachte er, »alle sind irgendwie miteinander verwandt und verschwägert, Inzucht seit Hunderten von Jahren.« Aber sollten sie machen, was sie wollen, Hauptsache, sie ließen ihn in Ruhe. Das war alles, was er wollte.

Die Einzigen, die seine Ruhe mehr und mehr störten, waren die beiden Gestalten, die auch gerade jetzt wieder zur Tür herein kamen: Der Dicke, der ein unerschütterliches Selbstbewusstsein zu haben schien, wenn er die Schmach der Skipiste so gut ignorieren konnte, wie er vorgab, und der andere, der Bedächtige, der den Eindruck machte, als hätte er für den Dicken jederzeit eine Beruhigungsspritze dabei. Und der Dicke sah ganz so aus, als würde er sie jetzt ziemlich gut gebrauchen können.

Friedrich Eser nickte den beiden Männern zu, als sie sich an einen der Tische an den Fenstern setzen. »Gott sei Dank weit genug weg!«

Gastwirt Loose drückte hinter dem Tresen fast gleichzeitig mit dem Eintreten der neuen Gäste auf die Fernbedienung in seiner Hand. Hinter den Kommissaren oben in der Ecke des Gastraumes sprang der Fernseher an.

»Schade«, dachte Eser, »hätte doch gerne mitbekommen, was die beiden Burschen da drüben jetzt vorhaben.«

Ben drehte den Kopf nach oben: »Was soll denn die Mucke jetzt hier? Ich hab keine Lust auf ›Sportschau‹.«

Tom machte dem Wirt ein Zeichen, zwei Bier zu bringen. »Ist gut so, dann kann uns auch keiner hören. Muss ja niemand wissen, dass wir im Augenblick so gut wie keine Ahnung haben, oder?«

Ben murmelte etwas und befühlte mit den Fingern wieder seinen Riss in der Hose. »Ich glaube, der wird immer größer, Mist auch.«

Tom legte beide Hände auf den Tisch: »Ben, lass uns mal ein bisschen klarer als bislang an die Sache hier rangehen, okay?

Ben lächelte: »Und du glaubst, das kriegen wir raus, wenn wir hier sitzen und Bierchen trinken? Du bist ja ein Komiker.«

»Quatsch nicht, lass uns mal überlegen. Es muss doch irgendwas geben, wo wir ansetzen können? Wer bringt einen alten Bauern um und kurz darauf einen verurteilten Vergewaltiger? Okay, bei dem Vergewaltiger könnte eben das das Motiv sein, aber bei dem Bauern?«

Ben zog seine Winterjacke aus und hängte sie hinter sich auf die Stuhllehne. »Das Problem ist doch: Wir kommen im Augenblick an keine Infos, wo diese Bettina Drees jetzt ist, ob sie in psychologische Behandlung musste nach der Vergewaltigung, oder ob sie glücklich verheiratet ist, ein Kind hat oder so. Keine Ahnung. Das wäre doch schon mal ein Anfang. Aber wie willst du das von hier aus rauskriegen? Internet funktioniert nicht, Telefon am Arsch, also lass uns was essen, und danach machen wir unsere Dorfrunde und passen auf, dass wir nicht plötzlich den Bullen im Rücken haben. Oder den Typen, der hier Amok läuft.«

Tom schüttelte den Kopf: »Ben, verdammt, sei nicht so träge. Wir müssen 's doch wenigstens versuchen.« Er nickte mit dem Kopf Richtung Tresen: »Der Loose, der weiß doch sicher mehr. Der schnappt bestimmt den ganzen lieben langen Tag irgendwelche Klatschgeschichten auf. Würd mich nicht wundern, wenn der weiß, was aus dieser Drees geworden ist. Oder zumindest ne Vermutung hat. Mensch, was gibt 's denn hier sonst zu erzählen, die Geschichte mit der Vergewaltigung ist doch sicherlich seit damals hier jeden Abend Gesprächsthema.«

Quietschend öffnete sich die demolierte Eichentüre der Gaststube. Mit Schnee auf den Schultern und auf seiner Kappe betrat Bert Rumper den Raum. Seit dem Morgen trug er ein seltsam verklärtes Lächeln auf dem Gesicht, das ihm tatsächlich den Anschein gab, er zähle zur Kategorie der denkenden Menschen. Ohne ein Wort in die Runde ging er zum Tresen, zog sich einen Hocker heran und verlangte laut ein Bier.

»Das ist ja ein Herzchen!«, meinte Ben. »Der war doch vorhin auch schon so komisch. Hat der sie noch alle auf der Latte? Ich muss sagen, irgendwie macht mich der Typ verdammt aggressiv.«

Loose kam um den Tresen rum und stellte die Biergläser mit dem obligatorischen ›Zum Wohl‹ auf den Tisch.

»Herr Loose«, Tom drehte sich um, »haben Sie mal einen Moment Zeit? Wir haben da noch ein paar Fragen.«

Loose wischte sich die nassen Finger an der Hose ab. »Klar, aber ich muss zuerst mal das bestellte Bier hier machen. Heute hab ich so viel Kundschaft, wie schon lange im Winter nicht mehr.«

»Toll für Sie«, meinte Tom sarkastisch.

»Ne ne, so hab ich das nicht gemeint, die ganze Sache ist natürlich furchtbar, das vergess ich auch nicht. Aber für mich ist doch erst mal schön, wenn die Bude auch voll ist, wenn wir nicht grad Sommer haben. Ich bin doch auch nur Geschäftsmann!« Er versuchte ein Lächeln.

»Klar!« Ben war kurz angebunden, »dann machen Sie mal schnell Ihr Bier und dann setzen Sie sich zu uns, ja? Und ...«, Ben schluckte, »ich hätt auch gern so ein großes Schnitzel mit vielen Kartoffeln und so einem großen gemischten Salat wie der Herr Eser da.«

»Is recht!«, sagte Loose beflissen, dann zu Tom: »Möchten Sie auch etwas essen?«

»Ja«, Tom schlug mit der rechten Hand sanft auf den Tisch, der Gedanke an Essen versetzte ihn in etwas bessere Stimmung. »Ich nehm das Gleiche.«

»Und mir können Sie dann direkt noch ein Bierchen bringen!« Ben hatte das erste Glas bereits leer und drückte es dem Wirt lächelnd in die Hand. »Bis gleich.«

Dampfschwaden zogen von den heißen Kartoffeln auf den Tellern Richtung Decke. Ben lief beim Anblick der großen Schnitzel das Wasser im Munde zusammen. Der Wirt stellte auch Tom das Essen auf den Tisch.

Ben schob den Salatteller beiseite und fingerte nach Messer und Gabel. Tom hätte beinahe gesagt, er solle vorsichtig sein, das sei alles noch recht heiß, hielt dann aber doch den Mund. Wenn Ben sich die Zunge verbrennen wollte, sollte er das getrost tun. Ben schnitt mittlerweile an seinem Schnitzel und schob sich ein großes Stück in den Mund. Sekunden später öffnete er ihn wieder. »Hoiss!«, hauchte er und fächelte sich mit der Hand Luft in den Mund.

Tom verdrehte die Augen. »Sag mal, wie alt bist du eigentlich? Wie hält Lea das eigentlich mit dir aus?«

Ben balancierte das Stück Fleisch auf der Zunge. »Ich hab Kohldampf, du Hungerhaken! Weißt du, wann ich zum letzten Mal was zu essen gekriegt hab? Gestern! Heute Morgen, als ich in die Küche kam, wer saß schon da? Genau! Ich sag 's dir: Leas Mutter passt mich genau ab. Ich kann keinen einzigen Schritt mehr tun, ohne dass die Frau mir nicht in die Quere kommt. Sogar auf dem Klo schließ ich mittlerweile ab. Hab ich vergangene Woche vergessen, und wer stolziert dann rein? Eben! Konnte mir grade noch die Zeitung vorhalten. Und dann komm ich runter in die Küche, und sie erklärt mir doch glatt vor den Kindern, dass es für die Därme nicht gut ist, während des Stuhlgangs, wie sie sagt, zu lesen. Kannst du dir jetzt ungefähr ein Bild machen, wie das zu Hause bei mir zugeht?«

Tom konnte, wollte aber nicht. Zumindest nicht jetzt. Er langte nach dem Salzstreuer und würzte seine Fritten. »Ben, wenn du das nicht aushältst, dann musst du mit Lea drüber sprechen. Ich versteh ja eigentlich nicht soviel von Ehe und Zusammenleben und so, aber ich denke, das geht auf Dauer nicht gut. Oder du redest mit deiner Schwiegermutter.«

»Ha!«, Ben schnaubte. Trotzdem war er, genau wie Tom, jetzt viel besser gelaunt als noch vor einer Viertelstunde. »Wenn ich Leas Mutter sage, sie solle wieder ausziehen, kann ich mir direkt eine neue Familie suchen.«

»Wieso das?« Tom legte Messer und Gabel beiseite und nahm einen großen Schluck Bier.

»Weil Lea und ihre Mutter ein Herz und eine Seele sind. Wenn Lea jemanden mit auf eine einsame Insel nehmen könnte, wären das zuerst die Kinder, dann ihre Mutter und dann vielleicht der Typ aus der Eisdiele. Für mich würd 's grade reichen, sie alle zum Flughafen zu bringen.«

Bens lehnte sich zurück und schaute kurz auf den Bildschirm. »Vielleicht wird 's ja demnächst besser, keine Ahnung. Ich bin ja auch die meiste Zeit weg, und die Elisabeth ist ja auch bei den Kindern eine Hilfe.«

»Hauptsache, eure Ehe geht nicht kaputt dadurch.«

Anderen Menschen, auch Freunden, bei ihren Beziehungen rein zu reden, hatte wenig Sinn. Die Erfahrung hatte Tom schon als Jugendlicher gemacht. Meistens fragten die Leute eh nur nach, weil sie ihre schon gefasste Meinung oder Entscheidung bestätigt wissen wollten. War das nicht der Fall, wurde der Rat ignoriert. Deswegen hielt er meist den Mund, wenn es um etwas so heikles wie Ehen oder Freundschaften ging. Dabei konnte man nur in Teufels Küche kommen.

Plötzlich stand der Wirt neben ihnen. »Wollen Sie nun mit mir reden oder soll ich gleich noch mal kommen?«

Ben machte mit dem Messer ein Zeichen, das den Wirt unmissverständlich zum Sitzen aufforderte. »Wir müssen noch mehr über dieses Mädchen wissen, das vergewaltigt worden ist. Wir haben erfahren, dass ihr«, Ben stockte kurz, »ihr Lebenswandel schon damals ein wenig locker gewesen sein soll.«

»Meiner?« Loose machte große Auge und setzte sich kerzengrade auf, als habe man ihm gerade vorgeworfen, Ratten in sein Gulasch zu schneiden.

»Doch nicht Ihrer, Mann, der von dem Mädel natürlich!«

Der Wirt wiegte langsam den Kopf. »Weiß ich nicht. Die kam ja aus dem Nachbarort, aus Böllingen, und, ja, da gab es schon Geschichten, dass die ziemlich, na ja, freizügig sei, aber wissen Sie, Geschichten am Tresen, die darf man nicht alle glauben.« Er lächelte mild.

Tom teilte eine Kartoffeln mit der Gabel: »Wissen Sie, wo diese Bettina Drees heute ist, wo sie wohnt?«

»Ja.«, sagte Loose nur, »weiß ich«.

Die beiden Kommissare schauten sich an. Tom nickte Ben leicht zu, der die Augen verdrehte.

»Und?«, fragte Ben, »wo lebt sie jetzt?«

»In Massenbuchen!«

»Ah ja!« Ben wartete einen Augenblick, ob der Wirt noch etwas sagen wollte, aber der schien auf die nächste Frage zu warten.

»Herr Loose, es wäre sehr schön, wenn Sie nicht so einsilbig wären, okay? Wo ist das, dieses Massenbuchen? Im Allgäu? In Südtirol? Hier in der Nähe?«

Loose rückte näher an den Tisch. »Ach, das ist hier gar nicht weit entfernt. Wenn Sie Richtung ›Haus Im Park‹ gehen, dann am Hof von Alburgs vorbei, in die Talsenke und dann wieder hoch den Berg, dann geht da links die Straße ab nach Massenbuchen. Das sind, ich sag mal, zwei Kilometer, höchstens.«

Tom schob sich die heiße Kartoffel in den Mund. »Ja und wie lebt sie? Ist sie geschieden, allein stehend, glücklich verheiratet oder was?«

Der Wirt ruckelte unruhig auf dem Stuhl hin und her. Er warf einen kurzen Blick rüber zu Bert Rumper, der die drei nicht aus den Augen ließ.

»Also vor zwei, ne, das sind jetzt schon drei Monate her, vor drei Monaten hat sie einen geheiratet aus dem Dorf da. Ich weiß das gut, weil es am Polterabend eine große Schlägerei gab. Mit Bullen und allem drum und dran.«

Er bemerkte seine Beleidigung und murmelte »Tschuldigung, mit der Polizei natürlich.«

Ben ignorierte die Bemerkung. »Das ist ja schön und gut, aber wo war sie nach der Vergewaltigung? Ist sie da in, in Böllingen, oder wie das heißt, geblieben, oder ist sie weg gezogen?«

»Das weiß ich wirklich nicht. Man hat sie nur eine Weile nicht gesehen. Sie hat noch ausgesagt vor Gericht in der Stadt, da war sogar damals ein Bild von ihr in der Zeitung, aber was die danach gemacht hat, wo sie gewohnt hat und so, das kann ich wirklich nicht ...« Er stockte: »Warten Sie mal. Doch, die ist kurz zu Verwandten in den Norden gezogen, nach Niedersachsen, glaub ich, und dann wieder zurück. So nach ein paar Wochen.«

»Nach Massenbuchen.«

»Genau.«

»Was war denn mit den Eltern. Wie haben die reagiert, als ihre Tochter vergewaltigt wurde?«, fragte Tom.

Loose nickte wissend mit dem Kopf: »Ja, das war schon eine komische Sache. Die haben gar nichts gemacht. Haben sich sogar indirekt auf die Seite von dem Gerd gestellt. Man hörte, dass sie überall rum erzählten, die Kleine sei ein kleines Flittchen und so, und eines Tages hätte das ja mal passieren müssen.«

»Die eigenen Eltern?« Tom starrte Loose an. »War die adoptiert oder so was?«

»Nein, nein, da haben sich alle drüber gewundert, dass die so reagiert haben. Vor allem der Vater. Aber so war 's. Und hier im Dorf da hat sich auch nicht viel mehr getan. Das ist zwar immer wieder ein Thema, wenn die Leute hier zu viel getrunken haben, aber offen spricht hier keiner drüber. Als der Gerd dann wieder zurückkam, da war das ganz normal. Da gab 's kein Aufheben drum, das war so, als sei er grade aus einem langen Urlaub gekommen oder so.«

»Was hat der denn dann beruflich gemacht, als er wieder raus kam?« Ben versuchte das letzte Blättchen Salat aus dem Teller zu fischen.

Der Wirt schaute wieder zu Bert Rumper, der ungeduldig mit seinem leeren Glas schwenkte und nickte ihm eingeschüchtert zu.

»Als Maurer gearbeitet, drüben im Städtchen. Hat sofort ne Anstellung bekommen, als er wieder draußen war. Ich nehm mal an, die haben das direkt vom Knast aus organisiert. Resozialisierung und so, wissen Sie?«

»Wir wissen«, meinte Ben.

»Also ich muss jetzt weitermachen, die Gäste, Sie verstehen.«

Bert Rumper klopfte laut mit seinem leeren Glas auf den Tresen: »Loose, lass mal die Herren Kommissare allein arbeiten und mach mal hier die Luft raus, ich verdurste sonst noch in deinem Puff.«

Der Wirt erhob sich schwerfällig, nickte den beiden Kommissaren zu und eilte wieder hinter die Theke.

»Ich sag dir Tom, die gehen mir alle ganz gehörig auf die Nerven!«

Tom machte ihm ein Zeichen, leiser zu reden: »Kann uns doch egal sein. Ich hab eh nicht vor, hier mit einem Brüderschaft zu trinken.«

Plötzlich wurde der Ton des Fernsehers über ihnen lauter. An der Theke saß Rumper, die Fernbedienung in der Hand und grinste in ihre Richtung. »Herr Oberhauptkommissar, schauen Sie mal, da können Sie noch was lernen.«

Auf dem Bildschirm wurde gerade ein Slalomrennen der Damen übertragen.

»Da ist ja einer ganz besonders witzig!«, kommentierte Tom leise.

»Allerdings fehlt bei denen der nette Riss in der Hose! Schade eigentlich!« Rumper fand sich witzig und schaute sich Beifall heischend im Lokal um. Die Männer an den Tischen lachten mehr oder weniger laut mit. Nur Friedrich Eser ignorierte jeden und alles.

»Aber das vereinfacht die Sache ja auch heute Nacht, wenn ihr beiden Herzchen euch gegenseitig in den Schlaf singt, oder!«, grinste Rumper.

Ben spürte, wie ihm das Blut in den Kopf stieg. So ein verdammter Hurensohn! Mit einem Ruck schob er den Tisch beiseite. Der schrammte hoppelnd über den Holzboden.

»Dem polier ich seine große Klappe!« Drohend marschierte Ben auf Rumper zu. Tom wusste, was jetzt passieren würde, zumindest dann, wenn er Ben nicht aufhielt: Vergangenen Sommer hatten die beiden auf einem Jahrmarkt nach einem kleinen Dealer gesucht. Dabei kamen Ben und Tom an einer Lotteriebude vorbei. Dort stand ein kleines Mädchen mit seinen Eltern. Das Kleine weinte, weil der Vater es anschrie. Sein Gebrüll war sogar noch trotz der schrecklichen Kirmesmusik zu hören. Als Ben und Tom die drei fast passiert hatten, schlug der Mann dem Mädchen mit der flachen Hand ins Gesicht. Der Kopf der Kleinen flog zur Seite, und sie wimmerte und schluchzte und hielt sich die Wange. Der Mann hatte erneut ausgeholt, aber da hatte Ben ihn bereits gepackt. Von hinten hielt er ihm den erhobenen Arm fest. Der Mann versuchte sich zu befreien, aber Ben hatte nur leise gesagt: »Mach du nur weiter so, dann brech ich dir den Knochen an zehn verschiedenen Stellen.«

Im ersten Augenblick hatte es so ausgesehen, als sei der Schläger zur Vernunft gekommen, dann aber hatte er sich blitzschnell zu Ben umgedreht und wollte ihm in den Unterleib treten. Aber Ben hatte so etwas kommen sehen und hob nur kurz das Knie, um den Tritt abzublocken. Gleichzeitig riss er dem Mann den Arm weiter nach hinten. Es gab ein Knacken, so als wenn jemand auf einen dünnen, trockenen Ast tritt. Der Schläger sank jammernd zu Boden. »Ich hab 's dir gesagt, Freundchen, jetzt bist du fällig.« Gleichzeitig hatte er zum Funkgerät gegriffen und Verstärkung angefordert.

Das Schlimme an der Geschichte war: Als sich der Mann am Boden seinen gebrochenen Arm hielt, war das Mädchen auf ihn zugelaufen und versuchte ihn zu trösten. Das Einzige, was Ben an diesem Abend noch sagte, war: »Wie man 's macht, macht man 's falsch!« Dann hatte er sich betrunken und von Tom nach Hause fahren lassen.

Jetzt bekam Tom seinen Kollegen erst zwei Meter vor dem Tresen am Arm zu fassen.

»Ben, bist du verrückt geworden? Was soll das? Willst du dich über so eine Pflaume hier aufregen?« Er deutete mit dem Kopf in Rumpers Richtung. »Das ist doch ein richtig armes Würstchen.«

Ben zog seinen Arm frei, machte aber keine Anstalten, weiter auf Rumper los zu gehen.

»Warte, bis du pensioniert bist, aber doch nicht jetzt. Da bist du schneller suspendiert als du ›aua‹ sagen kannst.«

Ben ging langsam rückwärts zum Tisch, allerdings nicht ohne Rumper, der weiter breit grinste, aus den Augen zu lassen. »Dich kauf ich mir noch, Freundchen«, drohte er mit dem Finger. »Nicht jetzt und nicht heute Abend, aber pass nur auf, dich kauf ich mir noch!«

Bert Rumper wackelte geziert mit dem Kopf und deutete einen Kuss an: »Ich freu mich auf dich, mein Schatz!«

»Komm, wir gehn nach draußen, Luft schnappen.« Tom schob Ben Richtung Tür.

Die Kälte des beginnenden Abends traf die beiden Kommissare draußen wie ein Schlag. Der Kneipenlärm war vor der Tür sehr gedämpft zu hören, aus den anderen Häusern drang kein Laut. Bei manchen sahen Ben und Tom leuchtende Plastikkerzen und kleine bunte Weihnachtsbäume innen auf den Fenstersimsen, die ihre Schatten auf die schneebedeckten Vorgärten warfen.

»Und jetzt, wo fangen wir jetzt an? Vorausgesetzt, du machst mal eine Pause mit deiner kleinen Privatfehde. Bei Bettina Drees oder bei dem Sohn von Paul Jonker?«, fragte Tom.

»Ich denk nicht, dass das Sinn macht, diese Drees zu besuchen. Warum soll die bis jetzt gewartet haben, das ist doch schon zu lange her.«

»Ja«, meinte Tom, »aber Rache kann warten, hab ich mal gelesen. Und außerdem ist sie die Schwester der Geduld, oder so ähnlich.«

»Von mir aus kann sie auch die Schwippschwägerin sein. Aus welchem Film hast du denn den Quatsch? – Und außerdem: Wenn jemand Rache nehmen will, dann lässt er sich vielleicht etwas Zeit, aber nicht so lange …, glaub ich nicht.« Ben zupfte an seiner Hose. »Weißt du eigentlich, dass ich mich hier total lächerlich mache mit meiner kaputten Hose? Du bist echt 'n toller Freund. Hättest mich auch mal warnen können.«

»Wir besorgen dir gleich in der Kneipe Nadel und Garn, und dann kannst du im Schein der Tresenbeleuchtung dein Beinkleid zusammenflicken«, feixte Tom.

»Witzig!«

»Vielleicht haben die beiden Morde ja gar nichts miteinander zu tun?« Tom zog die Jacke enger um seine Schultern. »Vielleicht ist das ja nur Zufall, dass die grade heute

… ne, ist Quatsch, ich denke, das war genauso geplant, wie das hier passiert ist heute.«

»Aber wo ist die Verbindung?«

»Keine Ahnung. Lass uns noch mal zu dem Sohn vom alten Jonker gehen, der Bursche ist ganz alleine jetzt. Und sein Vater liegt eisgekühlt mit einem Nachbarn zusammen nur ein paar Schritte entfernt im Stall.«

»Ja, Kühe melken möcht ich da morgen auch nicht.«

»Ich hab eh ein schlechtes Gefühl, die beiden Toten dort zu lassen, weißt du? Das ist immerhin sein Vater. Also, ich würde das nicht wollen.«

Ben zuckte mit den Schultern: »Wenn er es so haben will. Der Vorschlag kam ja nicht von uns.«

»Trotzdem, Ben! Komm!«

Die beiden Kommissare gingen hintereinander den ausgetretenen Schneepfad entlang. Außer dem Knirschen ihrer Stiefel auf dem hart gefrorenen Schnee war kein Laut zu hören. Das kleine Dorf schien jetzt gegen Abend vollkommen ausgestorben, niemand war in Hauseingängen oder an den Fenstern zu sehen. Es war fast so, als seien die Dorfbewohner alle mit Einbruch der Dunkelheit schlafen gegangen.

Tom empfand das Knirschen als unangenehm, fast so, als würden seine Fingernägel über eine blanke Schiefertafel kratzen.

Die Gänsehaut, die sich dann plötzlich jedoch auf seine Arme legte, hatte aber eine andere Ursache: Es war das tiefe Brummen, das sie plötzlich hörten.

Ben, der voran ging, blieb wie angewurzelt stehen. Tom versuchte über Bens Schulter zu schauen. In rund fünfzig Metern Entfernung kreuzte eine große dunkle Masse die Straße: Der Bulle, zum Teil erleuchtet durch das Außenlicht am Rumperhaus. Das Tier schnaubte heftig und hatte Mühe, sich durch den fast meterhohen Schnee zu kämpfen. Der große massive Kopf schaukelte bei jedem Schritt durch den Schnee hin und her. Geradeaus verfolgte das riesige Muskelpaket seinen Weg quer über die Straße und war wenig später hinter der alten Fachwerkscheune von Rumpers verschwunden.

Ben schluckte, wartete noch ein paar Sekunden, dann drehte er sich zu Tom um: »Tom, weißt du eigentlich, wie ich so eine Scheiße hasse?! Müssen wir da jetzt wirklich hin?«

»Ben, wir haben grad mal kurz vor halb sieben. Willst du dich jetzt hier schon ins Bettchen legen, oder was? Vielleicht bringt uns der Sohn ja doch irgendwie weiter.«

»Schön wär 's!« Ben steuerte mit vorsichtigen Schritten auf das Haus der Jonkers zu. An manchen Stellen war der Pfad wie ausgewaschen, dunkle Stellen verrieten das Eis unter der Schneeschicht.

In dem Moment, in dem Ben und Tom die Spuren des Bullen kreuzten, rutschte vom Haus rechts eine Schneelawine vom Dach.

Ben zuckte zusammen und fingerte nach seiner Pistole. Tom legte ihm den Arm auf die Schulter: »Entspann dich, Ben, ja?«

»Klugscheißer! Du kannst mich mal mit deinem ›entspann dich‹.« Ben drehte sich wütend zu Tom um: »Ich hab die Schnauze voll von diesem Dorf hier, weißt du? Irgendein Irrer lässt diesen Scheißbullen frei und gleichzeitig murkst einer innerhalb von zwölf Stunden zwei Menschen ab. Und wir sind so was von ahnungslos, dass ich mich zum ersten Mal im Leben frage, ob ich den richtigen Job hab. Und du bist auch nicht so ruhig, wie du grade tust. Fummelst dauernd an deinem Handy rum, als ob du ohne Anne schon nicht mehr leben könntest.«

Tom sagte gar nichts. Das mit dem Handy stimmte zwar, aber er hatte geglaubt, dass Ben davon nichts mitbekommen hatte. Und klar wollte er mit Anne zumindest telefonieren. Mittlerweile würde sie sich doch vielleicht Sorgen machen, außerdem wollte er ihre Stimme hören.

Sie gingen ein paar Schritte weiter, und Ben schüttelte missmutig den Kopf: »Ich sag dir, irgendwas hätte uns stutzig machen müssen, ich hab so ein Gefühl am Hinterkopf.«

»Das ist mein Atem, Ben, ich bin hinter dir!«

»Ernsthaft, ich glaub, wir haben was übersehen, irgendein Detail, das uns hätte weiterhelfen können. Aber ich hab verflucht noch mal keine Ahnung, was das sein könnte.«

Tom versuchte in der Dunkelheit den Bullen auszumachen, irgendwie zu sehen, ob das Tier nicht vielleicht doch hinter der Scheune auf sie wartete, aber außer einem alten Traktor, der fast bis über die beiden großen Hinterreifen zugeschneit war, konnte er nichts erkennen.

Ben sagte etwas, aber Tom verstand nur ein Flüstern

»Ich habe gesagt, dass ich glaube, diese Vergewaltigung spielt irgendeine Rolle bei der ganzen Sache hier. Wie haben wir das gelernt früher? Mord als Ausdruck eines unglaublich intensiven Gefühls mit Vorgeschichte. Und die einzige interessante Geschichte, die es hier gibt oder gegeben hat in den vergangenen Jahren, das ist diese Vergewaltigung.«

»Meinst du?«

»Klar, da bin ich mir sicher. Aber wir können ja gleich auch gerne noch mal den Loose fragen, wenn du willst. Ich hab eh schon wieder Hunger.«

»Den sollten wir uns ohnehin in aller Ruhe noch mal vorknöpfen«, meinte Tom. Sie stiegen die Treppe zur Wohnung von Rainer Jonker hoch. »Ich hab auch den Eindruck, dass der nur das erzählt, was er erzählen will.«

Die Treppe war erst vor kurzem frei geschaufelt worden: Die schummrige Beleuchtung neben der Türe erhellte die kalten Betonfliesen, die aber schon wieder von einem dünnen Schneeflaum überzogen waren. Eine Klingel war nirgends zu sehen, Ben klopfte mit der Faust gegen die Tür. Einen Augenblick später hörten sie im Haus ein Schlurfen näher kommen. Die Tür öffnete sich und Rainer Jonker steckte seinen Kopf heraus. Augenblicklich schlug den Männern eine Alkoholfahne entgegen.

»Was is?«, brummte Rainer Jonker, ohne die Tür weiter als nötig zu öffnen.

»Könnten wir kurz reinkommen. Ist schon etwas spät, und Sie haben Feierabend, aber wir haben trotzdem doch noch 'n paar Fragen.«

»Warum?« Rainer Jonker hielt sich mit beiden Händen an der Tür fest, die bedenklich schwankte.

»Wie wär 's damit: Um unter anderem den Mord an Ihrem Vater aufzuklären, Herr Jonker, darum.« Ben kroch die Kälte die Beine hoch, von einem lausig kalten Gefühl im Schritt ganz zu schweigen. Außerdem ging ihm das zögerliche Verhalten des jungen Bauern zunehmend auf die Nerven.

»Der Hund ist auch kaputt!«, meinte Rainer Jonker lapidar und rülpste.

»Wie bitte?«, fragte Tom.

»Der Hund, der Hund von meinem Vater, der Caesar, auch kaputt. Hab ihn vorhin«, Jonker schwankte leicht, »vorhin gefunden. Draußen hinter dem Stall. Fast ganz ausgeblutet.«

»Können wir jetzt bitte reinkommen?«, fragte Ben. Gleichzeitig schob er sich an Rainer Jonker vorbei ins Haus.

Tom fiel sofort der intensive Fischgeruch auf, als sie die Küche betraten. Er rümpfte die Nase. Rainer Jonker war durch die Küche ins Wohnzimmer gegangen und in einen grünen, abgewetzten Plüschsessel gesunken. Seinen Kopf stützte er müde mit einer Hand. Insgesamt machte er den Eindruck, als würde er jeden Moment einschlafen. Tom stutzte. Dieser Kerl hier hatte heute Morgen seinen Vater verloren. Und nicht etwa durch einen Herzinfarkt oder durch Krebs, sondern durch ein Gewaltverbrechen, einen Mord. Und der Junior saß hier in aller Gemütsruhe und ließ den lieben Gott einen guten Mann sein. Tom konnte es nicht fassen.

»Herr Jonker«, sagte Tom, »ich will Sie ja nicht kränken, aber macht Ihnen der Tod Ihres Vaters überhaupt nichts aus?«

Rainer Jonkers Augen waren glasig. Langsam schaute er von einem Kommissar zum anderen. »Weiß noch nicht«, sagte er nur. Dann stützte er wieder seinen Kopf in die Hand und schloss die Augen.

»Herr Jonker, wie gut kannten Sie Gerd Gruhse?«

Rainer Jonker lehnte sich langsam zurück, dann öffnete er die Augen: »Kannten? Wieso kannten? Der Gerd wohnt ein paar Häuser weiter. Und wir sind zusammen in der Schule gewesen bis zur neun. Ich kenn den fast mein ganzes Leben.«

Erst jetzt wurde Ben und Tom klar, dass sich der Mord an dem Gruhsesohn noch nicht überall herumgesprochen haben konnte. Rainer Jonker hatte den Nachmittag in den Ställen auf dem Hof verbracht, mit melken, Futter verteilen und ähnlichem. Vom Tod seines Nachbarn hatte er vielleicht tatsächlich erst gerade erfahren.

Rainer Jonker sah die beiden Kommissare an und begann leicht zu lächeln. »Der Gruhse auch kaputt!« Dann schüttelte er den Kopf, lehnte sich wieder zurück und schloss die Augen.

Ben, der sich die ganze Zeit gezwungen hatte, ruhig zu bleiben, platzte heraus: »Sagen Sie mal, sind Sie noch ganz sauber? Finden Sie das witzig, wenn ein Mensch stirbt? Heute Morgen ist Ihr Vater erstochen worden! Macht Ihnen das eigentlich gar nichts aus? Lässt Sie das kalt?« Ben ging auf den Mann zu und rüttelte heftig an der Schulter des jungen Bauern, so als wollte er ihn wecken.

»Ich hab gesagt, ich weiß es noch nicht. Aber dass Gerd auch tot ist ...!« Jonker legte beide Hände auf die Armlehnen des Sessels. Dann lehnte er sich wieder zurück und schloss erneut die Augen.

»Ist das alles, was Sie dazu zu sagen haben?« fragte Tom.

Rainer Jonker schlug die Augen auf, zog sich langsam aus dem Sessel hoch und schaute nach seinem Bier, das neben dem Fernseher stand. Er schüttelte die Flasche, hielt sie gegen das schummrige Licht und schüttete den Rest in eine Topfpflanze am Fenster. »Möchten Sie auch eins?«

»Nein!«, sagten Ben und Tom gleichzeitig.

»Und jetzt bleiben Sie mal hier.« Tom zog sich einen Stuhl heran. Die Hosen, die darauf lagen, warf er achtlos auf den Wohnzimmertisch. »Was war der Gerd Gruhse für ein Mensch?«

»Der Gerd, der war ein schlechter Mensch!«

»Warum?«, fragte Tom.

»Ich mein nur!« Rainer Jonker schwankte jetzt nicht mehr, machte vielmehr einen sehr wachen Eindruck.

»Quatsch, Sie meinen wegen der Vergewaltigung?«

Rainer Jonker lächelte verschlagen. »Schlau, schlau, Herr Kommissar. Ja, wegen der Vergewaltigung.« Und dann, nach einer kurzen Pause: »Sie wissen ja wirklich ne ganze Menge.«

Tom registrierte plötzlich den sarkastischen Unterton in Jonkers Stimme.

Ben öffnete den Reißverschluss seiner Jacke, beide Heizungen im Raum glühten fast. In diesem verdammten Dorf war ihm immer entweder zu kalt oder zu heiß.

»Sagen Sie mal, haben Sie Feinde hier im Dorf? Was ist zum Beispiel mit diesem Rumper? Der machte einen recht zufriedenen Eindruck heute Mittag in der Gaststube.«

Rainer Jonker verschwand in der angrenzenden Küche und kam mit einer neuen Flasche Bier wieder. »Ach, der Rumper, der ist doch verrückt. Ganz ernsthaft. Hat früher immer meine ältere Schwester verfolgt und belästigt. Mann, der hatte als Kind schon einen Dachschaden. Was meinen Sie, warum der sich diesen komischen Zaun vors Haus gebaut hat?« Er zeigte mit dem Arm auf die gegenüber liegende Straßenseite. »Angeblich haben mein Vater und ich ihm immer aufs Essen gestarrt.« Rainer Jonker schüttelte den Kopf. »Aber so einen kann man noch ertragen, wissen Sie? Einfach ignorieren. Schlimmer ist da schon unser Saubermann, der Massing. Ist beim Finanzamt, wissen Sie, und schickt uns jedes Jahr eine Anzeige ins Haus.«

Ben bekam Bierdurst, wollte das Gespräch aber nicht ins Stocken geraten lassen. »Eine Anzeige? Was für eine Anzeige?«

»Ach, …« Rainer Jonker setzte sich wieder in den Sessel, »Letztens war es wegen der Gülle, die nicht richtig ablief. Ist wohl irgendwie in deren Brunnen geraten. Aber glauben Sie, die kommen hier vorbei und sprechen mit uns? Nein, da flattert uns plötzlich so ein Brief ins Haus.« Jonker trank einen großen Schluck Bier. »Und was glauben Sie, wer die Reifen da vom großen Wassertankwagen zerstochen hat? Oder die Stricke von den Heuballen durchgeschnitten?« Er machte mit der Hand eine wegwerfende Geste. »Hören Sie auf, hier freut sich doch fast jeder, dass mein Vater tot ist.«

»Was machen Sie jetzt?« Tom war hellwach. Endlich begann dieser verstockte Kerl zu reden.

»Ich? Weggehen, was sonst. Lieber heut als morgen. Ich werd den Hof verkaufen. Mein Vater und ich, wir haben was Geld gespart und dann, mal gucken …«

Ben nickte anerkennend. Rainer Jonker lächelte wieder. »Ich weiß, wie ich aussehe, Herr Kommissar, ich weiß es. Einfältig, 'n bisschen zurück geblieben, knapp vorbei am Dorftrottel, schon klar. Aber das bin ich nicht. Nicht ganz zumindest, denk ich. Seit fünfunddreißig Jahren hock ich in diesem Nest. Mein Vater hatte ne Operation, und ich hab ihm versprochen, den Hof mitzuführen. Aber jetzt ist genug. Ich geh weg hier!« Damit hob er die Flasche und prostete den beiden Kommissaren fast feierlich zu.

Ben und Tom nickten nur: »Ja dann, erst mal vielen Dank, Herr Jonker. Wir schauen morgen Vormittag wieder rein. Dann sind Sie ja sicher noch da, oder.«

Rainer Jonker nickte, ohne aufzuschauen. Ben und Tom sahen sich kurz an. Gleichzeitig standen sie auf und verließen die Wohnung.

Ein paar Meter vom Stall der Jonkers blieb Ben plötzlich stehen. »Weißt du, manchmal frag ich mich, wie es wär, wenn man in Spanien leben würde. Oder in Griechenland. Die verdammte Kälte hier geht mir immer mehr auf die Nerven.« Er betrachtete die Schneeflocken, die unablässig im fahlen Licht der kleinen Stallfenster fielen.

»Dann lass dich doch nach Istanbul versetzen. Oder nach Athen. Oder noch besser: Auf irgendeine von diesen griechischen Inseln. Vielleicht hast du ja Glück.« Tom steckte die Hände tiefer in die Taschen. Eigentlich hatte er das mit Bens Versetzung als Scherz gemeint, aber Ben verzog keine Miene.

»Ja, vielleicht sollte ich einfach einen Antrag stellen. Aber das klappt eh nicht. Ich kann die Sprachen nicht. Und was mach ich mit meiner Familie, he?«

»Ben, das war ein Witz. Was ist denn los, Mann, hast du Schwierigkeiten oder was?«

Ben schnaufte. »Schwierigkeiten? Keine Ahnung. Ne, eigentlich nicht. Schwierigkeiten sind dann doch noch anderes. Es ist nur alles so, so eingefahren irgendwie, weißt du.« Er ging ein paar Schritte Richtung ›Forellengrund‹. »Als das mit dir und Anne anfing, also, da hab ich gemerkt, dass ich fast neidisch bin auf dich, weißt du?« Er schüttelte den Kopf. »Ich mein, ich hab die beste Frau der Welt und zwei wirklich tolle Töchter, aber trotzdem hab ich gedacht: ›Mann, das würde dir jetzt auch gefallen.‹ Und da hab ich gemerkt, dass irgendwas fehlt bei mir, irgendwas. Dass ich irgendwie unzufrieden bin, ohne dass einer was dafür kann, verstehst du? Außer mir selbst natürlich.«

Ben machte eine kurze Pause. »Oder vielleicht ist es einfach die Zeit, die ich irgendwie im Nacken spüre. Dass man älter wird, mein ich, dass einem immer weniger Sachen passieren, die neu sind, die man zum ersten Mal macht. Also dass man wirklich Neues erlebt. Wie du jetzt mit Anne. Ich komm mir tatsächlich vor wie diese Maus im Laufrad, weißt du? Und wenn ich nur meine Familie hätte, okay, das ist genau das, was ich immer gewollt habe, das wäre gut, eine Familie, aber jetzt hab ich da den alten Drachen sitzen. Und, Tom, das ist nicht annähernd so lustig, wie sich das anhört. Ich fühl mich zu Hause einfach nicht mehr zu Hause. Das ist nicht mehr mein Heim, so blöd das klingt.« Ben scharrte mit einem Fuß in dem hart getretenen Schnee.

Tom sagte nichts. Obwohl sich die beiden viel erzählten, war Ben noch nie so offen gewesen. Und das Thema Schwiegermutter war als immer wiederkehrender Witz nach den Wochenenden fast schon zum Ritual geworden.

Im Stall von Jonkers hörten die beiden lautes Gemuhe. Irgendwo in einem der hinteren Häuser bellte ein Hund, dann war es wieder still.

»Dann musst du mit deiner Frau drüber reden«, sagte Tom langsam. »Sonst wird das nur schlimmer.« Er suchte nach Worten, mit denen er Ben ein wenig aufmuntern konnte, aber den Kern des Problems hatte er genannt: Ben musste das Ganze zu Hause ansprechen, das war 's. Und das war schwer genug. Alles andere, das mit dem ›neu erleben‹ und so weiter, dazu wollte er lieber nichts sagen. Ben war nicht der Typ, der sich Hals über Kopf verknallte, nur weil ihm langweilig war. Und der sich, oder besser gesagt seine Familie vergaß und einfach die Sau raus ließ.

Tom war verblüfft über Bens Gedanken. Und auch ein bisschen erschrocken. Zögerlich und ungelenk klopfte er Ben auf die Schulter. Dann gingen beide weiter den eingetretenen Pfad Richtung ›Forellengrund‹ entlang.

Kapitel siebzehn

Werden wir aus einer gewohnten Umgebung heraus gerissen, fühlen wir uns häufig, zumindest im ersten Augenblick, tief in unserem Inneren unwohl. Zwar beschönigen wir diesen Zustand heutzutage mit Floskeln wie ›neue Herausforderung‹ oder ›Horizont erweitern‹, was selbstverständlich auch zutrifft, trotzdem sind wir zuerst einmal unsicherer als vorher.

Auch Michael Schlem stellte das fest. Selbstverständlich würde er das niemandem gegenüber zugeben. Keine Schwäche zeigen, Stärke vermitteln, laut reden, wenn man sich am liebsten verkriechen möchte. Auch diese Dinge zählten zu seinen vielen Leitsätzen. Seine Gedanken bestanden mittlerweile fast nur noch aus Stereotypen.

Natürlich lag diesem Wunsch, immer und überall Stärke zu demonstrieren eine große Angst und Unsicherheit zugrunde. Aber sollte man deswegen Schlems egomanisches und rücksichtsloses Verhalten entschuldigen?

Schlem hätte mit all seinem beruflichen Erfolg einen besseren Weg einschlagen können. Als Journalist kam ihm die Aufgabe zu, die Menschen zu informieren. Aber er bemühte sich nicht einmal, nach der Wahrheit oder vielleicht auch nur nach der Wirklichkeit zu suchen, er lieferte Geschichten voller Halbwahrheiten und Lügen. Das, was er beruflich machte, hatte ihn mittlerweile auch privat in Besitz genommen.

Der erfolgreiche Journalist stand unter der ersten Laterne am Ortseingang des Dorfes und betrachtete das Dutzend Häuser, das vor ihm lag. Gekommen war er mit einem geliehenen, sechzig PS starken Snowmobil, dessen Zweitaktmotor jetzt friedlich neben ihm tuckerte. Michael Schlem fühlte sich zum ersten Mal seit sehr, sehr langer Zeit allein.

In diesem kleinen Dorf am Rande der Welt kannte er tatsächlich niemanden und niemand kannte ihn. Hier gab es keine Politiker, die wegen eines Interviews gerne wie zufällig mit ihm an den Buffets der Stadt, an Lachsschnittchen und Salaten, standen, hier gab es keine aufstrebenden jungen Praktikantinnen, die bereits nach wenigen Minuten an seinen Lippen oder anderen Körperteilen hingen.

Ben und Tom hätten beim Anblick des sehr desorientiert wirkenden Journalisten am Ortseingang laut gejauchzt. Auch sie waren schon Opfer von Schlem gewesen. Aber in dem Augenblick, als der Journalist sich erneut auf sein Snowmobil schwang und langsam und auf etwas unsicherem Kurs über die Schneewehen hinweg ins Dorf hinein fuhr, machten sich Ben und Tom gerade wieder auf den Weg in den ›Forellengrund‹.

Schlem fror, als er am Jonkerhaus vorbei fuhr, es schüttelte ihn fast. Zwar trug er seine dicken Winterboots aus echtem Büffelleder, die er sich von einem Kanadaurlaub mitgebracht hatte, doch durch die Fahrt hierher waren sie vollkommen durchnässt. Die Kälte war ihm langsam die Glieder heraufgezogen, so dass seine Lippen blau und die Hände weiß waren. Er biss die Kiefer zusammen, um sie im nächsten Augenblick für einen Schrei auseinander zu reißen: Keine fünf Meter vor ihm kreuzte eine riesige Kuh den Weg und verschwand zwischen zwei alten Fachwerkhäusern. Vor Schreck zog Schlem den Gashahn bis zum Ende durch. Der Motor heulte auf, das Mobil machte einen gewaltigen Satz nach vorne und landete in dem Schneehaufen, den Rainer Jonker im Lauf des Nachmittages am Eingang der alten Scheune aufgetürmt hatte. Die Wucht des Snowmobils war so heftig, dass sich die Schnauze des Fahrzeugs fast einen Meter tief in den Schnee grub. Schlem wurde nach vorne gegen den Lenker geworfen und dann wieder zurück in seinen Sitz gedrückt. Mit einem gurgelnden Laut gab der Motor seinen Geist auf.

Schlem zog sich, möglichst ohne mit dem Schnee in Berührung zu kommen, aus dem Fahrzeug. Sein roter Skianzug war Gott sei Dank nicht nass geworden.

Mit einem kräftigen Ruck versuchte er das Snowmobil aus dem Schneehaufen zu ziehen, aber seine Handschuhe fanden auf dem Lenker keinen Halt. Er griff sich seine Reisetasche und marschierte die Straße entlang.

Wolfgang Loose zierte sich, den beiden Kommissaren zu helfen. Wenn die Menschen erfuhren, dass er ihre kleineren oder sogar größeren Geheimnisse ausplauderte, würden sie es sich sicherlich zweimal überlegen, vor dem Nachhause-Kommen ein Bierchen bei ihm zu trinken. Geschweige denn überhaupt mit ihm zu reden. Andererseits bekam er bei dem Gedanken, an der Aufklärung zweier Morde mitwirken zu können, eine angenehme Gänsehaut.

Deswegen quälte ihn sein Gewissen auch nicht allzu sehr, dass er nun erneut mit den beiden Kommissaren am Tisch saß. Der Gastraum war mittlerweile fast leer. Nur Friedrich Eser saß weiterhin in seiner Ecke und starrte ins Nichts.

Marion Schwänger, die dicke Kellnerin, hatte bis eben noch hinter der Theke gestanden, aber Loose hatte die Frau in die Küche geschickt. Vergeblich hatte sie im Weggehen versucht, Blickkontakt mit Ben aufzunehmen. Nur Tom war aufgefallen, dass sie eindeutig versuchte, mit Ben anzubändeln. Sogar beim Gläser abspülen hatte sie ihm schöne Augen gemacht. Mit der Folge, dass sich einer der Gäste vorhin über ein schmutziges Glas beschwert hatte.

»Was kann ich Ihnen noch erzählen?«, fragte Loose und schaute Tom an.

»Wenn wir das wüssten, Herr Loose, wenn wir das nur wüssten.« Tom nippte an seinem Bier, das mittlerweile schal geworden war.

»Uns geht die Sache mit der Vergewaltigung nicht aus dem Kopf, Herr Loose«, sagte Ben. »Nehmen wir mal an, da hat jemand einen gehörigen Hass auf den Gruhsesohn, so sehr, dass er den Jungen tatsächlich tötet, dann fragen wir uns natürlich, ob es einen Zusammenhang gibt zwischen dem ersten Mord an Paul Jonker heute morgen und dem Mord an Gerd Gruhse heute Mittag.«

»Haben Sie Angst, dass heute Abend noch jemand umgebracht wird?« Loose schaffte es, gleichzeitig entsetzt und lüstern zu klingen.

Über diese Möglichkeit hatten die beiden Kommissare auf dem Weg zum ›Forellengrund‹ diskutiert, waren aber zu keinem Ergebnis gekommen. Es gab noch keine Serie, auch wenn die Medien das sicherlich bereits jetzt schon so dargestellt hätten. Außerdem schienen die beiden Opfer nichts miteinander zu tun zu haben.

»Wissen Sie was, Herr Loose? Wir machen morgen weiter.« Ben klopfte auf den Tisch. »Und jetzt geben Sie uns einfach unsere Zimmerschlüssel, und Sie sind uns bis morgen früh los.« Ben nippte an seinem Bier. »Gibt 's hier auch Frühstück?«

Das Schnitzel war viel versprechend gewesen, und die Aussicht auf Rührei und gebratenen Speck verbesserte Bens Laune ein wenig. Das war weitaus besser, als jeden Morgen zu Hause ein trockenes Schwarzbrot herunterzuwürgen.

Der Wirt stand auf und sammelte Biergläser vom Tisch: »Selbstverständlich können Sie hier auch frühstücken. Um wie viel Uhr denn? Wie sind hier ab halb sieben auf den Beinen.«

Ben und Tom schauten sich an. »Um acht!«, sagte Ben.

Der Wirt war schon fast hinter dem Tresen, da drehte er sich noch einmal um: »Sie wissen aber schon, dass ich nur noch ein Doppelzimmer für Sie habe, oder?«

»Wie bitte?« Ben glaubte, sich verhört zu haben. »Heute Mittag hieß es noch, wir bekommen jeder ein Zimmer. Und warum jetzt bitteschön doch nicht?«

»Ich hab Ihnen doch gesagt, dass viele Sommergäste ihre Angelsachen über den Winter hier lassen. Wir bewahren die auf, flicken, was zu flicken ist und verdienen damit ein bisschen dazu. Das ist eine ganze Menge Zeug, und jetzt ist eben nur noch das Doppelzimmer übrig«, sagte er kleinlaut.

»Na prima!« Ben schnaufte.

»Ist halb so wild, so lange du auf deiner Seite bleibst.« Tom hatte seinen Spaß. »Kann ich den Schlüssel haben?«

Der Wirt wühlte in einer Schublade hinter dem Tresen. In diesem Moment öffnete sich knirschend die kaputte Tür zur Gaststube. Herein trat, verfroren aber fast augenblicklich mit einem gewinnenden Lächeln auf den blauen Lippen, Michael Schlem.

»Nanana, wer ist denn hier mit der Tür ins Haus gefallen?« Wenn einen schon keiner ankündigte, musste man das eben selbst tun. Schlem lachte über seinen kleinen Scherz und schaute sich Beifall heischend im Wirtsraum um. »Das können doch nur meine beiden Lieblingskommissare gewesen sein!«

Er stellte seine Reisetasche auf den Boden, zog langsam seine Handschuhe aus und öffnete den Reißverschluss seines Skianzugs. »Dann bin ich also genau richtig gekommen, was? Bleiben Sie grade mal so sitzen.« Schlem kramte in seiner Reisetasche. »Ich mach schon mal ein Foto.«

Ben und Tom schauten sich entgeistert an. Ben verdrehte die Augen, dann stand er wortlos auf und ging die Treppe zu den Gästezimmern hinauf.

Bevor er die Durchgangstür oben öffnete, rief er runter: »Welche Zimmernummer?«

Wolfgang Loose drehte sich zu ihm um. »Was meinen Sie?«

»Welche Zimmernummer haben wir?«

»14, die Tür ist auf, Sie können …«

Aber da war Ben bereits verschwunden. Auch Tom stand jetzt auf und nahm den Schlüssel, den der Wirt mittlerweile auf den Tresen gelegt hatte.

»Ich dachte, Sie informieren mich erst mal über die Sachlage, Herr Heller,«, sagte Schlem mit einem Lächeln, »Sie können doch jetzt nicht gehen!«

Tom sah ihn kurz an: »Doch, kann ich. Weil Sachlage etwas mit sachlich zu tun hat, und da, muss ich Ihnen leider sagen, sind Sie eindeutig der falsche Mann.«

Er nickte dem Wirt zu: »Sollte irgendwas passieren, sagen Sie uns sofort Bescheid, ja? Wir gehen gleich noch mal raus, aber trotzdem. Okay?«

Der Wirt nickte.

»Kann ich da mitkommen?«

»Wir befassen uns doch nie mit derselben Geschichte, Herr Schlem, belassen wir es dabei.« Kurz nickte Tom Friedrich Eser zu, der die Szene beobachtet hatte, und machte sich auf die Suche nach Ben und dem gemeinsamen Doppelzimmer.

Noch bevor Tom die Gaststube verlassen hatte, hörte er Schlems Stimme hinter sich: »Ach ja, und schöne Grüße von Ihrer Freundin. Sie hat heute noch mit mir telefoniert. Und, Herr Heller, wissen Sie was, nicht nur das …«

Tom blieb abrupt stehen. Von Schlem wollte er sich nicht provozieren lassen, aber er spürte, wie ihm das Blut in den Kopf schoss. Es gab jetzt zwei Möglichkeiten: Entweder er würde vergessen, dass er im Polizeidienst war, sich auf dem Absatz umdrehen und Schlem niederschlagen, oder Schlems Gequatsche ignorieren. Einfach ignorieren und hoffen, dass es tatsächlich nur Gequatsche war, heiße Luft, so wie der ganze Typ, mehr nicht.

Tom bewegte sich nicht, atmete nur langsam aus. Dann entspannte er sich, zwang sich zu einem Lächeln und drehte sich langsam um. »Herr Schlem, Sie sind wirklich ein ganz armseliges Würstchen, wissen Sie das? Sie tun mir leid, ehrlich.«

Schlem grinste ihn an, frech, dreist und unverschämt. »Alles, was Sie sagen, Herr Kommissar.«

Mit übertriebener Freundlichkeit wandte er sich an den Wirt:

»Guter Mann, haben Sie denn ein schönes Zimmer hier für mich?« Er lächelte. Der kleine Gefühlsausbruch von Tom Heller hatte ihn keinesfalls aus der Ruhe gebracht. Im Gegenteil.

Tom zwang sich weiterhin ruhig zu bleiben. Am liebsten hätte er diesen widerlichen Kerl am Kragen gepackt und durchgeschüttelt, aber damit hätte er zugegeben, dass Schlem ihn ins Mark getroffen hatte. »Das kann nicht sein«, dachte er verzweifelt, »nein, das kann nicht sein. Dieser Mistkerl und Anne, niemals!« Langsam stieg er die Treppe zu den Gastzimmern hoch und versuchte, die Provokation des Journalisten zu verdrängen.

Loose war sich noch nicht klar darüber, was er von diesem Journalisten, der da vor ihm stand, halten sollte. Er roch auffallend streng nach Parfüm, obwohl er doch gerade eben erst aus der Kälte einer verschneiten Winternacht gekommen war.

»Ist leider nichts mehr frei. Kann ich nichts machen. Die beiden Kommissare haben eben das letzte Zimmer bekommen.«

»Merde!«, war Schlems einziger und zudem ungewohnt kurzer Kommentar. Missmutig starrte er vor sich hin: »Kann ich hier irgendwo anders übernachten?«

Der Wirt schaute zu Friedrich Eser, der eben aufgestanden war: »Herr Eser, wissen Sie, ob die Else noch Zimmer vermietet?«

Eser schlurfte auf die beiden Männer zu und betrachtete den Neuankömmling. Dabei zuckte seine linke Wange, weil er mit der Zunge versuchte, ein kleines Stückchen Fleisch aus einer Zahnlücke zu ziehen.

»Würd ich aber vorher anrufen, sonst macht die die Tür heute sicherlich nicht mehr auf.«

»Na, Sie wissen doch, die Leitungen sind tot.«

Friedrich Eser zuckte mit den Schultern und gähnte. »Ja, dann muss der junge Mann hier sein Glück wohl einfach versuchen.« Eser kam noch einen Schritt näher und grinste:

»So wie er riecht, kann das vielleicht sogar klappen.«

Michael Schlem knirschte mit den Zähnen. Er war froh, gerade etwas aufzutauen, da sollte er schon wieder raus in die Kälte. Fast verlor er die Contenance: »Wo wohnt denn diese Else?«

»Mir gegenüber«, meinte Friedrich Eser nur und wickelte sich seinen Schal um den Hals.

»Ah ja.« Schlem wartete auf eine weitere Ausführung, die aber nicht kam. Nach ein paar weiteren Sekunden fragte er so sarkastisch wie möglich: »Und wo wohnen Sie, guter Mann?« Diese dämlichen Dörfler gingen ihm jetzt schon gehörig auf die Nerven, kaum, dass er fünf Minuten mit ihnen zu tun hatte.

»Paar Meter entfernt! Kommen Sie einfach mit. Fünf Minuten, dann sind wir da.«

Der Wirt lachte: »Und wenn einem der Bulle im Nacken sitzt, klappt 's sogar auch schon mal in zwei.«

»Ist gut, machen Sie nur Witze.« Friedrich Eser winkte ab, legte zwei Scheine auf den Tresen und ging zur Türe. Kurz bevor er die Hand auf die Klinke legte, drehte er sich um. »Was ist jetzt? Kommen Sie mit oder wollen Sie hier auf der Theke schlafen?«

Ohne ein Wort klaubte Schlem seine Tasche auf und folgte Eser nach draußen. Vor wenigen Minuten hatte es wieder zu schneien begonnen.

Tom rümpfte die Nase. Das Zimmer war, gelinde gesagt, äußerst karg eingerichtet. Direkt rechts neben der Tür nahm ein riesiger, dunkelbrauner Buchenschrank die gesamte Breite der Wand ein. An den beiden Längsseiten stand jeweils ein großes, altes Holzbett mit einem prall gefüllten Plumeau und zwei Kopfkissen. In der Zimmermitte versuchte ein Kunstblumenstrauß in einer bunten Vase auf einem kleinen Tischchen dem Raum ein wenig Gemütlichkeit zu verleihen. Tom ging die paar Schritte bis zu dem kleinen Fenster und schaute hinaus. Lautlos fielen die Schneeflocken. Plötzlich hatte er Anne wieder im Kopf – und die Worte Schlems. »Blödsinn«, dachte er und erinnerte den Duft ihres Haares, wenn er ihr etwas ins Ohr flüsterte, ihr Lachen oder ihre Berührung. Mit ihr hätte er sich sogar hier weniger verloren gefühlt. Vielleicht wäre das Ganze sogar romantisch gewesen, vorausgesetzt, sie hätten in dem kleinen Dorf ein Winterwochenende verbracht und keine Morde aufgeklärt. Je mehr er an sie dachte, desto verlorener und einsamer fühlte er sich. Aber wenn alles glatt lief, würde er sie morgen ja schon wieder sehen.

Ben seufzte laut, und Tom bemerkte plötzlich, wie kalt ihm war. Es war fast eisig im Zimmer, der glatte, dunkle Steinboden strahlte eine große Kälte aus. Vor den beiden Betten lagen zwei alte verwaschene Vorleger. Die Vorhänge an dem kleinen Fenster bewegten sich sachte hin und her. Tom hielt eine Hand an die untere Fensterleiste. Kalte Winterluft suchte sich seinen Weg durch die Ritzen ins Zimmer.

»Und wo glaubt der Scherzbold, sollen wir uns waschen?« Ben stapfte im Raum herum, was ihn gleich um die Hälfte kleiner machte.

Tom seufzte und versuchte die Gedanken an Anne zu vertreiben. »Ben, wenn du deine Augen aufmachst, hättest du draußen auf'm Flur die Klos gesehen. Daneben ist auch ne Dusche, glaub ich.«

Ben ließ sich auf sein Bett fallen und starrte die Ölbilder an, die an den Wänden hingen. »Na prima. Das ist genau das, was ich mir immer gewünscht habe. Und kannst du mir mal sagen, was dieser Parasit von Schlem hier im Dorf macht? Woher der wieder einen Tipp gekriegt hat? Wenn ich den erwische, der das macht und der sitzt bei uns im Präsidium, den mach ich einen Kopf kürzer.«

Tom schob die Vorhänge vor das Fenster: »Ist nur Pech wahrscheinlich. Tja, jetzt haben wir hier das größte Klatschmaul der Welt auf den Fersen. Aber egal, konzentrieren wir uns auf die Arbeit.« Damit ließ er sich auf die Matratze sinken. Nach einer Pause sagte Ben leise: »Ich hab kein gutes Gefühl für heute Abend.«

»Wir wollten doch eh noch eine Runde drehen«, sagte Tom.

»Ja, und vielleicht läuft uns dabei auch wieder der Bulle über den Weg. Und dann, ich sag dir, gibt 's hier eine Gefahr weniger.«

»Du meinst, dann ziehst du freiwillig ab oder was?« Tom lachte.

»Sehr witzig!« Ben betrachtete den Riss in seiner Hose. »Glaubst du, ich krieg hier jetzt noch irgendwo Garn und Faden?«

»Geh halt runter und frag.« Tom zog sich die dicken Winterschuhe aus und massierte seine Füße.

Ben stand auf: »Willst du noch ein Bier?«

»Ich dachte, wir wollten noch eine Runde drehen?!«

An der Tür drehte sich Ben noch einmal um: »Klar, aber wenn ich noch 'n Bier trinke, hab ich vielleicht keinen Schiss mehr vor dem Bullen.«

»Geht mir genauso. Dabei sollten wir uns eigentlich mehr Sorgen um diesen Wahnsinnigen machen.«

Ben schüttelte den Kopf: »Der ist nicht wahnsinnig, Tom, der hat das alles genau durchdacht. Wir haben überhaupt keine Spuren, keinen Anhaltspunkt, gar nichts, nur diese Blätter. Ne, ne, der weiß schon, was er macht.«

Kapitel achtzehn

Warum ergründet niemand ernsthaft den sechsten Sinn? Ist es nicht so, dass er für uns fast alle wichtigen Entscheidungen im Leben trifft, getarnt hinter den Worten Intuition, Instinkt oder Bauchgefühl? Warum ist der sechste Sinn bei manchen Menschen ausgeprägter als bei anderen und warum scheinen manche Menschen gar keinen zu haben. Friedrich Eser hatte ihn, den sechsten Sinn. Irgendetwas sagte ihm, dass dieser Mann neben ihm falsch war. Irgendwie falsch. Trotz des gewinnenden Lächelns, trotz des guten und teuren Parfüms, das ihn umschwebte wie ein lästiger Schwarm Mücken im Hochsommer, trotzdem. Oder gerade vielleicht deswegen.

Eser bereute bereits, Schlem angeboten zu haben, ihn zu begleiten. Deswegen hielt er jetzt auch reichlich Abstand zu dem Mann in dem Skianzug.

Friedrich Eser schlich über den verharschten Pfad, der von der Straße übrig geblieben war. Seine Schultern zog er beim Gehen hoch, die Hände waren tief in den Taschen seines Parkas verborgen. Diese Haltung hatte er sich im Gefängnis angewöhnt: immer wenig Angriffsfläche bieten. In seinem zurück gekämmten Haar sammelten sich die Schneeflocken. Blitzschnell schmolzen sie auf seiner Kopfhaut und liefen als kleine Tropfen in Gesicht und Nacken.

Michael Schlem dagegen stolzierte. Selbstverständlich ging er voraus, das hatte er bereits bei den ersten Schritten vor dem ›Forellengrund‹ klar gemacht. Zwar kannte er den Weg nicht, aber in diesem Kaff gab es ja auch an sonnigen Tagen nur eine Straße und jetzt eben nur diesen schmalen Pfad, der zwischen den Häusern entlang führte.

Lust auf ein Gespräch mit diesem verschüchtert wirkenden Menschen hinter sich verspürte er nicht, dennoch hätte Schlem gerne etwas gesagt, irgendetwas. Nur damit er wusste, dass dieser Typ immer noch da war und außerdem, weil ein Gespräch zwar sicherlich langweilig war, aber vielleicht doch noch ein bisschen weniger öde als diese Stille hier. Und wer weiß, vielleicht wusste der Typ ja auch etwas über diesen Mord.

Die beiden Wanderer waren an der Querstraße angekommen, die am Wolfshaus vorbei hinunter am Berg zu den Häuschen von Friedrich Eser und Else Peyn führte.

Michael Schlem blieb stehen und drehte sich um.

»Wir müssen rechts gehen!«, meinte Eser. Schlem nickte und schlug den Weg zu Else Peyn ein. Urplötzlich brach mit lautem Getöse ein schwerer Ast vom Nussbaum der Begulfs. Der Schreck fuhr Schlem durch alle Glieder. Instinktiv begriff er, dass er jetzt nicht nur zu einem Tatort gerufen wurde, etwas von außen betrachtete und so schnell wie möglich wieder anonym verschwinden konnte, sondern dass er vielleicht jetzt ein Teil des Geschehens wurde.

»Wie weit ist es noch?«, fragte er, ohne sich umzudrehen.

Er lauschte auf eine Antwort, aber außer dem Knirschen seiner Schuhe im Schnee und weit entfernter Weihnachtsmusik aus irgendeinem der Häuser, war alles still.

Schlem schaute sich um und sah nichts, niemanden, keine Menschenseele. Wo war dieser Schwachkopf? Im Haus links von ihm brannte ein kleiner Weihnachtsbaum im Fenster. Schlem sah schemenhaft Gestalten, die sich im Zimmer bewegten. Sollte er dort klingeln? Und dann? Wie hieß die Frau, die Zimmer vermietete? Sein Namensgedächtnis war nicht das Allerbeste, deswegen schrieb er sich immer alles sofort auf einen kleinen Zettel. Klingeln oder nicht klingeln? Wo war dieser Idiot nur? Oder war das etwa ein Witz? Schlem war zu stolz, um nach dem Mann zu rufen. Außerdem wusste er dessen Namen ebenso wenig wie den der Dame mit den Zimmern. Er hatte drei Schritte auf das kleine Häuschen mit dem Weihnachtsbaum im Fenster getan, da hörte er hinter der Scheune zehn Meter hinter sich ein schlurfendes Geräusch. Seine Muskeln verkrampften sich. Er versuchte im Dunkeln etwas auszumachen. Was war das? Das musste dieser Typ sein, oder? Sicherheitshalber machte er weitere drei Schritte auf das Haus zu, da hörte er eine Stimme im Rücken: »Wo wollen Sie denn hin?«

Schlem fuhr herum und sah Eser auf sich zukommen.

»Wo waren Sie, verdammt?«, fluchte Schlem.

Friedrich Eser schaute den Mann verdutzt an. »Ich hab einiges getrunken, ich geh immer auf dem Weg nach Hause hinter die Scheune.« Eser lachte leise, so als sei das eine wunderbar lustige Geschichte.

»Ich dachte schon, Sie seien weg, Sie hätten ja was sagen können.« Schlem war sauer.

Eser sagte nichts, ging einfach an Schlem vorbei.

Der Schneefall wurde erneut stärker. Dicke Flocken fielen jetzt schwer und schnell zu Boden und bedeckten die unzähligen Fußspuren der vergangenen Stunden.

Eine dicke, an manchen Stellen bis zu einem halben Meter dicke Schneeschicht lag auf den alten Häusern. Nur in der Nähe der Kamine und Öfen war der Schnee vom Dach gerutscht und bildete in den Vorgärten kleine Berge.

Wenig später waren beide am Haus von Else Peyn angekommen. Vor der Haustür brannte eine große, dunkle Kerze in einer alten, eisernen Laterne. Sie schaukelte von einem vorstehenden Balken herab und warf dunkle Schatten auf die frei geschippten Treppenstufen zum Haus.

Eser klopfte an die Tür. Drinnen war kein Laut zu hören. »Sie müssten aber da sein, sie sind immer zu Hause am Abend.«

»Na, da bin ich ja beruhigt!« Schlems Füße froren. Was um Himmelswillen sollte er hier? Das war Arbeit für einen Praktikanten!

Vor allem ärgerte ihn die Anwesenheit der beiden Kommissare. Durch die jahrelange Feindschaft mit ihnen wusste er, niemals auch nur die kleinste Hilfe von ihnen zu erhalten. Im Gegenteil. Wenn sie konnten, würden sie ihm wahrscheinlich Knüppel zwischen die Beine werfen und seine Ermittlungen behindern. Was also konnte er tun, wenn ihm die zuständigen Kripoleute keine Interviews gaben? Von den Dörflern war sicherlich auch eher wenig zu erwarten.

Schlem gab sich selbst eine Frist. Spätestens morgen Mittag würde er sich wieder auf den Weg machen, sollten die beiden Bullen blocken und die Dörfler keinen fehlerfreien Satz über die Lippen bekommen.

Plötzlich fiel ihm das Snowmobil wieder ein. Herrje, das hatte er ganz vergessen. Es stand immer noch oben am Schneehaufen und schneite wahrscheinlich gerade vollends zu. Großartig! Aber jetzt noch einmal zurückgehen wollte er auch nicht. Höchstwahrscheinlich war das Ding auch morgen früh noch da. Wenn nicht, hatten Deicker und Heller direkt den nächsten Fall, dachte er. Leichten

Diebstahl bearbeiten, das, was ihren Fähigkeiten am ehesten entsprach, dachte er hämisch.

Im Flur des Hauses ging Licht an. Die Silhouette eines großen Mannes wurde sichtbar. Sie näherte sich der Tür, ein Schlüssel wurde im Schloss gedreht.

Schlem und Eser traten einen Schritt zurück. Die Tür ging auf und Werner Peyn stand in seinem rot-weiß gestreiften Schlafanzug vor ihnen.

»'n Abend«, sagte Eser.

Werner Peyn guckte die beiden fragend an: »'n Abend.«

Eser nickte in Richtung Schlem, dann meinte er: »Der Kollege hier sucht 'n Zimmer.« Dann zu Schlem: »Sie sind auch von der Polizei oder was?«

Schlem lachte: »Nein danke. Ich bin Journalist, ich berichte über den Mord an dem Bauern.«

Eser runzelte die Stirn: »Und über den zweiten berichten Sie nicht?«

»Welcher zweite Mord?« Schlem fiel aus allen Wolken.

»An dem Gruhsejungen!«, meinte Eser und rückte den alten Schal um seinen Hals zurecht.

Werner Peyn räusperte sich: »Herr Eser, tut mir leid, aber es zieht hier. Die Kleine schläft schon, und oben ist die Tür auf. Ich möchte nicht, dass sie davon irgendwas mitbekommt.«

Eser entschuldigte sich: »Himmel, tut mir leid, da habe ich gar nicht dran gedacht. Der Mann hier hat oben im ›Forellengrund‹ nichts mehr bekommen, und Sie vermieten doch im Sommer auch Zimmer. Der Wolfgang Loose meinte, wir könnten 's hier mal versuchen.«

Werner Peyn musterte Schlem: »Wir haben oben Zimmer, aber die sind nicht gemacht. Geheizt ist nicht und Bettwäsche und so müssten Sie auch selbst drauf ziehen, meiner Frau geht es heute Abend nicht so gut.«

»Kein Problem!«, sagte Michael Schlem. Mittlerweile war ihm alles recht. Er wollte nur irgendwo die Nacht verbringen, ohne zu erfrieren, der Rest war im Augenblick unwichtig. Auch der zweite Tote, von dem er gerade eben erst erfahren hatte, änderte nichts daran. Dieses Dorf hier war eingeschneit. Sobald jemand abhaute, machte er sich verdächtig. Jeder würde hier bleiben, erst recht der Mörder. »Also nur keine übertriebene Eile«, dachte Schlem.

Werner Peyn machte die Tür weiter auf. Schlem stieg die beiden Stufen hoch. Die Männer verabschiedeten sich voneinander, dann schloss Werner Peyn hinter sich die Tür.

Ben und Tom standen unter dem hellen, künstlichen Licht der Neonröhre. In dem Glasgehäuse, das quer über dem Schiebetor verschraubt war, klickte es in unregelmäßigen

Abständen. Außer dem Muhen der Kühe im Stall war es das einzige Geräusch. Bens Hand lag bereits an dem grün gestrichenen Tor, da fragte Tom leise: »Sag mal, was willst du denn eigentlich heute Abend noch da drin? Glaubst du, der Täter guckt sich noch mal die Leichen an, oder was?«

»Witzbold! Aber vielleicht haben wir was übersehen, irgendeine Kleinigkeit, wer weiß. Mensch, Tom, warum nicht? Wir machen hier Polizeiarbeit wie im 19. Jahrhundert, wir haben überhaupt keine Möglichkeit, Spuren zu sammeln und auszuwerten.«

Tom nickte. »Okay komm, gehen wir rein.«

Ben schob den Riegel zurück und stemmte sich gegen die Tür. Ungewöhnlich leicht gab sie nach und lief in einer Schiene innen an der Stallwand entlang. Sofort spürten beide die Wärme des Kuhstalls. Fast alle Tiere drehten gleichzeitig den Kopf, überall klirrten die Stangen, an denen die Kühe fest gemacht waren.

»Hallo zusammen!«, sagte Ben.

Aus der hinteren Ecke der gegenüberliegenden Seite brüllte eine Kuh.

Als Kripobeamter der Mordkommission sah Ben häufiger Leichen als fast alle anderen Menschen außer vielleicht Ärzten, Altenpflegern und Bestattern. Trotzdem konnte er sich an den Anblick oder auch nur die Anwesenheit der

Toten nur schwer gewöhnen. Vielleicht lag es auch daran, dass die Toten, die Ben zu sehen bekam, nicht friedlich verstorben waren. Das Schlimmste für ihn waren die Besuche in der Pathologie, dann, wenn er sich die Toten vor oder nach der Autopsie anschauen musste.

»Wonach suchen wir, Ben?«

»Keine Ahnung!« Ben war ein paar Schritte vorgegangen, den Gang hinter den Kühen entlang, und jetzt am Ende angekommen.

»Schau dich einfach um.«, rief er Tom zu, der noch unschlüssig am Tor stand. »und mach das verdammte Tor zu, sonst liefern die Mädchen hier morgen nur noch Milcheis!«

Tom drehte sich um, um das Tor zuzuschieben. Plötzlich fühlte er sich beobachtet. Langsam blickte er auf und versuchte in der Dunkelheit etwas zu erkennen. Nach und nach gewöhnten sich seine Augen an die Schwärze, und er erkannte die Silhouette des Bullen, der ganz regungslos neben der alten Eiche stand. Das Tier beobachtete ihn aus rund zehn Metern Entfernung.

»Heilige Scheiße!«, flüsterte Tom leise. Langsam machte er einen Schritt auf das Tor zu.

Mit beiden Händen packte er den Riegel, versuchte ihn in Richtung Schloss zu ziehen, aber irgendetwas, gottverflucht, klemmte. Das verdammte Ding ließ sich keinen Millimeter bewegen! Mit seinem gesamten Gewicht stemmte sich Tom dagegen, aber das Tor rührte sich nicht. Nur ein wischendes, fegendes Geräusch war plötzlich zu hören, als der Bulle durch den meterhohen Schnee langsam näher kam.

»Klar!«, dachte Tom fast panisch, »das Vieh will auch wieder ins Warme. Ist ja sein verdammter Stall!«. Er spürte Schweißperlen den Nacken herab laufen, gleichzeitig fror es ihn.

»Was ist?«, fragte Ben plötzlich direkt hinter ihm, »keinen Mumm in den Armen, he?«

»Halt die Klappe, Ben, guck mal nach draußen!« Tom japste und versuchte weiter verzweifelt das Tor zuzuschieben.

Ben schaute ungläubig nach draußen und kniff die Augen zusammen. »Ist nicht wahr, oder?« Tom merkte, wie sich Bens Hände plötzlich in seine Jacke krallten.

Plötzlich ließ Ben los und lief so schnell er konnte nach rechts zum Ende des Stalles. Beim Laufen brüllte er Tom zu: »Lass das, das schaffst du nicht. Komm hier lang, hier hinten ist eine Tür.«

Tom sah um die Ecke. Tatsächlich hatte der Bulle an Tempo zugelegt, sein großer, mächtiger Kopf war gesenkt, und der massige Körper wälzte sich kraftvoll durch den Schnee. Mit letzter Kraft versuchte Tom das Tor doch noch zuzuschieben … zwecklos.

»Scheiße!«, entfuhr es ihm, dann stieß er sich mit beiden Händen an dem Torgriff ab und rannte Ben hinterher. Zwanzig Meter waren geschafft, als der Bulle den Stall erreichte. Fast sofort wurde das Tier ruhiger, blieb stehen, betrachtete die Kühe und brummte tief. Tom schaute sich im Laufen um, rutschte mit dem linken Bein weg und fiel fast auf den glitschigen Rosten hin. Mit rudernden Armen hielt er das Gleichgewicht und schaute wieder nach vorne. Ben hantierte mittlerweile schon an der Tür am oberen Ende des Stalles.

»Abgeschlossen«, stöhnte er. »Heiliger Strohsack, wer schließt denn, um Himmels Willen, in einem Stall die Türen ab?«

Tom war jetzt neben ihm. »Das kannst du mich später noch mal fragen, ja! Jetzt mach diese verdammte Tür auf!«

Der Bulle trottete langsam auf sie zu. Er machte keine Anstalten zu laufen, dennoch würde es keine zehn Sekunden dauern, bis er die beiden Kommissare erreicht hatte.

»Wir müssen auf die andere Seite!« Tom hangelte sich auf das Stangengestell, an dem die Kühe fest gemacht waren. Die beiden Tiere unter ihm protestierten mit lautem Gemuhe und tänzelten unbeholfen hin und her.

Tom stand jetzt auf der Mittelstange, die sich über die gesamte Länge des Stalls zog. Auf der gegenüberliegenden

Seite starrten die anderen Kühe zu ihm hoch. Tom warf einen Blick auf Ben, der paralysiert den näher kommenden Bullen anstarrte.

»Ben, komm jetzt, beweg deinen Arsch, Mann!«

Ben schaute fast flehendlich zu Tom hoch. »Ich komm doch da niemals hoch, wie soll ich denn?« Wenn es irgendeinen Moment gab, in dem er die vielen überflüssigen Mahlzeiten, die kleinen Snacks und die unzähligen Handvoll Süßigkeiten zwischendurch bereute, dann war es dieser.

Der Bulle verfiel nun in einen leichten Trab, er war noch fünf Meter von Ben entfernt.

»Zwischendurch!«, schrie Tom und suchte irgendetwas, mit dem er den Bullen ablenken konnte, »kletter zwischendurch!«

Der Bulle war noch zwei Meter von Ben entfernt, als Ben aus seiner Starre erwachte und den beiden Kühen neben sich auf die Flanken schlug. Beide wichen entsetzt nach links und rechts aus, und für ein paar Sekunden öffnete sich tatsächlich so etwas wie eine kleine Gasse zwischen den beiden Tieren. Ben zwängte sich zwischen den braun geschecken Leibern durch. Er nahm den intensiven Geruch der Kühe wahr und wartete jede Sekunde darauf, dass sich ein Horn des Bullen in seinen Hintern bohrte. Er hatte es fast geschafft, als er gegen die Wasservorrichtung für die Kühe knallte. Sie traf ihn in Kniehöhe, und er stürzte genau zwischen die beiden Kühe auf der anderen Seite. Er platschte unsanft hin, als habe ihm jemand ein Bein gestellt. Durch sein Gewicht und den kotigen Boden schlitterte er genau zwischen den Kühen hindurch auf die andere Seite. Noch im Fallen drehte er sich halb und suchte den Bullen. Flink und behände, wie ihm Tom das nie zugetraut hätte, brachte er sich robbend ausser Reichweite der Hufe. Keuchend blieb er auf dem Bodenrost sitzen und starrte an sich herab.

Tom hatte das Ganze aus der Vogelperspektive verfolgt. Er balancierte langsam in Bens Richtung. Der Bulle stand mittlerweile ratlos hinter den beiden Kühen auf der anderen Seite. Der Spalt, in dem Ben verschwunden war, war einfach zu schmal für seine Muskelpakete.

Ben saß immer noch auf dem Rost am Boden. Er fluchte und war dabei, sich so gut es ging das Heu und den Kuhmist von Jacke und Hose zu wischen.

Die Blicke der beiden trafen sich. Ben verstummte, hob nur warnend die Hand.

»Ziemlich dreckig, was?«

»Sehr witzig!« Ben stand so vorsichtig wie möglich auf. Alle seine Sachen waren vorne von oben bis unten besudelt. Nur am Kragen gab es ein kleines Karree, das nicht dunkelgrün war. Ein Rinnsal Gülle lief am Saum der Hose entlang durch den Rost.

»Willst du da jetzt für immer oben bleiben?« Ben schaute zu Tom, der immer noch auf der Mittelstange stand. Ungefähr dreißig Kuhaugenpaare starrten zu ihm hoch.

»Wie komm ich hier wieder runter?«

»Ich denk mal, so wie du hoch gekommen bist, oder? Spring halt über die Kuh.«

»Ja, und dann rutsch ich weg und seh genauso aus wie du!« Tom hangelte sich am Geschirr einer Kuh herab. Das Tier schaute nicht einmal auf, kaute nur träge die Reste des Kraftfutters aus der Rinne.

Auch der Bulle auf der anderen Seite verlor das Interesse: Er drehte sich um und trottete den Gang wieder zurück auf das offene Tor zu.

»Wo will der denn hin?« Ben entdeckte ein Handtuch auf einem alten Stuhl in der Ecke. Mit ausgestreckten Armen wischte er sich die Hände ab. Dabei merkte er, dass er leicht zitterte.

»Ich hoffe mal nach draußen. Ich denk nicht, dass der so klug ist, und jetzt von der anderen Seite kommt, oder?!« Tom versuchte das Tier zwischen den Kühen im Auge zu behalten. Gleichzeitig suchte er einen Weg nach draußen. Zwei Meter von Ihnen entfernt entdeckte er ein grünes Schiebetor.

»Wenn das Mistding jetzt auch nicht aufgeht, dann …« Tom packte den Riegel mit beiden Händen. Mühelos glitt das Tor in seiner rostigen Laufschiene zurück. Vor den beiden Kommissaren tat sich eine große Halle auf. Der knapp zehn Meter hohe Raum war bis zur Decke mit Heuballen gefüllt. Ben schaute über die Kühe hinweg rüber ans andere Ende des Stalls. Der Bulle verharrte dort unschlüssig, dann drehte er sich langsam in ihre Richtung.

»Heiliger Strohsack, Ben, lass uns hier verschwinden. Ich glaube langsam, der hat 's auf uns abgesehen!«

Ben stakste mit langen, ungelenken Schritten langsam in die Halle. »Dass ich aber auch meine Pistole nicht dabei hab!«, sagte er. »Dem hätt ich was zwischen die Hörner gegeben.«

»Ja, klasse, das hätte grade noch gefehlt! Damit in der Zeitung steht: ›Tollwütiger Polizist schießt im Kuhstall wild um sich.‹ Ich seh schon die Schlagzeile.«

»Jetzt mach mal 'n Punkt. Das Vieh hätte mich fast erwischt, ja, falls du das nicht mitbekommen hast.«

Tom hielt sich die Hand an die Nase: »Ben! Tu mir einen Gefallen und geh ein Stück zurück, ja? Ich sag 's dir zwar nur ungern, aber du stinkst!« Dann schob er hinter Ben das Tor zu.

Werner Peyn hatte die Hände auf die Rippen des Heizkörpers am Fenster gelegt. Draußen ließ der herabfallende Schnee das Dorf immer weiter versinken. Peyn versuchte sich zu erinnern, ob er jemals in seinem Leben schon so viel Schnee gesehen hatte, aber der Winter in diesem Jahr war einmalig.

Er dachte an einen Tag vor zwölf Jahren, als er mit seinen beiden Söhnen auf die Weide unterhalb des Eserhauses spaziert war. Die Schafe waren unruhig gewesen und wollten raus an die Luft, aber vorher musste er die Zäune überprüfen. Im Sommer davor war ihm eines ausgebrochen und hatte um ein Haar einen Verkehrsunfall verursacht.

Zusammen mit Hans und Marcel war er die abschüssige Weide entlang marschiert. Plötzlich war Hans ans obere Ende der Wiese gelaufen. Er rollte einen großen Schneeball zusammen, der auf der abschüssigen Wiese fast von selbst immer größer wurde. Irgendwann, als er fast einen Meter hoch war, konnte Hans die Kugel aber trotz des leichten Gefälles nicht mehr alleine bewegen. Alle zusammen hatten sie die Kugel dann immer weiter den Abhang hinunter geschoben. Der Schneeball war bald größer als Werner selbst, und plötzlich, angekündigt durch ein erdiges Knirschen, hatte sich der riesige Koloss von selbst in Bewegung gesetzt. Seine beiden Söhne waren vor Freude in die Luft gesprungen und auch Werner Peyn hatte ungläubig die Kugel verfolgt, die, am Ende der Weide angekommen, ohne jede Mühe den Stacheldraht unter sich begrub und einfach darüber hinweg rollte. Auf der angrenzenden

Straße brachen große Stücke des Schneeballs ab, aber der Großteil erreichte die darunter liegende Wiese der Händells. Dort nahm die Kugel erneut Fahrt auf. Einige Meter wälzte sie sich dann noch den Berg auf der anderen Seite hoch, ehe sie langsam ein Stück zurück rollte und dann ächzend liegen blieb.

Werner Peyn war fast das Herz stehen geblieben, als er die Kugel auf die Straße rollen sah. Glücklicherweise waren in diesem Moment keine Autos oder Fußgänger unterwegs gewesen. Die drei rannten dem riesigen Schneeball hinterher, bestaunten im Vorbeilaufen den platt gelegten Stacheldraht und kamen keuchend neben der riesigen Kugel an.

»Na Jungs«, Werner wusste genau, wie er damals nach Luft geschnappt und sich mit den Händen auf die Knie gestützt hatte, »das ist ein Schneemann, oder?«

Und dann sagte Hans etwas, das so typisch war für den Jungen, einfach, weil er immer originelle und witzige Einfälle hatte: »Mensch Papa, jetzt fängt die Arbeit doch erst richtig an: Das ist doch nur der große Zeh!«

Alle drei hatten fast auf dem Boden gelegen vor Lachen. Bereits an jenem Abend, als die Kinder im Bett lagen, und Else und er im Wohnzimmer über irgendwelchen Rechnungen brüteten, hatte er gewusst, dass er diesen Tag nie vergessen würde, dass er etwas ganz Besonderes gewesen war.

Jetzt schaute Werner Peyn aus dem Fenster, verfolgte einzelne Schneeflocken mit den Augen, so lange sie in seinem Blickfeld waren und versuchte nicht zu traurig zu werden. Das Leben war nach Hans Tod noch schwerer geworden. Schwerer und schmerzhafter. Schmerzhafter vor allem deswegen, weil er sich nicht erklären konnte, wie einem Menschen, einer Familie, so viel Unglück passieren konnte. Er hatte keinen Hass auf Gott, aber nachdem der schlimmste Schmerz über den Tod seines zweiten Sohnes vorüber gegangen war, hatte er alle Kreuze im Haus abgehängt. Vielleicht, so dachte er seitdem, gab es tatsächlich einen Gott, aber dann war es kein guter Gott. Ohnehin war die Vorstellung eines guten und gerechten Gottes naiv und kindisch. Wie viele Babys verhungerten jeden Tag auf der Welt, wie viele Misshandlungen gab es, wie viele Vergewaltigungen, dachte Werner. Natürlich kamen alle Priester, auch der, der ihn und seine Frau nach den Todesfällen zu trösten versucht hatte, immer mit dem Hinweis auf das Jenseits. Mein Gott, das Jenseits! Was für ein Argument! Außerdem, sagte er sich, konnte man niemals genug Gutes tun, niemals, auch als Gott nicht. Er jedenfalls würde keinen Menschen leiden lassen, wenn er die Fähigkeit und die Macht dazu besitzen würde. Aber vielleicht war dieser Gott gar nicht allmächtig. Das würde ihn entschuldigen. Trotzdem wollte er die Kreuze nicht wieder aufhängen.

Im gegenüberliegenden Haus der Händells sah Werner Peyn Licht hinter den Gardinen. Und Personen, die sich dahinter bewegten. Bis vor einer Stunde hatte er noch mit Max und Herbert, den beiden Söhnen, frierend vor der Tür gestanden. Sie hatten natürlich über die Geschehnisse des Tages gesprochen, das Wort Mord hatten sie alle allerdings nicht in den Mund genommen. Das gab es im Fernsehen, in den Nachrichten, in ihrer Welt hatte es einfach keinen Platz. Auch vorhin hatten sie über die Ereignisse geredet, als gingen sie sie gar nichts an, als liefen die Dinge nur in irgendeiner Parallelwelt aus dem Ruder.

Jetzt fragte sich Werner Peyn, warum das so war. Oben hörte er den Mann, der das Zimmer genommen hatte, auf und ab gehen. Es gefiel ihm nicht, unerwartet einen Fremden im Haus zu haben, gerade jetzt nicht. Aber was hätte er tun sollen, wenn der ›Forellengrund‹ belegt war? Man konnte niemanden abweisen, das war nicht recht.

Eben wollte er den Blick vom Fenster abwenden, da sah er eine dick vermummte Gestalt die Türe zum Anbau der Händells öffnen und hinein schlüpfen. Wer es war, konnte er nicht erkennen, er wandte sich vom Fenster ab und suchte die Fernsehzeitung.

Kapitel neunzehn

Es gibt wohl sehr viele verschiedene Arten der Angst. Zum Beispiel die reine und unverfälschte, wie sie vielleicht ein Torero verspürt, der einer unausweichlichen, aber halbwegs kalkulierbaren Gefahr gegenübersteht, einer konkreten Angst, der Furcht, also. Und es gibt die diffuse Angst, vielleicht derjenigen vergleichbar, die ein Schiffbrüchiger im Pazifik spürt, wenn ihm nichts geblieben ist außer einer kurzen Holzplanke und der Gewissheit, dass sich unter ihm Gefahren unaussprechlichen Ausmaßes befinden: Gefahren, die vielleicht in ihrem ganzen bisherigen Leben nur auf seine Anwesenheit gewartet haben.

Diese Angst fühlte Max Händell seit dem Tod von Gerd Gruhse vor drei Stunden. Er wusste, dass sich die Dinge nunmehr doch zum Schlechten gewandt hatten. Eindeutig! Ohne Wenn und Aber!

Ihm war plötzlich klar geworden, dass die Vergangenheit niemals abgeschlossen ist, dass ihr die Gegenwart immer ein kleines Türchen offen hält und sie einlädt, jederzeit hereinzuspazieren, gerade, wenn es ihr gefällt und gerade dann, wenn wir es am wenigsten erwarten.

Die jetzige Situation hatte so kommen müssen, sie war die logische Folge all dessen, was geschehen war. Manchmal hatte Gott eben doch ein Einsehen mit seinen Schäfchen und gab sich, zur Erleichterung aller Gläubigen, den Anschein eines gerechten und anständigen Herrschers.

Aber ehrlich gesagt war Max Händell diese Einsicht im Augenblick keine wirkliche Hilfe, im Gegenteil. Er saß in einem Sessel im Wohnzimmer seiner Eltern, blätterte fahrig und ohne auf die Zeilen und Photos zu achten in einer Autozeitschrift und spürte, wie ihm der Schweiß auf die Stirne trat. Ihm war klar, dass etwas passieren musste, dass er zum Handeln fast schon gezwungen war.

In solchen Fällen war er bis gestern immer ein paar Meter zum Haus der Gruhses gelaufen, hatte mit Gerd geredet, zugehört, genickt und gehorcht. Gerd, sein Freund, Gerd, sein väterlicher Ratgeber!

Tagein, tagaus klebten sie fast aneinander. Beide arbeiteten sie im benachbarten Städtchen als Maurer, beide spielten dort auch Tischtennis und beide interessierten sich für dieselben Frauen. Aus der Ferne. Manchmal gingen sie abends gemeinsam weg, am Wochenende meist, häufig im alten Käfer von Gerd Gruhse, aber das war jetzt wohl vorbei. Gerd würde nie wieder Auto fahren. Er würde überhaupt nichts mehr tun.

Denn Gerd lag, und bei diesem Gedanken spürte Max das gesamte Abendessen seine Speiseröhre wieder herauf kriechen, stumm, eiskalt und ausgesprochen unansehnlich in Jonkers Stall.

Max schaute auf. Seine Eltern saßen einträchtig nebeneinander auf der Couch gegenüber und verfolgten eine Fernsehshow.

Was tun? Verstecken? Weglaufen? Aber wohin? Und womit? Ein Auto war im Augenblick im Dorf nutzlos, und sich zu Fuß auf zu machen und einfach in der Kälte zu verschwinden, dazu fehlte ihm der Mumm. Vielleicht hätte er es zusammen mit Gerd gewagt, aber alleine … nein!

So saß er nervös und still seinen Eltern gegenüber und wusste nicht weiter. Am Ende würde er das tun, was er immer tat, er würde abwarten. Fast unmerklich nickte er mit dem Kopf. Sicherlich war es jetzt das Beste, abzuwarten.

Niemand würde heute Abend so dumm sein und versuchen ihn zu ermorden. Niemand konnte so dumm sein, niemand! Denn spätestens nach Gerds Tod waren alle aufgeschreckt, so dass jeder im Dorf den anderen mit Argusaugen beobachtete.

»Will einer von euch noch was trinken?« Max Zunge klebte an seinem Gaumen. Seine Eltern schauten kurz zu ihm und schüttelten den Kopf. Max stand auf und zog sich im Hausflur ein Paar Turnschuhe an. Er würde zwei Flaschen Bier holen, nebenan. Die Lasagne seiner Mutter war verteufelt salzig gewesen. Sie hatte irgendwie nie richtig kochen gelernt.

Kapitel zwanzig

Je mehr Zeit vergeht, desto mehr teilt und gleichzeitig vervielfältigt sich die Welt, es entsteht immer mehr Unordnung. Und jede Sekunde ist an Erfahrungen und Ereignissen reicher als die vorige.

Einer, der heute Abend auch um einiges an Erfahrungen reicher geworden war und für eine Menge Unordnung gesorgt hatte, stand nun in Skijacke, Skihose und dicken Socken unter der Etagendusche im ›Forellengrund‹. Ben Deicker versuchte angewidert, den hartnäckig klebenden dunkelgrünen Kuhmist aus seiner Jacke zu rubbeln.

Verbissen rieb er eine kleine Bürste auf seinem dicken Bauch hin und her, Ben schnaufte. Zudem lief ihm das herabfließende Wasser in Höhe des Schritts wieder in die Hose. Der relativ kleine Riss, der durch den Rekordsprung auf der Kinderschanze entstanden war, hatte sich durch seinen zweiten Sprung im Kuhstall weiter vergrößert.

Ben stellte den Heißwasserhahn stärker ein, schloss die Augen und versuchte sich an einen anderen Ort zu denken. Zum Beispiel an sein Wohnzimmer, seine Couch mit den vielen weichen Kissen, eine Pizza und zwei Flaschen Bier auf dem Beistelltisch. In diesem Moment öffnete sich die Türe und Tom kam herein. Ben sah ihn nicht, hörte ihn aber. Er kannte das Lied, das Tom auch schon die vergangenen Tage immer wieder vor sich hin gepfiffen hatte. Irgendein Popsong, der rauf und runter im Radio dudelte, zuletzt auf der verfluchten Fahrt hierher, und der natürlich irgendetwas mit Weihnachten zu tun hatte.

»Na Ben, wie geht 's?« Tom schob den Plastikvorhang der Nachbardusche beiseite.

»Kann man nicht mal 'n paar Minuten allein sein?« Ben schaute an sich herunter. Die dunkle Skijacke war zumindest schon wieder ein bisschen sauberer. Umständlich zog er sie unter dem Duschstrahl aus, ließ sie auf den Boden fallen und begann den Pullover darunter mit Seife einzuweichen.

»Ben, also, wenn ich 's mir recht überlege, bist du eigentlich gar nicht so unsportlich. Dein Sprung zwischen den Kühen durch ...«, Tom nickte anerkennend, »erste Sahne!«

»Tom, tu mir bitte einen Gefallen und geh mir nicht auf die Nerven, ja?«

»Okay.« Tom grinste und begann wieder zu pfeifen, hörte aber gleich wieder auf. Im Spiegel entdeckte er ein paar graue Haare, die ihm über den Ohren wuchsen.

»Wir hätten doch noch mal nach dem Bullen gucken sollen. Wer weiß, ob der noch da ist. Nur weil der junge Jonker nicht aufgemacht hat, hätten wir trotzdem noch mal hintenrum zum Stall gehen müssen.«

»Weil die Kühe sonst Zug kriegen, oder was?«

»Ne, weil der sonst weiter da draußen rum läuft. Und stimmt schon, so richtig böse scheint der nicht zu sein, aber ich habe trotzdem keine Lust, dem hier noch mal zu begegnen. Auch wenn sich da alle im Dorf fast einen Spaß draus machen.«

Ben begann jetzt, seine Skihose einzuseifen. Grünbraune Flüssigkeit sammelte sich an seinen nackten Füßen und floss von dort in den Abfluss. »So spaßig finde ich die Leutchen hier gar nicht. Zumindest einen nicht. Und irgendwie habe ich das ungute Gefühl, dass wir hier heute noch lange nicht fertig sind. Wenn du mich fragst, kommt da noch was.«

»Was soll da kommen?«

»Pass mal auf, Tom, wir werden ja sehen. Vielleicht wär 's besser gewesen, wenn wir alle heute Abend in den ›Forellengrund‹ beordert hätten. Alle Erwachsenen zumindest.«

»Auch über Nacht oder was?«

Ben hielt sein Gesicht unter den Duschstrahl. Nach dem Tag in der kalten Luft prickelte seine Haut.

»Ist mir egal. Ja, auch über Nacht. Von mir aus. Und morgen früh knöpfen wir uns einen nach dem anderen vor. Und der letzte ist der Typ von eben unten aus der Kneipe.«

»Der dich da angemacht hat von wegen Skifahren?« Tom wischte mit dem Handrücken über den Spiegel, der durch die Wärme immer mehr beschlug.

»Ja, genau der. Das Bürschelchen kauf ich mir noch. Hast du den Haarschnitt gesehen? Adolf lässt grüßen!«

Der Pullover war fast sauber, und Ben zog ihn unter der Dusche aus. Er seufzte: Auch das Unterhemd war fleckig.

»Tom, ich frag mich die ganze Zeit, was mir so komisch vorkommt an dieser ganzen Sache hier. Wir beide, du und ich, wir haben schon, ich weiß nicht genau, Dutzende Fälle bearbeitet, aber das Ganze hier, das ist derart emotionslos, finde ich, so was gibt 's doch gar nicht.«

Tom zog sich aus und kletterte in die zweite Dusche. Er stellte die Temperatur ein und begann sich mit einem dunkelblauen Duschgel einzureiben, das einer seiner Vorgänger unter der Brause stehen gelassen hatte: »Du meinst den Sohn von dem Bauern, dem Jonker?

»Genau. Irgendwie ist der nicht ganz koscher. Der ist absolut gefasst, dem kommt irgendwie gar nicht in den Sinn zu trauern.«

In dem Moment klopfte es. Beide Kommissare lauschten, rührten sich aber nicht. Es pochte erneut, dann hörten sie, wie langsam die Türklinke herunter gedrückt wurde.

»Besetzt! Wir duschen!«, rief Ben.

Die Tür knarrte. Ben schob den Duschvorhang ein Stück zur Seite. Die dicke Kellnerin von unten strahlte ihn an. »Ich wollte Ihnen noch ein paar Handtücher bringen«, sagte sie. Sie reckte ein bisschen den Kopf, um vielleicht noch ein bisschen mehr von Ben hinter dem Vorhang erhaschen zu können. Tom rührte sich nicht.

»Das ist nett!«, sagte Ben, »aber wir haben Handtücher, sehen Sie.« Er zeigte mit einem Arm auf das kleine Waschbecken.

»Na gut, ich wollt ja nur helfen, gell? Wenn Sie mich noch brauchen ...« Die Kellnerin lächelte Ben verschmitzt an.

Ben gelang tatsächlich auch ein Lächeln. »Vielleicht später«, sagte er und schob den Duschvorhang wieder zu.

Nachdem die Tür wieder geschlossen wurde, lugte Tom aus seiner Kabine: »Was war das denn jetzt?«

»Frag mich nicht!«, brummte Ben, »die sind auf jeden Fall alle verrückt hier, das kannst du mir getrost glauben!«

»Wenn Sie mich noch brauchen ...« Tom ließ den heißen Duschstrahl auf seine Brust prasseln, »ich kann euch heute Nacht auch gerne eine Stunde alleine lassen!« Er lachte in sich hinein. Als er die Augen öffnete, sah er eine dicke, pelzige Spinne in einer Ecke der Dusche sitzen. Direkt am Rande der Holzverkleidung der Decke, die sich wegen des warmen Wasserdampfes im Laufe der Zeit nach außen gewölbt hatte. Tom fürchtete sich zwar nicht vor Spinnen, aber die hier war schon ein besonders ekelhaftes Exemplar. Er versuchte sie zu ignorieren und seifte sich die Füße ein. Dabei stellte er sich in die linke Ecke der Dusche, um möglichst nicht direkt unter der Spinne zu stehen.

»Okay Ben, auch wenn ich dich jetzt bei deinen Gedanken an die Kellnerin störe, aber mir geht der junge Jonker nicht aus dem Kopf. Der Typ ist ein bisschen ballaballa, aber hast du eine Ahnung, wie der bisher gelebt hat? Ob der nicht von seinem Vater tyrannisiert wurde oder so was. Und jetzt froh ist, einfach seine Ruhe zu haben?«

»Jetzt halt mal die Luft an, Tom. Nicht jeder wird von seinem Vater drangsaliert, weißt du?«

Ben wusste, dass Toms Vater seinem Sohn bis zum Lebensende immer wegen Heirat, Frau und Kindern in den Ohren gelegen hatte. Bei jedem Besuch das gleiche Gemeckere: Tom solle sich endlich eine passable Frau suchen, lamentierte der Vater, Tom sei doch versorgt mit seinem Beamtenjob, so schwer könne das doch nicht sein. Das ewige Gezeter hatte dafür gesorgt, dass Tom seinen Vater nur alle paar Monate besuchte. Auf der Rückfahrt nach Hause hatte er jedes Mal mindestens fünf Zigaretten rauchen müssen, ehe er sich wieder beruhigte. Der alte Herr wusste genau, welche Knöpfe er drücken und Hebel er ziehen musste, um bei seinem Sohn ein schlechtes Gewissen herbei zu zaubern. Und war Tom tatsächlich einmal zeitweilig mit einer Frau zusammen, beschwerte sich der Vater, er habe überhaupt keine Zeit mehr für ihn.

Tom hatte es ihm einfach nicht recht machen können. Das Ende vom Lied: Der alte Heller war letztendlich unzufrieden gestorben, und um seinem Sohn noch einen letzten kleinen Schubs mitzugeben, hatte er sein gesamtes Vermögen einem Pferdesportverein vermacht.

Über das Testament des Alten war Tom am meisten verärgert und vor allem gekränkt gewesen. Aber es war wahrscheinlich genau das, was sein Vater hatte erreichen wollen. Als kleine Rache war Tom noch nie am väterlichen Grab gewesen. Er hätte aber auch nicht gewusst, was er da sollte.

»Ist ja gut!«, meinte Tom nur und drehte den Duschhahn hastig zu.

Kapitel einundzwanzig

Wenn wir erwachsen sind, erkennen wir, dass manche Ängste unserer Kindheit nicht zu überwinden sind. Auch Logik, Mut und Verstand ändern das nicht. Wir müssen erkennen – zumindest die meisten von uns –, dass wir uns in einem dunklen Keller weiterhin unwohl fühlen, allein gelassen, beobachtet, schutzlos und nackt. Ein paar Meter höher mag ein großes Fest gefeiert werden, man mag die Stimmen der dort oben lachenden und beschwipsten Menschen hier unten noch schwach wahrnehmen, trotzdem: Sie helfen uns in diesen Furcht erregenden Minuten in den stillen Räumen, in denen wir uns im Augenblick befinden nicht weiter.

Auch Max Händell spürte heute Abend wieder dieses ungute Gefühl, als er die vereiste Klinke des Anbaus niederdrückte. Zwar musste er keinen Keller hinabsteigen, doch in den dunklen, kalten Anbau gegenüber dem Wohnhaus zu gehen war auch nicht angenehmer. Seine Mutter hatte ihn am Nachmittag schon einmal hierhin geschickt, um die Tür wieder aufzuschließen. Sie hatte Angst, dass sie ansonsten vielleicht am nächsten Tag durch den Frost gar nicht mehr aufgehen würde. Genau das war nämlich vergangenen Winter passiert, als sie kurz vor Heiligabend die Gans aus der Truhe im Anbau holen wollte und sich die Tür nicht öffnen ließ. Mit einer Verlängerungsschnur und einem Lötkolben hatte Max schließlich den Festtagsbraten für alle gerettet.

Jetzt gab die alte, verzogene Tür knirschend nach. Max drückte auf den Lichtschalter. Nichts geschah. Mit zugekniffenen Augen versuchte er die nackte Glühlampe in der Mitte des großen Raumes auszumachen, konnte aber in der Dunkelheit nichts erkennen. Der Anbau verströmte einen sonderbaren, strengen Geruch, das fiel Max auch heute Abend wieder auf. Im Sommer hatte Max Vater den sieben Schafen das Fell geschoren. Und die Wolle lagerte seitdem hier. Bis zum Verkauf waren die schmutzig grauen Knäuel in Jutesäcke gestopft, die links an der Wand lehnten.

Max schob die alte Tür bis zum Anschlag auf. Das wenige Licht, das von draußen vom Schnee reflektiert wurde, fiel in einem meterbreiten hellen Streifen in den Anbau und endete an der gegenüberliegenden Wand. In dem Lichteck streckte sich sein riesiger und unförmiger Schatten und machte ihm Angst.

Die Bier- und Limonadenkästen standen in der hinteren rechten Ecke ordentlich nebeneinander aufgereiht, links von der Tiefkühltruhe. Max sah die Kästen nicht, erkannte nur ihre eckigen Konturen. Unschlüssig stand er neben der Türe. Er überlegte kurz zurückzugehen und eine Kerze zu holen, entschied sich dann aber anders. Ein zweites Mal Schuhe aus, Schuhe an, darauf hatte er keine Lust. Und ließ er die Schuhe an, fing seine Mutter wieder an zu zetern. Das war es nicht wert.

Also trat er zögerlich in den Anbau. Seine Schritte hallten unnatürlich laut auf dem kalten, frostigen Betonboden. Er warf einen Blick zurück zur Tür, die von hier aus ein helles Rechteck Schneetreiben zeigte. Max sah die dicken, schweren Flocken, die zu Boden fielen und auf dem gesalzenen Hof augenblicklich schmolzen.

Er drehte sich um und setzte vorsichtig einen Fuß vor den anderen. In der Mitte des Raumes angekommen schaute er zur Decke. »Ich werde die defekte Glühbirne einfach rausdrehen«, dachte er. Seine Augen gewöhnten sich an die Dunkelheit. Was er dann sah, ergab zuerst keinen Sinn. Es dauerte eine, vielleicht zwei Sekunden, ehe er registrierte, dass die Glühbirne in der Fassung gesplittert war. Er schaute nach unten und erkannte kleine Scherben auf dem Boden. Das leise Knirschen unter seinen Füßen gerade hatte er zwar gehört, aber nicht richtig einordnen können. Seit wann explodierten Glühlampen? Von einer auf die andere Sekunde sträubten sich seine Nackenhaare, eine prickelnde Gänsehaut überzog blitzschnell seine Arme. Betäubt schaute er auf die gezackten Stücke der Fassung und wagte kaum, sich zu bewegen. Er spürte einen metallenen Geschmack auf der Zunge. Irgendetwas stimmte nicht.

Ganz und gar nicht. Er fühlte sich beobachtet, er war ganz sicher. Langsam drehte er sich zur Türe. Niemand zu sehen. Kein Laut zu hören. Dann plötzlich raschelte etwas links von ihm. Leise, fast, wie von einer Maus. Er drehte sich zur Seite und sah einen großen Schatten aus der Dunkelheit auf sich zu hasten. Einfach aus dem Nichts, immer größer werdend. Er wollte schreien, aber alles ging so unglaublich schnell. Keine Zeit mehr. Zu nichts.

Das letzte, was Max spürte, war der furchtbar brennende Stich in die Brust. Ein Schmerz, der ihn erstarren ließ.

Er stöhnte noch einmal auf, fast lautlos, dann sank er langsam zu Boden. Die vermummte Person stand noch einen Augenblick über ihm, lauschte auf den rasselnden Atem, der langsam erlosch und ging dann ohne Eile zur Türe. Lautlos zog sie sie dann von außen zu.

Ben Deicker patschte mit nackten Füßen über den blanken Steinboden in Zimmer 14. Tom sah ihm gedankenverloren zu. Mit einer Hand reichte er in eine Tasche seiner Jacke, die auf dem kleinen Tisch lag. Der Akku des Handys war fast leer, die Symbole für die Empfangstärke nicht zu sehen. Trotzdem drückte er die Schnellwahl für Anne. Er wäre sogar schon froh gewesen, ihre Stimme auf der Mobilbox zu hören, aber es gab nicht einmal ein Tuten. Dann suchte er im Fotoalbum des Handys nach ihr. Es gab nur ein Bild, das er in der Kantine des Präsidiums gemacht hatte. Damals waren sie noch nicht zusammen. Das Handy war ganz neu gewesen und Tom hatte so getan, als würde er jeden und alles fotografieren. Dabei wollte er einzig und allein ein Foto von ihr. Sie hatte ihn damals schüchtern angelacht.

Er seufzte, halb Schmerz, halb Stolz. Und voller Glück: Seit langer Zeit hatte ihn eine Frau endlich wieder verzaubert.

»Was ist los?« Ben schaute auf ihn herunter und sah das Foto von Anne. »Muss Liebe schön sein!«, sagte er und ließ sich auf sein Bett fallen.

Bens Füße waren mittlerweile eiskalt, und das gelbe T-Shirt, das er zufälligerweise mitgenommen hatte und jetzt trug, passte zu einem lauen Sommerabend, in der Kälte des Zimmers wirkte es vollkommen fehl am Platz. Missmutig schaute Ben auf das altbackene und verwaschene Blümchenmuster des Bettbezugs.

»Tom, wenn wir hier wieder weg sind, dann meld ich mich erst mal krank, das kannst du mir glauben!« Er massierte seine Zehen.

»Glaub ich dir!« Tom gab Anne in Gedanken einen Kuss, klappte das Handy zu und schlüpfte unter das dicke Plumeau.

»Ist nur die große Frage, wann wir hier wieder rauskommen, oder?«

»Morgen ist es soweit, das versprech ich dir! Wenn die Jungs morgen nicht hier antanzen, dann gibt 's Ärger, Weihnachten hin oder her.« Ben schlug mit der flachen Hand auf sein Kopfkissen.

»Ich hoff ja auch, dass wir Verstärkung kriegen. Vor allem müssen die Toten genau untersucht werden, wir müssen die Tatorte richtig sichern und die Leute ganz systematisch befragen.«

»Damit hätten wir auch heute schon beginnen können!«

»Wie denn? War doch immer was los hier. Wir hatten ja kaum Zeit durchzuatmen.« Er machte eine kleine Pause und reckte sich. »Jetzt bin ich erst mal froh, dass wir hier liegen, und morgen sehen wir dann weiter, okay?«

»Scheiße, die Matratze ist saukalt, Himmelherrgott!« Ben legte sich auf den Rücken, zog das Plumeau bis zum Kinn über sich und starrte zur Decke. »Ich krieg nie wieder warme Füße! Jetzt könnt ich ne Wärmflasche brauchen.« Tom hörte das trockene Geräusch, als Ben seine Füße gegeneinander rieb.

»Warum wird ein alter Bauer ermordet?«, fragte Ben. »Und wenig später der Junge? Wo ist da die Verbindung? Ich kann einfach noch keine erkennen?« Er drehte sich zu Tom. Die Scharniere des Bettes quietschten. »Gehen wir doch mal davon aus, es ist nur ein Täter, was ich glaube, dann frage ich mich, was die beiden Toten gemeinsam haben. Okay, sie leben hier im selben Dorf, aber was sonst noch? Wo sind die Parallelen? Die Gemeinsamkeiten? Wenn der erste Mord derjenige war, der dem Täter am wichtigsten gewesen ist, wo ist das Motiv? Warum hat jemand einen Hass auf einen alten Bauern?«

Tom verschränkte die Arme hinter den Kopf und starrte zur Decke. »Oder er hebt sich den wichtigsten Mord für ganz zum Schluss auf. Von dem mit der niedrigsten Priorität bis zur höchsten.«

»Glaub ich nicht«, sagte Ben, »das, was dem am meisten auf dem Herzen gelegen hat, das hat er direkt erledigt. Ist doch meistens so.«

»Wieso direkt? Das hieße ja, dass erst vor kurzem was vorgefallen ist, was jetzt diese Reaktion bewirkt hat. Irgendein Ereignis, irgendeine Sache, die hier erst vor kurzem passiert ist.« Tom hob den Kopf und sah aus dem kleinen Fenster. Im Schein des Lichts der Neonreklame erkannte er nur ein paar Meter entfernt den Giebel des Gruhsehauses.

»Und dann wären wir wieder bei unserem Wirt, der uns da vielleicht weiter helfen könnte. Auch wenn er sich noch ein bisschen ziert.«

»Oder, Ben, die Sache liegt weiter zurück. Und wie gesagt: Rache kann warten!«

Ben stutzte »Wie kommst du auf Rache?«

»Keine Ahnung, ich spinn nur rum, irgendwie müssen wir doch weiterkommen. Wir brauchen die Verbindung von Paul Jonker zu Gerd Gruhse.«

Ben gähnte. »Ist zehn Uhr durch. Also was ich jetzt brauche, ist erst mal ne Mütze Schlaf. Und dann können wir morgen weiter sehen.«

»Okay, aber erst steh noch mal bitte auf und mach das Licht aus, ja? Alter vor Schönheit, Ben.«

Kapitel zweiundzwanzig

Das menschliche Gehirn ist unbegreiflich. Seine Fähigkeiten und Möglichkeiten sind so enorm, dass wir sie mit unserem Gehirn, wie paradox, gar nicht erfassen können. Nehmen wir zum Beispiel die Schutzfunktionen, mit denen es ihm gelingt, uns jeden Tag aufs Neue zu überlisten: Brauchen wir Schlaf, so ordnet das Gehirn ihn an. Etwaige Störungen werden ignoriert. Ignoriert oder integriert.

So wie in diesem Augenblick bei Ben. Er träumte davon, in einer Bar zu sein. Er stand an der Theke, im röhrenförmigen Schwarzlicht und unterhielt sich mit zwei überaus gut aussehenden jungen Frauen. Im Traum sprühte Ben vor Witz und Esprit. Er genoss es, die beiden Frauen zu beobachten und zu sehen, wie sie über seine Witze lachten und sich dabei sanft zum Takt der Band bewegten, die am Rande des Saals spielte. Ben fühlte sich frei. Er beugte sich gerade zu den beiden, um sie zu sich nach Hause einzuladen. Die Damen schienen ihn aber nicht zu verstehen, zuckten mit den Schultern und zeigten auf ihre Ohren. Ben versuchte lauter zu sprechen, aber je lauter er redete, desto lauter hämmerte der Schlagzeuger, es war zum Verzweifeln. Und dann stand plötzlich Tom neben ihm und faselte davon, aufzustehen. Der Junge war schon vollkommen hinüber. Obwohl sich Ben gar nicht erinnern konnte, ihn mitgenommen zu haben. Ben versuchte sich wieder auf die beiden Frauen zu konzentrieren und begann ihnen lautstark den Heimweg zu erklären. Plötzlich fühlte er etwas Weiches an seinem Kopf. Er erschrak.

Total verschlafen und desorientiert richtete sich Ben auf. Neben ihm lag Toms Kopfkissen. Tom selbst sah ihn von der gegenüber liegenden Seite des Zimmers ungläubig an: »Ist ja gut, Ben, ich komm ja mit dir nach Hause, ist ja gut.« Dann drehte er seinen Kopf in Richtung Tür und rief: »Verdammt noch mal, wer ist denn da, was soll der Lärm?!«

Langsam öffnete sich die Tür. Der Wirt schob seinen Oberkörper ins Zimmer. »Ich wollte nicht …, aber …«

»Himmel, Arsch und Zwirn, was ist denn so wichtig, dass Sie uns nicht bis morgen in Ruhe lassen können?«

»Der Jüngste von Händells liegt tot im Schuppen. Ich dachte, dass wollten Sie vielleicht wissen.«

Max Händell hatte fast keinen Tropfen Blut verloren. Dort, wo er mit dem Kopf auf den harten Boden aufgeschlagen war, sah Tom einen Bluterguss über dem rechten Auge. Ansonsten schien der junge Mann unversehrt. In der Türe des Anbaus drängten sich Menschen. Dicht bei dem Toten stand die Mutter des Jungen. Das Gemurmel der Gaffer nahm zu.

Ben drehte sich zu ihnen um: »Herrschaften, tun Sie mir einen Gefallen und gehen Sie, ja? Sie nehmen uns hier das ganze Licht weg.«

Murrend wichen die Leute zurück und gaben zumindest einen Teil der Tür frei. Trotzdem blieb der Raum fast dunkel. Tom sah die Mutter an. Sie hatte die Hände vors Gesicht geschlagen und schluchzte.

»Frau Händell, gehen Sie jetzt bitte ins Haus, bitte! Sie können hier nicht helfen. Wir kommen gleich zu Ihnen.«

Hilfe suchend schaute sich Tom um. Irgendjemand musste die Frau hier wegschaffen. Er entdeckte den älteren Bruder von Max, zumindest war der Mann dem Toten wie aus dem Gesicht geschnitten. Der verstand seinen Blick, nahm seine Mutter in den Arm und verließ den Anbau. Irgendjemand machte Licht. Eine Baustellenleuchte erhellte den Raum vom Boden aus. Sie warf riesige Schatten und machte die Szene gespenstisch und fast surrealistisch.

Tom hatte direkt beim Eintreffen bemerkt, dass die Birne herausgeschlagen war. Im Schein der Leuchte sah er die Scherben am Boden verteilt.

»Ben, tu mir einen Gefallen, mach mal die Tür zu, ja?«

Ben schob mit sanfter Gewalt einen Mann zurück, der am Türrahmen lehnte. Der Mann wollte protestieren, sah aber Bens Blick und räumte wortlos das Feld. Ben zog die knirschende Tür ins Schloss. Die Kommissare waren mit der Leiche allein. Dem dritten Toten des Tages. Tom schüttelte den Kopf.

»Hast du die Kamera dabei?«, fragte er.

Ben lächelte bitter. »Seit heute Mittag mein ständiger Begleiter. Nur wenn das so weiter geht, ist der Akku bald leer.«

»Mach keine Witze!« Tom beugte sich über den Toten. Max Händell lag mit offenen Augen auf der Seite.

»Drei Leichen an einem Tag! Heilige Mutter Gottes.« Ben lehnte sich an die Tiefkühltruhe und rieb sich erschöpft die Augen. Die Erinnerung an seinen Traum in der Bar war fast verschwunden. »Hier scheint es jemand ja ganz schön eilig zu haben.« Er hob die Leuchte vom Boden und suchte den Raum ab: »Siehst du hier irgendwo wieder eine Geschichte? Irgendeinen geschriebenen Mist?«

»Klaro!« Tom nickte fast resignierend zur Tiefkühltruhe hin. Im Schein des Lichts waren zwei Papiere zu erkennen. »Also wenn das nicht die Gebrauchsanweisung ist, dann geh ich mal stark davon aus, dass uns wieder jemand was zu erzählen hat.«

Ben drehte sich um. Mit Fingerspitzen hielt er die Zettel in seine Richtung. »Komm mal her, Tom«, sagte er, als er die ersten Zeilen überflogen hatte, »unser Schreibmaschinengenie wird mir langsam richtig unheimlich.« Tom schaute Ben über die Schulter.

Die vergebene Chance

Scham verbreitete sich, als man die Menschen aufforderte, auch die Unterkleider auf die Wäschestapel zu legen. Im Gänsemarsch, die Blicke verlegen auf die kalten Fliesen gerichtet, marschierten sie in den großen Raum. Ein erleichtertes Seufzen war hier und da zu hören, als sie die Brauseköpfe an den Seitenwänden erblickten. Nur wenige machte es stutzig, dass keine Seife verteilt wurde, und denen es auffiel, die verhielten sich still, falteten die mageren Hände und beteten leise vor sich hin. Ein kleines Kind krähte vor Vergnügen, als es das entspannte Gesicht seiner Mutter sah. In zehn Minuten werde die Tür wieder geöffnet werden, hieß es.
Zehn Minuten später wurde die Tür wieder geöffnet. Sieben Männer in hohen Stiefeln und Gummihosen legten einen Wasserschlauch in den Raum, um das Blut, den Kot und das Erbrochene in die Ausgüsse zu spülen. Die Menschen, die noch vor zehn Minuten Hoffnung verspürt hatten, die glauben wollten, dass sich vielleicht doch noch alles zum Guten wenden würde, lagen nun zu einem großen Fleischhaufen aufgetürmt, verkrampft, verbissen und verkrallt in der rechten, hinteren Ecke des Raumes.

Das Lösen der einzelnen Kreaturen erforderte Geschicklichkeit und Kraft. Die Männer arbeiteten verbissen, hie und da machte einer der Männer einen Witz.
Das laute Schluchzen, das plötzlich aus dem riesigen Fleischberg zu hören war, ließ die Männer erstarren. Der Strahl des Wasserschlauches sprühte in das Gesicht einer alten Frau auf dem Haufen, als der Mann mit der anderen Hand versuchte, seine Pistole aus dem Holster zu ziehen. Er schoss auf die Gestalt, die kniend am rechten Rande des Fleischhaufens gegen die Wand lehnte, doch ohne jegliche Wirkung versanken die Kugeln blutlos in seinem Rumpf. Als die Gestalt aufschaute und sich langsam erhob, drängten die Männer panisch aus dem Raum.
Die Filter wurden erneut mit Chemikalien gefüllt und der Raum die kommende Nacht hindurch unter Dampf gesetzt. Fast niemand schlief. Die meisten der Wachhabenden hatten sich in der Aufsichtsbaracke versammelt. Es wurde wenig gesprochen, und verstohlen blickte man immer wieder aus den kleinen Fenstern auf den Rauch, der im nächtlichen Mondschein aus den Filtern aufstieg. Man trank viel und einer begann sogar über die Gestalt zu reden, aber alle anderen schauten ihn erschrocken an, so als könn-

ten sie sich reinwaschen, wenn sein Name unausgesprochen blieb.
Niemand wusste, woher die Menschen die Information hatten, doch als die Männer am drauffolgenden Morgen auf ihrem Weg an den Baracken vorbeimarschierten, lasen sie an einer Mauer mit weißer Tünche gemalt: Jesus ist hier!
Der Kommandant tobte und wütete, wie es möglich sei, sich hier, in seinem Lager, Farbe und Pinsel zu besorgen. Die Hälfte der Männer schwärmte aus, um den Schreiber ausfindig zu machen.

Die Tür des Raumes wurde entriegelt und geöffnet. Als sich die Männer mit ihren Masken an die Dämmrigkeit gewöhnt hatten, wichen sie entsetzt zurück: Die Gestalt stand zwei Meter von ihnen entfernt an der Tür und schaute sie aus leuchtenden Augen an. Fast schien sie zu lächeln. Dann schritt sie langsam, fast tastend, vorwärts. Jemand schoss, doch vergebens. Bedächtig ging die Gestalt an ihnen vorüber ins Freie. Ohne weiteren Widerstand bahnte sie sich wie selbstverständlich eine Gasse durch die erstarrende Ungläubigkeit der Männer, strebte mit würdevollen Schritten dem Tor entgegen und war wenige Augenblicke später hinter der nächsten Wegbiegung verschwunden.

»Himmel!« Tom atmete schwer aus: »Das wird ja immer schlimmer!«

»Ja, ziemlich krankes Hirn. Und wir Deppen tappen wie blöd im Dunkeln.« Ben schaute auf den Toten. Er kniete sich vor den Mann und begann zu fotografieren.

Eine halbe Stunde später öffneten die beiden die Tür nach draußen. Niemand war zu sehen. Lautlos und unaufhörlich fiel der Schnee. An der Hauswand erkannte Tom unter den Schneemassen die Konturen eines Fahrrads. Beide Kommissare schauten sich an, Ben nickte. Dann klingelten sie bei den Eltern des Toten.

Zur gleichen Zeit lag Michael Schlem in seinem Bett und fror. Bis vor einer halben Stunde hatte er vergeblich versucht, seine Redaktion zu erreichen. Irgendetwas stimmte hier nicht mit dem Netz. Dann war er die Treppe heruntergestiegen und hatte an der Wohnungstür der Peyns geklopft. Eine Frau von Anfang fünfzig hatte ihm geöffnet und ihn ausdruckslos, ja fast ungläubig angesehen. Üblicherweise nahm er Wortlosigkeit eines Gegenübers immer als Indiz für sprachlose Bewunderung, in diesem Falle aber war er sich nicht ganz so sicher.

Die Frau machte nicht den Eindruck, als habe sie ihn schon einmal im Fernsehen gesehen. Es schien eher, als sei sie vor dem Fernseher eingeschlafen. Trotzdem wünschte er ihr einen guten Abend und fragte, ob er etwas zu essen bekommen konnte. »Kommen Sie rein!«, hatte sie müde gesagt und mit der Hand in einen angrenzenden Raum gewiesen. »Im Kühlschrank ist alles.«

Michael Schlem hatte unwillkürlich die Augenbrauen hoch gezogen, dann ein kurzes ›danke sehr‹ gemurmelt und war an der Frau vorbei in die Küche gegangen. Das Fernsehen in der Ecke lief tatsächlich. Irgendeine Werbesendung ohne Ton. Auf dem Tisch daneben lag ein buntes Familienalbum aufgeschlagen, Schlem konnte aber keine Einzelheiten erkennen. Er bereute bereits, nach etwas zu Essen gefragt zu haben, die schäbige Bude hier war ihm unheimlich. In der Küche suchte er sich Messer und einen Teller, die Frau hatte sich wieder in einen Sessel gesetzt und starrte auf den stummen Bildschirm.

Im Kühlschrank fand er Brot, Wurst und Käse. Herrje, er durfte gar nicht an den Tisch beim Italiener denken, der wahrscheinlich auch heute Abend wieder für ihn frei gehalten wurde. Er machte sich ein Brot, bedankte sich bei der Frau und sagte ihr, sie könne das ja auf die Rechnung setzen und ob sie noch etwas Alkoholisches, einen Martini oder Sherry für ihn hätte. Aber sie schüttelte nur den Kopf und meinte, es sei noch Bier im Keller.

»Sehr schön!«, sagte Schlem und zog die Tür geräuschvoll hinter sich zu.

In seinem Zimmer stellte er das Abendbrot auf die winzige Holzkommode neben dem Bett. Die karge Einrichtung erinnerte ihn an die Möbel seiner Eltern. Mehr als zwanzig Euro würde er hier für den Spaß aber nicht bezahlen, dachte er, dann begann er sich auszuziehen. Kurz bevor er das Licht löschte und unter der dünnen Decke zu frieren begann, hörte er draußen Stimmen. Er reckte sich zum Fenster und sah die beiden Kommissare vor dem Haus gegenüber stehen.

»Die Dorfsheriffs sind noch unterwegs!«, dachte er nur und legte sich wieder hin. So verpasste er, dass es einen dritten Toten gegeben hatte. Er verpasste es einfach.

Ben schnupperte. Ein muffiger Geruch nach altem Gemüse stand im Hausflur der Händells. Die gegenüberliegende Wand bedeckte fast vollständig ein riesiger Spiegel. Er schaute einen Sekundenbruchteil hinein, ehe er auf den müde und ratlos wirkenden Mann blickte, der sie ins Haus gebeten hatte

Bens Schuhe hinterließen nasse Abdrücke auf dem braunen Fliesenboden. Paul Händell, der Vater des Toten, nickte kurz und hielt ihnen wortlos die Tür zur Küche auf. Die rauchende Pfeife in seiner linken Hand vermittelte eine ungewöhnliche und jetzt unpassende Ruhe. Ben und Tom betraten den kleinen Raum. Durch die große dunkelblaue Eckbank vor den beiden Fenstern wirkte die Küche klein und gestaucht. Gegenüber der Eckbank mit drei Stühlen am Tisch standen Herd, Kühlschrank und Spüle eng nebeneinander. An den Wänden zeigten Drucke trostlose Naturlandschaften. Kreidefelsen von Rügen, Zugspitze, Schwarzwald.

Max Mutter saß auf einem Stuhl am Esstisch. Aus verweinten Augen blickte sie hoch und sah die beiden Besucher kurz an. Tom grüßte sie, aber die Frau reagierte nicht.

»Setzen Sie sich bitte.« Paul Händell holte sich einen Stuhl heran. Ben zog den Bauch ein und zwängte sich auf die Sitzbank. Trotzdem schob er ungewollt den Tisch nach vorne. Aus einer Tasse schwappte Tee auf die Tischplatte.

»Tschuldigung«, murmelte er.

Tom schaute zu Ben, dann sagte er: »Frau Händell, tut mir leid, aber wir müssen Ihnen ein paar Fragen stellen.«

»Hat das nicht Zeit bis morgen früh?«, fragte ihr Mann.

Die Frau schüttelte den Kopf: »Lass nur, Paul, lass uns reden, lass uns …«, dann begann sie zu weinen.

Tom faltete die Hände auf dem Tisch und räusperte sich. »Wir versuchen das auch ganz kurz zu machen, Frau Händell.« Er suchte eine Reaktion, eine stille Zustimmung, aber die Frau rührte sich nicht. Tom begann ruhig: »Frau

Händell, Sie wissen, Sie wissen, was heute hier im Dorf passiert ist, ja? Und ich und mein Kollege hier«, er deutete auf Ben, »suchen irgendwo eine Gemeinsamkeit. Das heißt, wir suchen eine Verbindung zwischen, zwischen Ihrem Sohn, Gerd Gruhse und Paul Jonker. Können Sie uns da weiterhelfen? Fällt Ihnen irgendetwas ein, oder besser gesagt, gibt es irgendetwas, was die drei gemeinsam haben?«

Gerti Händell drehte ihren Kopf zur Seite und schaute geistesabwesend nach draußen in die Dunkelheit.

»Nein«, sagte sie langsam, »ich kann Ihnen nicht helfen. Der Max hat ab und an mal was mit dem Gerd unternommen, aber das ist auch seit einem Jahr nicht mehr so. Der Gerd«, sie sah ihren Mann an, »der war sicher seit einem Jahr nicht mehr hier, oder, Paul?« Ihr Mann nickte.

Ben begann in der warmen Küche zu schwitzen. Umständlich zog er seine Jacke aus, und versuchte, möglichst nichts auf dem Tisch umzustoßen. »Aber sie waren bis vor einem Jahr oder so noch Freunde. Kann man das so sagen?«

»Ich denke schon.«

»Und kennen Sie den Grund dafür, dass der Gerd nicht mehr gekommen ist? Hat Ihr Sohn Ihnen irgendetwas darüber erzählt?«

Paul Händell zog an seiner Pfeife. Dicke, fast undurchsichtige, graue Schwaden schwebten zur Decke. »Mir ist das«, er schaute seine Frau an, »ehrlich gesagt, gar nicht aufgefallen.«

Die letzten Worte konnte Tom nur erahnen. Paul Händell war immer leiser geworden, so als sei ihm gerade erst bewusst geworden, dass ihm sein Sohn nie mehr Gelegenheit geben konnte, dass seinem Vater etwas auffiel.

»Was haben die beiden Jungs denn so gemacht früher?« Tom versuchte die Frau anzulächeln.

Gerti Händell schloss die Augen und strich sich langsam mit einer Hand über die Stirn. Tom und Ben warteten. Plötzlich öffnete sich wie von selbst die Küchentür und eine schwarze Katze kam mit hoch erhobenem Schwanz herein. Einen Augenblick blinzelte sie die Menschen am Küchentisch an, dann, als sie von niemandem weiter beachtet wurde, legte sie sich in einen gepolsterten Bastkorb neben dem Ofen.

»Ach Gott, die beiden kennen sich doch noch aus der Schule. Die sind zusammen zur Grundschule gegangen und dann auf die Realschule, was man halt so macht. Fußball spielen, Geburtstagsfeiern bei Freunden, Schulaufgaben manchmal und Kommunion natürlich auch.«

»Natürlich«, sagte Ben.

»Und seit einem Jahr war das anders?«, fragte Tom. »Hat es vielleicht Streit gegeben. Um ein Mädchen? Oder hatte einer der beiden plötzlich eine Freundin? Ist Ihnen irgendetwas aufgefallen, oder hat Max vielleicht sogar mal etwas gesagt, ohne, dass Sie sich damals was dabei gedacht haben?«

»Ach Gott!«, sagte Gerti Händell nach einer Weile, »wissen Sie, die Jungs sind doch alle so verschwiegen in dem Alter.« Mit einem Papiertaschentuch wischte sie sich die Augen.

Tom nickte den Eltern so aufmunternd wie er konnte zu. »So, wir lassen Sie jetzt allein. Wir müssen aber morgen noch einmal wiederkommen.« Er holte tief Luft. »Es tut mir leid«, sagte er.

Ben zwängte sich vorsichtig um den Tisch. Die Eltern des toten Jungen blieben sitzen, als Ben und Tom das Haus verließen.

Sie hatten sich auch noch nicht von der Stelle gerührt, als Tom von draußen noch einmal durch eines der beiden Küchenfenster schaute. Aber das war den beiden Kommissaren nur recht. Ihnen stand der dritte Totentransport des Tages bevor.

Kapitel dreiundzwanzig

Niemand, der nach dem zweiten Weltkrieg geboren ist, kann sich vorstellen, dass es in den Konzentrationslagern der Nazis genau solche Farben gegeben hat wie im Rest der Welt. Dass das Gras grün, der Himmel über den Gefangenen blau und das Holz der Baracken braun gewesen ist. In unserem Denken ist all das schwarz-weiß, so wie es die Filme dieser Jahre zeigen. Farbe ist Vielfalt, Farbe ist Hoffnung und all das, was in den Konzentrationslagern fehlte.

In Ellerdingen waren an einem Tag drei Morde geschehen, und Ben wunderte sich deswegen über die bunten Schals der Schneemänner in den Vorgärten, ihr Kieselsteingrinsen und ihre Mohrrübennasen. Wie konnte es sein, dass hier immer noch Spuren von Kindern waren, von Fröhlichkeit und Farbe, wo doch in den letzten vierzehn Stunden drei Menschen getötet worden waren und der Mörder noch unter ihnen war?

Ben und Tom hatten sich zwischen den verschneiten Häusern wieder auf den Weg zum ›Forellengrund‹ gemacht. Vereinzelt brannten an den Hauswänden die Hoflampen, ein fast gelbes Licht fiel auf die tief verschneite Dorfstraße und warf lange unheimliche Schatten.

Der Schnee knirschte unter ihren Füßen, die Temperatur war auf minus elf Grad gesunken. Ben nieste und das Geräusch zerriss die Dunkelheit.

Vor dem Haus der Gruhses blieb Tom stehen. Auch während des ganzen Gesprächs mit den Händells hatte er an die geschriebenen Blätter denken müssen. Sie waren neben der Freundschaft, oder ehemaligen Freundschaft der beiden Jungen der einzige Hinweis, die einzige Spur.

Ben Deicker trug eine alte Winterjacke, die ihm der Wirt des ›Forellengrundes‹ mitgegeben hatte. Als sie zu Händells gerufen wurden, hatte Loose Ben bereitwillig eingekleidet. »Von meinem Sohn«, hatte er gesagt, und irgendetwas erzählt. Ben hatte nicht richtig zugehört, nur misstrauisch die orangefarbene Jacke betrachtet. Das Ding gefiel ihm nicht besonders, aber er hatte keine Alternative. Seine eigene hing immer noch über der Heizung im Zimmer und verbreitete einen unangenehmen Stallgeruch.

»Irgendwo steckt hier ein Taschentuch«, sagte er und durchsuchte die Jackentaschen, »Ich hab 's eben hier rein getan. … Schau mal: Der erste Zettel, da war dieses Gleichnis mit dem Mühlespiel. Also, wenn du mich fragst. Das hat einer geschrieben, der enttäuscht ist oder müde, fertig mit der Welt, einer der resigniert hat. Oder zumindest furchtbar frustriert ist, total unzufrieden mit seinem Leben … und der nicht Mühle spielen kann«, setzte er hinzu.

Tom suchte seine Zigaretten: »Aber was mich stört: Das passt überhaupt nicht zu unserem Mörder, weißt du? Da ist einfach kein Hass bei, genauso wenig wie in der zweiten Geschichte. Das klingt nur nach Enttäuschung. Und das dritte«, er tippte auf seine Brusttasche, »ist Hoffnungslosigkeit ohne Ende. Schlimmer geht 's nicht.«

Ben putzte sich laut die Nase. »Warum meinst du?«

»Ja stell dir mal vor, Jesus wäre wirklich in einem der KZs gewesen und hätte sich tatsächlich einen feuchten Kehricht für die Menschen interessiert.« Er förderte eine leere Zigarettenschachtel zutage, zerknüllte sie und steckte sie wieder zurück in die Tasche. »Wer sich so was ausdenkt, der muss doch fertig sein. Verletzt. Und ich kann dir noch nicht mal sagen warum, aber ich hab das Gefühl, das hat jemand geschrieben, der noch jung ist. Das Ganze ist zwar schön geschrieben, aber doch irgendwie pubertär, oder?«

»Keine Ahnung!« Ben warf das benutzte Taschentuch in den Schnee.

»Und wenn schon. Außerdem war 's ja wohl tatsächlich so, oder? Wenn 's einen Gott gibt oder Jesus oder wen auch immer, dann hat sich von denen keiner stark gemacht dagegen damals. Da ist keiner vom Himmel gekommen und hat irgendwas gemacht. Oder hab ich irgendwas verpasst im Geschichtsunterricht?«

Tom sagte nichts. Auch nicht, dass dieses Thema wohl eher im Religionsunterricht abgehandelt wurde. Mit Ben über Gott und Religion zu reden, war außerordentlich heikel. Er war ein zutiefst gerechter Mensch und Tom ahnte, dass Ben sich in seinem Inneren nichts sehnlicher wünschte, als zu glauben. Aber er schien es nicht zu können. Vielleicht war seine Blasphemie einfach seine Art Gott herauszufordern, dachte Tom.

»Ne, du hast nix verpasst, ist aber auch jetzt egal, oder? Wir haben innerhalb von vierundzwanzig Stunden drei Tote, und ich hab keine Lust, dass da noch einer dazu kommt.«

»Es sei denn, es ist unser großartiger Journalist!«

Ben blieb stehen und nahm eine drohende Haltung ein: »Ich sag dir, wenn der uns irgendwie dazwischen funkt und die Ermittlungen behindert, dann fahr ich Schlitten mit dem, dass er wünscht, er könnte das gegen zwanzig Jahre Knast eintauschen!« Dabei verpasste er der Luft mit seiner rechten Faust einen Haken.

»Welche Ermittlungen?«, fragte Tom. »Ich seh hier nur eine Menge Tote und zwei ahnungslose Deppen, die blind im Schnee rumtappen.«

Irgendwo knackte ein Ast und Ben fuhr erschreckt herum. »Verdammich, wenn jetzt wieder der Bulle hier rum läuft, dann dank ich aber ab, ehrlich.«

Beide starrten angestrengt in die Dunkelheit, konnten aber nichts erkennen. Beide gingen etwas schneller.

»Eigentlich hätte ich ja nicht übel Lust, noch mal bei dem Rainer Jonker vorbei zu schauen«

Tom kramte den Schlüssel zu der Gastwirtschaft aus der Hosentasche: »Lass mal, wir machen das morgen früh. Für heute reicht 's mir, und ich muss echt ins Bett.« Er schloss die demolierte Tür zur Gaststube auf und beide Kommissare traten ein. Ein kleines Licht am Tresen erhellte den Raum ein wenig, ansonsten war die Kneipe vollkommen verlassen. Verbrauchte Luft, erkaltete Speisegerüche, gemischt mit Bierschwaden, füllten die Luft. Die Stühle lagen umgedreht auf den Tischen, dem Flipperautomaten mit seinen blinkenden Anzeigen hatte irgendjemand den Stecker herausgezogen. So leise wie möglich durchquerten die beiden den Raum, stiegen die Treppe hoch und öffneten ihr Zimmer.

Ben schnarchte. Dreißig Mal in der Minute. Tom wusste das vom Leuchtzifferblatt seiner Uhr. Er hatte keine Ahnung, ob diese Schnarchfrequenz gut oder schlecht war, ob das auf einen nahenden Herzinfarkt hinwies oder nicht, auf jeden Fall hinderte es Tom am Schlafen. Zwei-, dreimal hatte er laut ›Ben‹ gerufen, aber Ben hatte nur irgendetwas gemurmelt und sich einfach auf die andere Seite gedreht.

Eine Minute hatte Tom gedacht, dass damit Ruhe war, aber dann klappte Bens Mund wieder auf und das Getöse ging von vorne los.

Tom lag auf dem Rücken und versuchte sich wenigstens zu entspannen. »Vollkommen ruhig, entspannt und gelöst«, sagte er im Stillen vor sich hin. Zehnmal, zwanzig Mal, fünfzig Mal. Dann dachte er plötzlich wieder an Anne.

Jetzt würde sie sich Sorgen machen, ganz sicher. Gegen Abend würde sie versucht haben, ihn im Präsidium zu erreichen, weil er anscheinend sein Mobiltelefon abgestellt hatte. Wahrscheinlich war sie ein bisschen sauer, dann aber besorgt, weil die Kollegen auch nicht mehr wussten. Vielleicht war sie zu ihm gefahren, hatte geklingelt, ungeduldig, dann besorgt. Und jetzt? Wahrscheinlich würde sie längst schlafen und sich weniger Sorgen machen als er. Schließlich kam es immer mal wieder vor, dass man plötzlich über Nacht im Einsatz war. Selten zwar, aber es kam eben vor. Kein Grund zur Besorgnis, versuchte er sich einzureden. Trotzdem war sie wahrscheinlich ein bisschen sauer, dass er ihr nicht einmal eine SMS geschickt hatte. Das würde er morgen früh auf jeden Fall noch einmal versuchen. Am besten, wenn Ben unter der Dusche stand. Mit diesem Gedanken schlief Tom endlich ein.

Zweiter Tag

Kapitel vierundzwanzig

Sterben wir, wenn wir in einen Traum fallen und dann tatsächlich auf den Boden aufschlagen? Sind genau das die Todesfälle, bei denen es dann in der Anzeige heißt ›friedlich im Schlaf verstorben‹? Normalerweise wachen wir auf, bevor wir im Traum unten ankommen. Was ist, wenn wir vorher nicht aufwachen?

Ben lag schweißüberströmt in seinem Bett und versuchte diese Frage zu beantworten. Vor zwei Minuten war er aufgewacht. Gerade noch rechtzeitig aufgewacht, dachte er! Kurz nach halb drei war es. Er schlug das dicke Plumeau zur Seite.

In seinem Traum war er an irgendeinem irrsinnig hohen, scharfkantigen Gemäuer entlang geklettert. Vielleicht einem Kirchturm, einer hohen Mauer oder dem Mittelpfeiler einer Brücke. Er wusste es nicht mehr. Auf jeden Fall hatte er genau gespürt, wie er sich im Traum immer mehr verkrampfte, wie seine Hände immer mehr schmerzten.

Jetzt, in der Realität, beugte er sich zur Seite und hielt sie in das fahle, silbrig-graue Licht, das durch das kleine

Fenster ins Zimmer fiel. Nirgendwo Schrammen. »Gott sei Dank«, er hätte nicht gewusst, was er gemacht hätte, wenn er jetzt in den Innenflächen Striemen gewesen wären. Langsam atmete er aus.

In seinem Traum waren seine Hände immer schwitziger geworden, immer schwieriger war es gewesen, Halt zu finden, sich festzuklammern. Er hatte im Traum nicht gewusst, warum er dort oben herum hangelte, was er dort zu suchen hatte; das einzig Wichtige war nur gewesen, nicht herunter zu fallen. In dieses braun-graue Nichts dort unten, vielleicht Beton oder Lehm oder Meer, keine Ahnung. Im Traum hatte er den Blick nicht abwenden können von diesem Nichts und gleichzeitig hatte er entsetzt bemerkt, wie seine Hände immer starrer und gefühlloser wurden, sich immer mehr verkrampften. Schließlich hatten sie sein Gewicht nicht mehr gehalten, und er war irrsinnig schnell gefallen. Hinunter in Richtung des grau-braunen Nichts. Und kurz, vielleicht Sekundenbruchteile vor dem Aufprall, bevor er im Traum zerschmettert worden wäre, war er mit einem heftigen Ruck aufgewacht. Das Bett hatte noch geächzt, als er schon realisierte, dass alles nur ein Traum gewesen war.

Zuerst hatte er nicht gewusst, wo er sich befand, dann hatte er zur Seite geschaut und Tom gesehen, der wie ein Embryo zusammengerollt auf der anderen Seite des Zimmers in seinem Bett schlief. Ben war auf das dicke Kissen zurück gesunken, und hatte dann bemerkt, dass er total verschwitzt war. Jetzt dachte er darüber nach, was passiert wäre, wenn er nicht vor dem Aufprall aufgewacht wäre. Vielleicht hätte ihn Tom dann tatsächlich tot im Bett gefunden. Er brauchte mehr als eine halbe Stunde, ehe er wieder einschlafen konnte.

Am nächsten Morgen schien im Dorf seit fast zwei Wochen wieder die Sonne. Eiszapfen schmolzen an fast jedem Hausdach, die herabfallenden Tropfen gruben kleine Löcher in die Schneemassen auf dem Boden. Ein leichter Wind war aufgekommen und zerstäubte in Böen feinen Schnee von den Ästen der Bäume.

Wieder war das Muhen der Kühe in ihren Geschirren zu hören, aber heute waren sie bereits versorgt. Noch in der Dunkelheit war Rainer Jonker in den Stall gegangen – wie von jetzt an wohl jeden Morgen.

Auch Bert Rumper schlief schon lange nicht mehr. Der Außenseiter des Dorfes hatte sich über Nacht überlegt, die Toten anzuschauen. Im Augenblick beobachtete er jedoch Rainer Jonker, der aus dem Kuhstall kam und zurück ins Haus ging. Bert schnappte sich seinen dicken Bundeswehrparka aus der Garderobe und öffnete die Tür.

Michael Schlem schlief zu dieser Stunde noch. Tom und Ben saßen zur selben Zeit unten in der Gaststube des ›Forellengrunds‹ und warteten auf ihr Frühstück.

»Hast du schon mal versucht, die Zentrale zu erreichen?«, fragte Tom.

Ben lehnte sich zurück. Der Holzstuhl knarrte: »Ja, schon drei Mal. Ich krieg kein Netz, oder es ist ne andere Störung. Ich komm jedenfalls nicht durch. Aber heute Abend bin ich zu Hause, das sag ich dir!«

Tom ignorierte Bens Beschwerde. Nachdem er am Morgen erfolglos versucht hatte, Anne eine SMS zu senden, grübelte er jetzt wieder über Gerd Gruhse und Max Händell und über deren Freundschaft. Er versuchte sich die Gespräche über sie ins Gedächtnis zu rufen und herauszufinden, was die beiden verbunden hatte.

»Ich bin dafür, gleich noch mal zu den Gruhses zu gehen.«, sagte er zu Ben, »Wir müssen irgendwas rauskriegen über die Verbindung zwischen den beiden Jungs. Da steckt mehr dahinter, das weiß ich.«

»Klar, können wir machen, aber sag mir, wie der alte Jonker, da reinpasst.«

Tom lehnte sich zurück. »Das kann ich dir auch noch nicht sagen. Aber das kriegen wir schon noch raus.«

»Ja, wenn bis dahin noch einer lebt hier im Dorf!«, meinte Ben sarkastisch.

Die Tür zur Küche öffnete sich und mit einem riesigen Tablett vor dem Busen kam Marion Schwänger, die Kellnerin, an den Tisch der beiden. Sie strahlte die Kommissare an, wobei ihr Blick länger bei Ben als bei Tom hängen blieb: »Mit vollem Bauch geht die Verbrecherjagd doch wesentlich einfacher, meine Herren, werden Sie sehen!« Dabei zwinkerte sie Ben zu.

Die beiden Kommissare schauten verdutzt. »Welche Sonne haben Sie denn verschluckt?« Ben war durch das breite Lächeln der Kellnerin verunsichert. Marion Schwänger ignorierte Bens Spitze und beugte sich zu ihm herunter. Sein Kopf verschwand dabei fast im gewaltigen Dekolleté der Kellnerin. »Schauen Sie«, lachte sie, »die Sonne scheint, der Schnee glänzt und vielleicht werden es noch richtig schöne Weihnachten. Wollen Sie nicht hier bei uns bleiben?«

»Junge Frau!«, setzte Ben an, »ich glaube nicht, dass es schöne Weihnachten werden dieses Jahr. Wir haben hier drei tote Männer und drei Familien, die trauern, wissen Sie?«

»Gehen Sie mir weg mit Ihren ›drei Männern‹. Die waren alle drei die Hosen nicht wert, die sie anhatten.« Marion Schwänger winkte ab.

»Wie meinen Sie das?«, fragte Tom.

Die Kellnerin lächelte Ben weiter an. »Ich hab nix gesagt, hören Sie, ich hab gar nix gesagt.«

Sie legte Ben die Hand auf die Schulter, lächelte ihn noch einmal an und verschwand wieder in der Küche.

»Von allen guten Geistern verlassen!«, murmelte Tom.

»Och komm, nur weil hier mal einer gut gelaunt ist, musst du nicht direkt den Miesepeter spielen.«, sagte Ben und griff sich zwei Scheiben Graubrot aus dem Brotkorb, den die Kellnerin vor sie hingestellt hatte.

Tom grinste. »Schau mal an, da hat ja wohl einer Feuer gefangen, was? Ich sag ja gar nichts, um Gottes willen, ihr beide würdet wirklich gut zusammen passen.«

Ben schüttelte den Kopf. »Du und deine schmutzigen Gedanken, mein Freund. Aber ist doch ein nettes Frauenzimmer, oder? Die würd ich auf jeden Fall lieber oben in der Dachkammer bei uns haben als meine Schwiegermutter, das kannst du mir glauben.«

»Glaub ich dir gern. Aber ich denke, dass Lea was dagegen hätte.«

Als die beiden eine Viertelstunde später in die morgendliche Kälte traten, schippten viele der Dorfbewohner gerade Schnee. Zumindest war das der Vorwand, um mit den Nachbarn ein Schwätzchen zu halten über das, was gestern im Dorf geschehen war. Gestern, dieser unglaubliche Tag! Trotzdem hörten sich alle Gespräche für die beiden Kommissare im Vorbeigehen fast sorglos an, niemand schien tief betroffen oder voller Angst, der Nächste sein zu können. Die Dorfbewohner ignorierten die beiden Kommissare, nur hinter sich spürten Ben und Tom missbilligende und misstrauische Blicke.

Ein dicker älterer Mann mit einer grünen Pudelmütze sagte so laut, dass Ben es hören konnte: »Da sind ja unsere beiden Spitzenermittler.« Dabei lachte er hämisch.

Ben blieb stehen und drehte sich zu dem Mann um. Tom wollte Ben weiterziehen, aber Ben schüttelte Toms Arm ab.

»Was haben Sie gesagt?« Ben grub beide Hände tiefer in die Taschen. Dabei fixierte er den Mann böse.

»Ich mein nur, dass Sie ja echt eine Menge zu tun haben hier.« Der Dicke stützte sich auf seine Schneeschippe. »Und dass Sie hoffentlich heute ausgeschlafen sind!« Dabei lachte er feist zu seinem Nachbarn rüber.

Ehe Tom irgendetwas tun konnte, kletterte Ben über die Schneewehe am Straßenrand und stellte sich ganz dicht vor den Mann: »So ausgeschlafen wie du, mein Freund, sind wir schon lange. Und wenn ihr hier ein bisschen mehr Zivilisation, ich will ja gar nicht von Kultur reden, an den Tag legen würdet, dann hätten wir gar nicht kommen brauchen, in euer verdammtes, verkommenes Kaff.«

Der Dicke wollte noch etwas sagen, aber Ben beugte sich noch weiter nach vorne, so dass sich beide Nasenspitzen fast berührten. Der Dicke hielt Bens Blick nicht stand, wich zurück und begann erneut Schnee zu schippen.

»Schönen Tag noch«, schnauzte Ben laut und balancierte über die Schneehügel wieder zurück auf die Straße.

Als sie weitergingen meinte Tom leise: »Musst du dich eigentlich mit jedem anlegen?«

»Ja, muss ich«, brummte Ben trotzig. »Dieser ganze Mist mit Ausgeglichenheit, Ruhe und so weiter. Alles Quatsch, Tom. Ich muss manchmal Luft ablassen, und Gott sei Dank hab ich dafür den richtigen Beruf, weißt du?«

Tom lächelte: »Also erst mal, denk ich, lass Gott aus dem Spiel, das Thema hatten wir schon. Und zweitens würde ich das mit dem richtigen Beruf an deiner Stelle nicht zu laut sagen, sonst hast du gleich eine Dienstaufsichtsbeschwerde am Hals.«

»Die können mich alle mal.«, murrte Ben. »Und jetzt hör auf mit dem Mist, ich will heute Abend wieder zurück nach Hause. Und wenn ich dafür die ganze Strecke mit einem Ski fahren muss. Und vorher schnappen wir uns diesen Irren, das versprech ich dir.«

Es gab ein kratzendes Geräusch von Holz auf Eis, als Tom die Pforte zum kleinen Vorgarten der Gruhses aufschob. »Du bist ja optimistisch«, sagte er und klopfte an die Tür.

Lange Zeit hörten sie nichts, dann schlurften Schritte heran. Die Tür wurde einen Spaltbreit geöffnet und Hertha

Gruhses verweintes Gesicht erschien im Rahmen. »Immer verweinte Gesichter!«, dachte Tom.

Irgendwo im Haus lief ein Radio.

»Frau Gruhse, können wir kurz reinkommen, wir haben noch ein paar Fragen.«

Hertha Gruhse machte keine Anstalten, die Türe weiter zu öffnen.

»Ist das wahr?«, fragte sie nur.

Tom und Ben sahen sich an. »Ist was wahr?«

»Dass der Händelljunge auch tot ist?«

Ben schaute zu Boden, dann sagte er: »Deswegen wollen wir auch mit Ihnen reden. Es muss da irgendeine Verbindung geben. Können wir bitte reinkommen?«

Hertha Gruhse trat zurück und öffnete gleichzeitig die Tür. Ben warf noch einen kurzen Blick auf die Schneeschipper, die alle zu ihnen herüber glotzen. Ben schüttelte den Kopf und schloss die Haustür.

Die Küche war überheizt und beide Kommissare zogen sofort ihre dicken Schneejacken aus. Unschlüssig blieben sie stehen.

»Setzen Sie sich doch!«, sagte die Frau müde. »Wollen Sie auch einen Tee?«

Sie sah noch schlechter aus als gestern. Ihre Haare standen wirr vom Kopf ab, unter den Augen hatten sich dicke rote Ringe gebildet.

»Gerne«, sagten Ben und Tom fast gleichzeitig und setzten sich an den Tisch neben den alten gusseisernen Ofen, in dem immer wieder Holzscheite knackten.

Hertha Gruhse blieb als einzige stehen. »Es ist so still jetzt.« Dann drehte sie sich weg und macht sich an einer Teekanne zu schaffen.

Ben hatte Angst, dass die Frau wieder zu weinen begann. »Wo ist denn Ihre Tochter«, fragte er.

»Martina? Die ist hinterm Haus Holz hacken. Wir haben noch keine Elektroheizung oder Gas.«

Aus dem Küchenschrank nahm sie mehrere Teebeutel.

»Frau Gruhse, um Ihre Frage zu beantworten. Ja, es hat einen dritten Todesfall gegeben. Gestern Abend ist ein Freund Ihres Sohnes ebenfalls getötet worden.«

Er machte eine Pause. »Es gibt da gewisse Parallelen. Wir können das zwar im Augenblick nicht beweisen, aber wir gehen davon aus, dass es sich um denselben Täter handelt.«

»Und warum kommen Sie jetzt noch einmal zu mir?« Hertha Gruhse drehte sich kurz zu den beiden Kommissaren um. Dann holte sie aus dem Küchenschrank drei große Tassen und ein Töpfchen mit Zucker.

»Wie gesagt: Die beiden Jungs waren befreundet, und wir suchen jetzt nach etwas, das die beiden gewusst haben könnten, was für sie«, Tom stockte, »tödlich war«, wollte er sagen, fand den Ausdruck aber im Augenblick unpassend.

»Ach, wissen Sie, Gerd und Max, die waren gar nicht mehr so befreundet. Das hat sich verlaufen mit den Jahren. Früher, ja, da waren sie immer zusammen, aber die letzte Zeit nicht mehr so.«

»Was meinen Sie mit ›in der letzten Zeit‹?«, fragte Ben.

»Ja, seit, warten Sie mal, seit einem Jahr ungefähr. Oder seit anderthalb Jahren.«

»Haben Sie irgendeine Idee, woran das gelegen haben könnte?«

Der Wasserkessel auf dem Ofen begann zu pfeifen und Hertha Gruhse stellte drei Tassen auf den Tisch. »Möchten Sie Zucker oder Milch?«

»Nein danke.« Beide Kommissare schüttelten den Kopf.

Die Frau nahm den Wasserkessel vom Ofen und füllte die Tassen. Wenig später verbreitete sich das feine Aroma von Pfefferminze im Raum.

»Der Gerd hat nie was erzählt. Ich kann Ihnen nicht sagen, warum die Jungs nichts mehr zusammen gemacht haben. Vielleicht waren sie einfach raus aus dem Alter. Die beiden mussten ja jeden Tag zur Arbeit und der Rainer hat ja hier beim Hof mit geholfen. Da blieb abends nicht mehr viel Zeit. Und der Rainer hatte ja dann auch seine Freundin.«

»Wie bitte?« Tom setzte sich vor und legte beide Arme ausgestreckt auf den Tisch. »Sie meinen, der Rainer Jonker, der gehörte auch zu der Gruppe?«

Hertha Gruhse schaute die beiden erstaunt an: »Ja, wussten Sie das nicht? Die drei waren früher ein Herz und eine Seele.« Sie lächelte traurig. »Der Rainer war fast jeden Abend hier früher.«

»Ist ja interessant«, murmelte Ben.

»Und irgendwann ging die Freundschaft der drei dann auseinander, ist das so, ja? Vor ungefähr anderthalb Jahren?« Tom wollte unbedingt mit Ben allein sprechen, aber vorher musste er noch eine Frage stellen: »Ist denn da irgendetwas passiert im Vorfeld? Haben die Jungs sich gestritten? Oder gab es etwas im Dorf, das vielleicht damit zu tun haben könnte? Irgendein Ereignis, egal welche, kann auch etwas ganz Unbedeutendes sein.«

Hertha Gruhse hob ihre Teetasse. Sie schüttelte den Kopf. »Nein, ich kann mich nicht erinnern, aber vor anderthalb Jahren«, sie ließ die Tasse wieder sinken und beide Kommissare hingen fast an ihren Lippen, »Nein, da war es genauso ruhig wie sonst im Dorf. Der Gerd hatte grade angefangen mit seiner Lehre.«

Ben machte Tom ein Zeichen. Beide erhoben sich. »Schade um den schönen Tee, Frau Gruhse, aber wir müssen weiter. Tun Sie uns einen Gefallen und denken Sie noch einmal nach, ja? Ob da etwas Besonderes war mit den Jungs. Wir kommen dann später noch mal vorbei. Oder wenn Ihnen etwas einfällt, dann kommen Sie bitte gleich zu uns, das wäre nett.«

Hertha Gruhse begleitete die beiden Männer bis zur Türe, dann schlurfte sie wieder zurück in ihre kleine Küche. Sie lehnte sich an das Spülbecken und fing lautlos an zu weinen.

Als Tom und Ben auf der verschneiten Straße standen, platzte Ben als erster heraus: »Der erste Mord war eine Verwechslung, Tom! Es ging gar nicht um den alten Jonker! Der Junge sollte umgebracht werden. Da wollte einer ganz systematisch die drei Jungs hopps nehmen. Und beim Ersten hat er sich vertan. Ist morgens in den Kuhstall und hat den alten Jonker erstochen, weil er dachte, es sei der junge.«

Ben zog den Reißverschluss seiner Schneejacke nach oben. »Und wir suchen eine Verbindung zwischen den drei Toten. Gibt 's natürlich nicht, wenn der erste eine Verwechslung war, klar!«

»Das wissen wir noch nicht, Ben. Es sieht zwar danach aus, aber wir wissen es noch nicht, sei nicht voreilig.«

Tom wusste genau, dass Ben Recht hatte, aber er wollte die Euphorie bremsen. Erst einmal hatten sie nur eine Theorie.

»Klar war das eine Verwechslung«, polterte Ben, »das riech ich doch zehn Meter gegen den Wind.«

Heller schaute sich um. Seiner Meinung nach war Ben im Augenblick mal wieder viel zu laut. »Komm, mach langsam. Okay, wir sind jetzt ein kleines Stückchen weiter. Vielleicht wissen wir jetzt, wonach wir suchen müssen. Und außerdem ...«, er stockte.

»He Tom, und was außerdem?«

»Außerdem sollten wir uns beeilen!«

»Beeilen, warum?« Ben schaute Tom nur verständnislos an.

»Wir sollten schleunigst nachgucken, ob der junge Jonker noch lebt!«

Kapitel fünfundzwanzig

Wenn etwas verloren ist, dann mischt sich unter das Gefühl der Enttäuschung und Trauer manchmal auch das der Befreiung. Meist aus der Gewissheit heraus, nicht mehr kämpfen zu müssen, endlich loslassen zu dürfen, dem Schicksal seinen Lauf zu lassen.

Als Rainer Jonker am Abend auf der Straße vom Tod seines Kumpels Max erfahren hatte, hatte er gewusst, dass er es nur einem Zufall verdankte, noch zu leben. Denn eigentlich war er es ja gewesen, der gestern Morgen die Kühe hätte füttern sollen. Doch wie so oft war er einfach nicht aus dem Bett gekommen. »Das hat mir ein paar Tage Aufschub gegeben«, dachte er jetzt.

Weglaufen wollte Rainer Jonker nicht. Wohin sollte er auch gehen? So wie ein Lebenslänglicher halbwegs seinen beengten Lebensraum akzeptiert, so war das bei Rainer Jonker auch der Fall. Und wie bei einem Lebenslänglichen, der nach zwanzig, fünfundzwanzig Jahren dann doch wieder in die Welt entlassen wird, war auch er unsicher, ob er sich draußen noch einmal zurecht finden könnte.

Aber es gab noch einen weiteren Grund, warum Rainer nicht davon lief: So unglaublich es klingt, aber er war der Ansicht, den Tod verdient zu haben. Er glaubte, einfach zu viel Schuld auf sich geladen zu haben. Nicht nur, weil er indirekt für den Tod seines Vaters verantwortlich war. Da war noch viel mehr, an das er gar nicht denken wollte. Außerdem, so wie die Dinge standen, würde er noch früh genug daran erinnert werden. Da war er sich seltsam sicher.

Müde und einsam erhob er sich aus dem Sessel und schlurfte wie ein alter Mann zum Fenster. Mit einer Hand schob er langsam die alten Gardinen beiseite und schaute in den Hof. Der Himmel hatte sich wieder verdunkelt und dicke, düstere Wolken türmten sich in der Ferne auf. Hier und da fielen bereits wieder Schneeflocken. »Vielleicht die letzten, die ich sehen werde«, dachte er seltsam teilnahmslos. In diesem Moment hörte er etwas an der Haustür.

»Oho, die Herren Kriminale!« Tom und Ben waren gerade im Begriff, bei Rainer Jonker zu läuten, da erklang die Stimme von Bert Rumper hinter ihnen. Beide Kommissare drehten sich um. Der tumbe, große Mensch stand in einem dicken Bundeswehrparka auf der anderen Straßenseite und lehnte an einem Besen. Augenscheinlich hatte er gerade wieder einmal die Ausfahrt zu seinem Haus frei gefegt. Er lächelte. Es war dieses einfältige Grinsen von oben herab, jenes Lächeln, das zwar inhaltsleer ist, aber dennoch sehr provozierend wirkt. Weil es durch seine Arroganz unbegründet ein Wissen vorgibt, das tatsächlich nicht vorhanden ist.

Tom seufzte und drehte sich wieder zur Haustür. »Dieser Depp wieder. Ben, tu mir einen Gefallen und ignorier diesen Idioten, ja? Der kommt nicht mal ohne blaue Flecken durch eine offene Tür, also gib dich mit so was nicht ab, ja? Sag dir einfach, das ist nicht dein Niveau.«

Ben lächelte: »Keine Sorge. Aber wenn ich eine Gelegenheit finde, dann knöpf ich ihn mir vor, darauf kannst du Gift nehmen.« Tom schaute Ben abschätzend an. Er war sicher, dass Ben bald eine Gelegenheit finden würde.

»Ich hab mir heute Morgen mal Ihre Sammlung angeschaut«, hörten sie Rumper hinter sich. »Die Jungs da drin im Stall sehen verdammt cool aus!«

Tom befürchtete Schlimmstes. Er schielte rüber zu Ben. Der starrte mit bebenden Nasenflügeln nach vorne, eben im Begriff zu klopfen. Ohne eine Sekunde zu verlieren, hämmerte Tom gegen die Tür. Noch ein Wort von diesem Rumper, und Ben drehte durch, das wusste er.

Gott sei Dank hörte er langsame Schritte zur Tür kommen. Ein Schlüssel drehte sich im Schloss und ohne irgendeine Frage öffnete Rainer Jonker den beiden Kommissaren. Tom schob Ben vor sich her in die schummrige Diele. Überall lagen Gummistiefel, alte Socken und Hausschuhe. Ein miefiger Geruch stieg Tom in die Nase.

»Guten Morgen«, sagte Tom. Ben nickte nur kurz.

»Morgen.« Rainer nickte ebenfalls mit dem Kopf. »Kommen Sie rein, Sie haben sicher noch Fragen, was?«

»Woher wissen Sie?« Bens Stimme troff vor Sarkasmus. Er war wütend auf Rumper und fand kein Ventil. Rainer Jonker ignorierte seinen aggressiven Tonfall.

Tom wollte so schnell wie möglich aus diesem stinkenden Flur. Er atmete nur ganz flach und hoffte auf bessere Luft in der Küche oder im Wohnzimmer. Oder wo auch immer in diesem Haus.

»Ich wollte mir gerade einen Kaffee machen, wollen Sie auch einen? Nehmen Sie doch Platz.« Rainer Jonker schob die Tür zum Wohnzimmer auf und deutete auf die zwei abgewetzten grünen Samtsessel. Tom registrierte ein gekipptes Fenster an der gegenüberliegenden Wand und atmete auf.

»Gerne«, sagte Ben. Rainer Jonker verließ das Wohnzimmer und verschwand in der angrenzenden Küche. Tom durchquerte den Raum und betrachtete die gerahmten Photos, die in mehreren Regalen der großen, alten und völlig verstaubten Schrankwand standen. Bücher sah Tom keine.

Sein Blick fiel zuerst auf ein altes Schwarzweißbild, das Vater und Mutter Jonker zeigte. Dann gab es verschiedene Photos von Rainer als kleines Kind, daneben andere, die kleine Mädchen zeigten.

»Meine Schwestern«, erklärte Rainer Jonker, der wieder ins Zimmer gekommen war. Er stellte Tassen auf den Wohnzimmertisch. »Wollen Sie auch was essen?«

»Nein danke«, sagte Ben, »wir wollen nicht essen, wir wollen reden!«

»Reden, ja?« Nun war Rainer Jonkers Stimme voller Ironie. »Wie kann ich Ihnen denn helfen? Wie ich gehört habe, sterben Ihnen die Leute praktisch unter den Händen weg. Gut, dass Sie nicht Ärzte geworden sind, was?« Er lachte angestrengt.

»Ja, sehr witzig«, meinte Tom.

In der Küche begann ein Wasserkessel zu pfeifen. Rainer Jonker gluckste noch einmal gekünstelt und öffnete das linke Fach des Wandschrankes. Er stellte drei Tassen mit einem Goldrand auf den Tisch, dann verschwand er erneut in der Küche.

»Heute sind sie anscheinend alle sehr witzig hier«, brummte Ben und ließ sich in einen Sessel plumpsen. »Ich mag das!«

»Macht wahrscheinlich die Sonne.« Tom nickte rüber zum Fenster. »Glaubst du, dieser Idiot da draußen ist harmlos?«

Ben verzog den Mund: »Harmlos sicher nicht, aber ich glaub nicht, dass er etwas mit der Sache zu tun hat. Dazu ist er zu offensiv. Und zu beschränkt.«

Tom schaute durch die Tür in die Küche. »Herr Jonker, was haben Sie gestern Abend gemacht, als wir weg gegangen sind? Sind Sie noch weg?«

Rainer goss kochendes Wasser in eine große Kanne. »Na, viel nicht mehr. Ich hab im Wohnzimmer gesessen, und irgendwann bin ich eingeschlafen. Dann war 's draußen plötzlich laut, und ich bin aufgewacht und ans Fenster. Ich hab meine Jacke übergeworfen und bin dann raus. Hier«, er wies mit dem Kopf Richtung Straße, »da standen viele und erzählten. Da hab ich dann gehört, dass es Max auch erwischt hat.«

»Schön ausgedrückt.« Tom lehnte sich gegen den Türpfosten. »Sagen Sie mal, kennen Sie eigentlich so etwas wie Respekt gegenüber den Toten?«

Rainer Jonker hielt beim Teeaufgießen inne: »Als meine Mutter gestorben ist an Krebs, da hab ich gemerkt, wie«, er suchte nach einem Wort, »wie, ja, wie unbedeutend das Leben ist. Wissen Sie, wenn Sie sich gerade etwas aufgebaut haben, Sie haben die ganze Zeit nur geschuftet und dann geht man selber den Bach runter, weil da so ein Tumor ist, der einen langsam auffrisst, dann lohnt sich das Ganze doch nicht, oder? Ich versuche nicht mehr drin zu sehen, als drin ist.«

»In was?«, fragte Ben.

»Im Leben.«

Tom schaute sich um und versuchte den Schmutz und die Unordnung zu ignorieren: »Ja klar, aber man hat doch immerhin eine Menge Zeit, mit der man was anfangen könnte, oder?«

Rainer Jonker lächelte. »Und? Lohnt die sich? Ich meine, die ganze Zeit? Vor allem die gegen Ende? Wenn man mal die fünfzig überschritten hat? Ich meine, es gibt so Phasen, wenn man jung ist, da ist es wirklich schön zu leben.« Er schaute kurz zu Tom. »Da freut man sich schon, wenn man aufwacht. Da ...« Er ließ den Satz unvollendet.

»Und Sie freuen sich nicht mehr aufzuwachen oder was?«

Rainer Jonker lächelte. »Weiß nicht. Ne, eigentlich nicht. Ich hatte eine gute Zeit, ich hatte meine gute Zeit, aber ich glaube, das war 's auch.« Er füllte den Kessel über der Spüle weiter mit Wasser.

»Wie alt sind Sie?« fragte Heller.

»Ich werd im Juli fünfunddreißig.«

»Bisschen früh, um die Flinte ins Korn zu werfen, oder?«

Rainer Jonker stellte den Wasserkessel wieder auf den Ofen und sagte nichts.

»Oder gibt 's einen besonderen Grund, warum Sie keine großen Erwartungen mehr haben.« Er beobachtete den Mann genau: »Gibt es einen bestimmten Grund, warum

Sie so denken? Liegt 's vielleicht daran, weil Sie glauben, selbst nicht mehr viel Zeit zu haben?«

Der junge Bauer ging wortlos an Tom vorbei ins Wohnzimmer.

»Ich meine, da sind zwei Ihrer Freunde innerhalb von vierundzwanzig Stunden ermordet worden. Und zuallererst Ihr Vater. Und Sie spielen uns hier den Abgeklärten, der sich sicherer ist als der Papst, in den Himmel zu kommen.«

»Ganz bestimmt nicht.« Jonker verzog das Gesicht zu einem Lächeln.

»Was heißt ›ganz bestimmt nicht‹? Dass Sie abgeklärt sind oder dass Sie in den Himmel kommen?«, hakte Ben nach.

»Beides!«

»Warum? Jeder Mensch glaubt doch, in den Himmel zu kommen.«

Rainer Jonker goss die Teetassen voll. Dann nahm er sich eine davon und setzte sich zurück in den alten Ohrensessel.

»Nur so«, sagte er.

Plötzlich stand Ben auf und stellte sich vor den jungen Bauern. »Jetzt hören Sie mal auf mit diesem Scheiß. Tun Sie nicht so verdammt abgeklärt. Sie haben irgendwas auf dem Kerbholz, und man ist hinter Ihnen her. Der Mord an

Ihrem Vater war nur eine Verwechslung, und das wissen Sie! Ihre beiden Freunde hat 's erwischt, wie Sie so schön sagen, und Sie glauben, Sie sind auch bald dran. Also, jetzt raus mit der Sprache: Was ist vorgefallen? Was haben Sie und Ihre Freunde – verdammt noch mal – getan?«

Rainer Jonker lehnte sich zurück und schaute zu Ben auf. »Regen Sie sich mal nicht auf, Herr Kommissar. Ich habe keine Ahnung, wovon Sie reden. Hier sind drei Menschen ermordet worden, und es waren«, er machte eine kurze Pause, »die drei Menschen, mit denen ich noch am meisten zu tun hatte. Außer meinen beiden Schwestern. Aber ich hab keine Ahnung, was passiert ist. Hier geht irgendein Irrer um. Irgendein Monster, das Lust hat, Leute zu killen, was weiß ich.«

Tom beobachtete die Szene. Er bezweifelte, dass Rainer Jonker ihnen in irgendeiner Weise weiterhelfen würde. Er konnte vielleicht, aber er wollte nicht. »Weil er mittendrin steckt«, dachte Tom. Laut sagte er:

»Warum ist der Kontakt zwischen Ihnen und Ihren beiden Freunden vor rund einem Jahr abgebrochen?«

Tom registrierte, dass der Bauer kurz aufhorchte.

»Sie haben sich nicht mehr getroffen, Sie haben nur noch selten ein Bier zusammen getrunken, man hat Sie einfach nicht mehr so oft zusammen gesehen. Was ist passiert vor einem Jahr?«

Rainer Jonker schaute an Ben vorbei aus dem Fenster. Es schneite wieder. Der Himmel war unter den Abermillionen fallenden Schneeflocken nicht auszumachen. Man konnte von hier aus kaum bis zur großen Eiche im Hof sehen. Alles wirkte düster und traurig.

»Ich weiß es nicht«, sagte Rainer Jonker, »ich habe keine Ahnung.«

Ben schaute sich zu Tom um. »Komm, Tom, lass uns gehen, das hat keinen Zweck hier.«

Tom stand auf. »Hören Sie, Herr Jonker, wenn Sie Ihre Meinung ändern, dann kommen Sie sofort zu uns, ja? Ihr Leben ist wahrscheinlich keinen Pfifferling mehr wert. Aber das wissen Sie ja sicher längst selbst.«

Hertha Gruhse warf sich die dicke Strickjacke über, die am Hakenbrett im Flur hing und machte die Haustüre auf. Ein Schwall eisiger Luft strömte in das überheizte Häuschen. Sie erschnupperte die Luft draußen, lief zurück in die Küche und klaubte aus einer alten Holzkiste einen Schal hervor. Irgendwo mussten ihre dicken Schuhe sein. Richtig, vorne am Fenster, neben der Heizung. Sie zog sie an, ging nach draußen und machte die Tür hinter sich zu. Auf der verschneiten Straße sah sie sich kurz um, dann ging sie mit kleinen trippelnden Schritten nach rechts. Irgendwo hier waren diese beiden Kommissare. Dass es einfach nicht aufhören wollte zu schneien. Man sah fast die Hand vor Augen nicht. Vor Rumpers Haus rutschte sie auf dem Neuschnee fast aus, fing sich aber im letzten Augenblick. Vielleicht waren die Männer unten bei Händells. Vielleicht mussten sie da noch etwas untersuchen. Zum ersten Mal seit gestern Mittag dachte sie nicht an ihren Sohn. Zum ersten Mal schaffte es ein anderer Gedanke, Platz in ihrem Bewusstsein zu finden.

Vorbei an dem großen Nussbaum schlitterte sie mehr oder weniger auf den ›Forellengrund‹ zu. Immer wieder rutschte sie mit ihren alten Schuhen, die kaum noch Sohle hatten, auf dem Boden aus. An der Gaststätte angekommen versuchte sie die Tür zu öffnen, doch sie war geschlossen. Gerade wollte sie mit ihrer Faust gegen die Tür hämmern, da hörte sie von ferne zwei Stimmen. Durch den fallenden Schnee sah sie zwei dick vermummte Gestalten auf sich zu kommen. Sie blinzelte mit den Augen, um mehr zu erkennen. Seitdem sich ihre Augen verändert hatten, musste sie immer zwischen ihren zwei Brillen hin und her wechseln. Das hatte schließlich zur Folge gehabt, dass sie nun gar keine mehr benutzte.

Zögernd ging sie auf die beiden Personen zu. Tatsächlich, es waren die beiden Fremden. Vor allem der Dicke der beiden war deutlich zu erkennen. Jetzt hatten die beiden sie auch bemerkt und unterbrachen ihre Unterhaltung.

»Frau Gruhse, was machen Sie denn hier draußen, haben Sie uns gesucht?«

Tom war froh, dass ihm im letzten Moment noch der Name der Frau eingefallen war.

»Guten Morgen. Ich wollte doch kurz noch einmal mit Ihnen sprechen. Ich dachte, vielleicht könnte ich Ihnen weiterhelfen.« Sie sagte das bescheiden, fast verlegen, und schaute die beiden Männer dabei nicht an.

Ben legte kurz eine behandschuhte Hand auf die Schulter der Frau. »Ja, lassen Sie uns rein gehen. Vielleicht macht uns der Wirt einen schönen Kaffee.«

»Da ist geschlossen«, sagte Hertha Gruhse und zeigte auf den ›Forellengrund‹.

Ben runzelte die Stirn, zog einen Handschuh aus und kramte in einer Hosentasche. »Stammgäste haben selbstverständlich immer einen Schlüssel«

Er drehte den Schlüssel im Schloss und öffnete die schwere Türe.

»Kommen Sie rein!«, sagte er mit einem Lächeln auf den Lippen. Tom verzog das Gesicht, als er an Ben vorbei in die Gaststube ging.

»Hast du Kreide geschluckt oder was?«,fragte er leise.

»Ich will nur nett sein«, brummte Ben zurück.

In der Gaststube entdeckte Ben hinter dem Tresen eine Kaffeemaschine. Tom stellte alle Fenster auf kipp.

»Ist das in Ordnung, wenn ich hier mal was frische Luft reinlasse?«, fragte er Hertha Gruhse.

Sie nickte und setzte sich vorsichtig. »Wo ist denn der Wirt?«, wollte sie wissen.

Tom zuckte die Schultern. »Macht vielleicht gerade Frühstückspause.«

Ben balancierte auf einem Tablett drei Tassen, Teelöffel, Zucker und Milch an den Tisch. »So, Frau Gruhse, was ist Ihnen denn eingefallen?«, fragte er betont aufgeräumt.

»Ich weiß nicht, ob das überhaupt von Bedeutung ist, aber ich dachte, es könnte vielleicht doch wichtig sein, wenn Sie nach Ungewöhnlichem hier im Dorf fragen.«

Tom nickte der Frau aufmunternd zu.

»Also vor gut einem Jahr, im September, da gab es hier einen schlimmen Todesfall.«

Beide Kommissare warteten, dass die Frau weiterredete, aber sie schaute die beiden nur mit leeren Augen an. Im Hintergrund blubberte die Kaffeemaschine.

»Ja, können Sie uns sagen, was es mit diesem schlimmen Todesfall auf sich hatte?«

Die Frau schaukelte langsam mit dem Oberkörper hin und her: »Ja, also, ich hab Ihnen doch erzählt, dass die Alburgs letztes Jahr ihr Kind verloren haben. Hab ich doch?« Sie macht eine kurze Pause und schüttelte den Kopf. »Das war furchtbar. Die Kleine ist in den Wald gegangen und hat sich die Pulsadern aufgeschnitten. Die Eltern haben sie gefunden, aber da war es schon zu spät.«

»Wie alt war das Kind?« Ben schaufelte sich schon einmal Zucker in seine leere Tasse.

»Die war ..., die Anja, wann ist die geboren? Warten Sie mal, ... die war fünfzehn.« Sie schüttelte den Kopf, »So jung noch.«

Tom schlug die Beine übereinander. »Und weiß jemand, warum sich das Kind umgebracht hat«?

Hertha Gruhse schüttelte den Kopf. »Niemand. Das ist es ja! Sie war immer so aufgeschlossen, das junge Ding. Hat die Zeitung rumgebracht, war immer gut gelaunt. Na ja, bis zum Sommer zumindest. Da war sie dann plötzlich irgendwie verstockt. Früher hat sie immer viel erzählt, wenn sie vorbeikam, und man im Garten gearbeitet hat, aber plötzlich war sie ganz einsilbig. Hat immer so dunkle Kleider getragen. Ganz verändert war sie, die Kleine.«

»Pubertät!«, dachte Tom unwillkürlich. »Wem ist das denn sonst noch aufgefallen?«

»Na allen! Das konnte man schon sehen, dass da mit der Kleinen irgendwas passiert ist.«

»Aber keiner weiß warum?« Ben stand auf und holte den Kaffee. Er goss alle drei Tassen voll und setzte sich wieder.

»Nein, ich hab sie mal gefragt, aber sie hat nichts gesagt, und dann mischt man sich auch nicht ein, wissen Sie? Vielleicht war 's die Schule, vielleicht hatte sie einen Freund, mit dem dann Schluss war, wir haben uns schon Gedanken gemacht, aber man will ja auch nicht zu neugierig sein.«

Tom und Ben schauten sich an.

»Na und dann ist sie tot plötzlich. Das war ein Schock. Für alle hier. Am meisten natürlich für die Eltern. Wenn ein Kind stirbt ...« Sie begann zu schluchzen.

Tom räusperte sich. »Und waren denn Kollegen hier und haben den Fall untersucht?«

»Ja.« Hertha Gruhse suchte nach einem Taschentuch, hielt aber inne. »Da waren Kollegen von Ihnen hier und natürlich auf dem Hof von Alburgs. Aber die fuhren bald wieder weg, war ja auch nichts mehr zu machen.«

»Und der Hof der Alburgs liegt außerhalb des Dorfes?«

»Bisschen außerhalb.« Sie wischte sich die Augen und sah die beiden Kommissare an. »Das ist ein Kilometer von hier, höchstens.« Tom sah, wie Ben genervt die Augen verdrehte. Noch eine Schneewanderung!

Kapitel sechsundzwanzig

Erfolglosigkeit kann verschiedene Konsequenzen haben: Meist Resignation oder Aggression.

Bei Nero überwog im Augenblick die Aggression. Der Bulle stand wutschnaubend im kalten Schatten des Gruhsehauses. Dahinter, an der Stelle, wo an der Außenwand der Kaminschacht zum Dach führte, hatte er die Nacht verbracht. Eine lausige Nacht. In seinen sechshundert Kilogramm Lebendgewicht war kaum Fettmasse, und auch deswegen war sein Organismus sehr kälteempfindlich. Ohne die wärmende Wand und den innen verlaufenden Kamin wäre er höchstwahrscheinlich erfroren. In der Wolke seiner eigenen Atemluft beobachtete er nun seit einigen Minuten die Dorfbewohner. Vereinzelt oder in Gruppen kamen und gingen sie die Straße entlang. Nero schaute ihnen missmutig hinterher.

Zwei dieser Menschen, die Nero beobachtete, waren Tom und Ben. Die beiden kamen gerade aus dem ›Forellengrund‹. Ben hatte zwar zuerst auf Verstärkung warten und erst dann zu dem Aussiedlerhof gehen wollen, aber Tom hatte ihm oben in ihrem Zimmer klar gemacht, dass er auch ohne Ben losgehen würde. Er hatte gewusst, dass er Ben damit keine Wahl ließ.

»Was ist los, das passt so gar nicht zu dir. Bist du eingefroren oder was? Wir tappen zwar noch im Dunkeln, ob wir wirklich auf der richtigen Fährte sind, aber wenn doch, dann müssen wir schnellstmöglich herausfinden, was dieser Alburg noch vor hat.«

»Mich würde interessieren, warum.« Ben hatte seine eigene Schneejacke vom Stuhl an der Heizung genommen und übergezogen. Sie war mittlerweile trocken, roch aber immer noch streng. Eine Mischung aus Kuhmist und muffigem Staub.

»Warum?«, fragte Tom. »Für mich sieht 's ganz danach aus, als hätten die drei Jungs die größte Sauerei veranstaltet, die man veranstalten kann. Gemeinschaftliche Vergewaltigung. Oder irgendwas anderes in der Art. Und wenn das stimmt und dieser Rainer Jonker hängt dann immer noch in seinem blöden Sessel rum und tut so, als habe er die Gleichmütigkeit der ganzen Welt gefressen, dann sag ich dir, vergess ich mich.«

»Und wie soll das denn aussehen?« Ben setzte sich auf sein Bett, »sagst du dann ›du dreckige Sau‹ zu ihm oder was?«

Unten im Wirtsraum saßen die ersten Männer am Tresen. Die Uhr am rechten Ende der Theke zeigte kurz nach elf, aber ein frühes Bier war nach Ansicht der Anwesenden nach den Vorfällen des Vortages dermaßen gegeben, dass sogar ein Bier kurz nach fünf in der Früh gerechtfertigt gewesen wäre. Als Tom und Ben mit ihren Boots die Treppe herunterpolterten, verstummten die Männer kurz. Alle nickten sie den Kommissaren zu.

»Wo geht 's denn hin?« Wolfgang Loose spülte Gläser. Über seiner linken Schulter hing ein Trockentuch.

»Die Beine ein bisschen vertreten«, lächelte Tom.

»Soll ich für Sie was zum Mittag machen?«

»Das wäre schön, wir sind in einer halben Stunde wieder da.« Ben zog sich seine Mütze tiefer ins Gesicht. Die kaputte Eingangstür schrammte über den vereisten Boden, als er sie aufschob. Niemand hatte es bislang für nötig befunden, sie zu reparieren.

Vor der Türe fragte Ben: »Glaubt der, er kann uns aushorchen, oder was sollte das jetzt?«

»Lass ihn doch«, meinte Tom, als sie jetzt die Dorfstraße entlang gingen, »er wollte halt nur mal zeigen, was er so drauf hat.«

»Na, für uns beide reicht 's ja.«

Kapitel siebenundzwanzig

Für manche bedeutet ein Sieg alles. Ob beim Tennis, beim Golf, bei einer Frau, Michael Schlem wollte immer der Erste sein. Ihm war es dabei egal, wie dieser Sieg errungen wurde. Ob mit gezinkten Karten, Manipulation des Schiedsrichters oder Bestechung des Gegners. Für ihn zählte nur das Ergebnis. Einzelheiten der Vergangenheit verloren sich in der Zukunft.

In diesem Mordfall hatte sich Michael Schlem durch Bestechung einen Vorteil verschafft. Doch in der Folge hatte er seine Kräfte überschätzt. Schwer keuchend saß er auf der Spitze eines fast zugeschneiten Zaunpfahls und japste nach Luft. Zwei dicke, schaumige Speicheltropfen hingen ihm am Kinn herab.

Eine halbe Stunde vorher hatte er beobachtet, wie Ben Deicker und Tom Heller mit Hertha Gruhse in den ›Forellengrund‹ gegangen waren. Vor der Hütte der Gruhses hatte er deswegen gewartet. Ihm war kalt gewesen, und er trug keine Schneeschuhe, aber sein Gefühl sagte ihm, dass es sich lohnen würde. Und tatsächlich hatte die Frau das Gasthaus nach ein paar Minuten wieder verlassen. Allein verlassen.

Mit ein bisschen Charme und dem Versprechen, bei der Aufklärung am Mord ihres Sohnes mitzuhelfen, hatte er sie überredet, all das, was sie den beiden Herren Kommissaren gesagt hatte, auch ihm preiszugeben. Schlems Herz hüpfte vor Freude, als er von dem Selbstmord der kleinen Bauerntochter erfuhr.

Der Tod des kleinen Mädchens berührte ihn zwar nicht einen Sekundenbruchteil, aber er ahnte, dass es der Schlüssel zur Lösung der Mordfälle war. Er ahnte es in dem Augenblick, als ihm diese einfältige Frau davon erzählte.

Deswegen hatte er sich dann sofort auf den Weg zum Alburghof aufgemacht. Er musste unbedingt vor diesen beiden Berufsschnüfflern dort sein. Aber schon einhundert Meter außerhalb des Dorfes wusste er, dass es grundfalsch gewesen war, nur mit Halbschuhen in die Kälte zu gehen. Außerdem hatte er die Höhe des Schnees unterschätzt. Jeder Schritt war anstrengend. So viel Natur hatte er nicht erwartet.

Von der Bergkuppe aus fuhren Kinder Schlitten runter ins Dorf. Er hatte versucht, in deren Fußstapfen zu treten, aber das war fast noch mühseliger als sich seinen eigenen Weg zu bahnen. Jetzt saß er vor Kälte schlotternd auf dem Zaunpfahl und verschnaufte. Zurück konnte er nicht mehr.

Was also tun? Das Sinnvollste, wenn er sich denn nun einmal schon so weit durchgeschlagen hatte, war natürlich, weiter zum Hof der Alburgs zu gehen. Das aber machten seine Schuhe wahrscheinlich nicht mit. Zumindest nicht in einem raschen Tempo. Außerdem, das allerdings gestand er sich natürlich nicht ein, spürte er Angst. Sollte er tatsächlich einfach bei einem potentiellen dreifachen Mörder klingeln? Und ihn interviewen? Nach dessen Tochter fragen vielleicht? Dann konnte er sich wahrscheinlich direkt selbst zu den Toten legen. Und genügend Geld, den Mann günstig zu stimmen, hatte er auch nicht dabei.

Er entschied sich dafür, erst einmal abzuwarten. Nicht hier, da liefe er den beiden Kommissaren natürlich sofort in die Arme. Er erhob sich und stieg die vier verschneiten Stufen zur Eingangstüre des verlassenen Hauses hinauf. Die Tür mit einem gusseisernen Gitter vor dem Sichtfenster war alt und verrottet. Knirschend gab sie nach, als er sie aufdrückte. Fahles Licht fiel von einem kleinen Fenster rechts neben dem Eingang in den großen Flur. Reste eines Ölgemäldes auf einem grau-braunen Leinensack hingen traurig und verstaubt von der linken Wand herab. Geradeaus führte eine Tür mit getönten Scheiben in einen Flur. Rechts von ihm ging eine verwinkelte Treppe mit einem wackligen gelb-roten Geländer in den ersten Stock. Vorsichtig stieg er fünf Stufen hinauf, um durch das kleine Fenster zu schauen. Die Scheibe war längst verschwunden. Reste von Teerpappe, die davor genagelt waren, verhinderten einen vollständigen Blick nach draußen. Kaum hatte er es sich halbwegs bequem gemacht und war sich fast sicher, dass die alten Stufen unter ihm nicht nachgeben würden, da hörte er Stimmen. Vorsichtig schaute er nach draußen und sah die beiden Kommissare den Berg hochkommen. Sie waren fast an den drei Eichen angekommen, die vorne ganz dicht an der Straße standen.

Tom Heller ging als erster, der dicke Deicker, dachte er abfällig, konnte nur mühsam in dessen Fußspuren folgen. Was sie sagten, konnte Schlem nicht verstehen, aber das war ihm auch egal. Intuitiv griff er nach seiner Kamera in der Jackentasche. Er würde den beiden einfach folgen und ein paar schöne Bilder schießen.

Schlem duckte sich, da Heller und Deicker stehen geblieben waren. Beide schauten schnaufend zur Ruine des alten Hauses herüber.

»Was soll das denn heißen?«, hörte er Deicker sagen. Der Schneefall hatte ausgesetzt und die momentan recht klare Luft trug ihre Stimmen problemlos hinüber zu Schlem.

»Was denn?«, fragte Heller.

»›Haus im Park‹, wer denkt sich denn so was aus? Da ist doch gar kein Park. Nur ein paar mickrige Bäume.«

Heller antwortete irgendetwas, das Schlem nicht verstand. Deicker blieb noch einen Augenblick stehen. Er schaute direkt in Schlems Richtung. Instinktiv duckte sich Schlem wieder.

Heller drehte sich um: »Keine Ahnung! Ist auch nicht wichtig. Komm weiter, mir ist schweinekalt.«

Deicker sagte wieder irgendetwas, aber die beiden waren schon zu weit weg, als dass Schlem es noch verstehen konnte. Er drehte den Oberkörper ein wenig und schaute ihnen nach. Sie gingen den Berg hinunter, bis zuletzt auch ihre Köpfe aus seinem Blickfeld verschwunden waren. Schlem schaute auf seine Schuhe und verzog den Mund. Seine Füße schmerzten bereits vor Kälte.

Er war gerade im Begriff, die vier Stufen hinunter zu steigen, da nahm er plötzlich ein schnaubendes Geräusch wahr. Schnell kam es näher. Wie angewurzelt blieb Schlem stehen. Das Geräusch wurde lauter. Schlem bekam es mit der Angst zu tun. Trotzdem: Er konnte sich nicht bewegen und starrte die Straße Richtung Dorf entlang. Ganz langsam tauchte dort ein massiger Kopf auf.

Er kniff die Augen zusammen und erkannte in dem dunkelbraunen Monstrum einen riesigen Bullen. Mit Urgewalt schob das Tier seine Muskelmassen durch den Schnee. Von einzelnen Fellpartien an den Flanken hingen Eisklumpen herab. Plötzlich stoppte der Bulle. Fast war es so, als lausche er. Langsam wendete sich sein Kopf nach rechts, genau dorthin, wo in gut zehn Metern Entfernung Schlem stand. Einmal, zweimal nickte der Bulle mit dem Kopf, starrte Schlem aus dunklen Augen an und brummte.

Schlem wollte zurück ins Haus, sich irgendwo verstecken, am besten sogar in Luft auflösen, aber er war unfähig, auch nur die kleinen Zehen zu bewegen.

Der Bulle brummte noch einmal. Dann wendete er seinen Blick langsam wieder geradeaus. In die Richtung, in die Heller und Deicker vor nicht einmal zwei Minuten verschwunden waren.

Seine Hufe scharrten im Eis und gleichmäßig walzte er sich mit unbändiger Kraft voran. Schlem stand weiter reglos auf der obersten Stufe vor der alten Haustür. Erst als der Bulle zehn Meter weiter gegangen war, holte er seine Kamera aus der Tasche und schoss drei Bilder von dem Tier. Fast musste er lächeln: Heller und Deicker würden gleich eine hübsche Überraschung erleben!

Bens Nase tropfte. Er zog sie hoch, aber das nutzte nicht viel. Außerdem schwitzte er höllisch. Und sein dicker Wollpullover unter der Schneejacke rieb unangenehm auf der Haut. Ein feines Jucken, das durch Kratzen nur noch schlimmer wurde. Und weil das anscheinend noch nicht genug war, begann die Jacke wieder nach Kuhmist zu riechen. Ben fluchte. Tom marschierte eisern vor ihm her. Der schwere Gang durch den mehr als kniehohen Schnee schien ihm nichts auszumachen. Jetzt stoppte Tom. Ben stellte sich neben ihn. Er schnaufte und sein schwerer Atem blies kleine Schwaden in die Luft. Aus knapp einhundert

Metern betrachteten die beiden den Hof von Alburg in der Talsenke.

Das Gehöft war in einem Rechteck gebaut. Links lag der große Stall, ein imposantes flaches Gebäude mit kaminrotem Wellblech als Dach. Vermutlich waren dort die Tiere untergebracht. Gegenüber, rund zwanzig Meter entfernt, stand das Wohnhaus. Aus einem Schornstein ungefähr in der Mitte des einstöckigen Hauses stieg Qualm in den kalten Himmel. An der hinteren Seite verband eine hohe Holzscheune die beiden Gebäude. Durch ein halboffenes Tor waren aufgestapelte Heuballen zu sehen. Zu einem geschlossenen Areal wurde das Ganze durch eine alte Backsteinmauer zur Straße hin, die mehr als mannshoch und nur unterbrochen von einem weiten zweiflügeligen Holztor war. Direkt hinter dem Holztor standen zwei Traktoren. Nur die Führerhäuser waren von dort zu sehen, wo die beiden Kommissare standen.

Tom schaute zu Ben: »Hast du deine Waffe dabei?«

Ben kniff die Augen zusammen. »Spinnst du? Denkst du etwa, ich mache einen Skiausflug mit Pistole oder was? Vielleicht darf ich dich dran erinnern, dass du mich gestern wegen der Waffe noch angeraunzt hast. Außerdem wollte ich schon lange wieder zu Hause sein.«

Tom schaute Ben fragend an: »Was hat das denn damit zu tun? Ich dacht nur, wär ja vielleicht ganz gut gewesen, wenn wir hier nicht ganz unbewaffnet reingehen würden, oder?«

»Wo ist denn deine?«

»Im Zimmer«, sagte Tom kleinlaut.

»Prima! Viel besser!« Er schüttelte den Kopf. »Wir sind wirklich in Hochform.«

Beide Männer waren weiter gegangen und standen jetzt vor dem Anwesen. Kein Laut war zu hören.

Tom drückte das Tor auf. Es knirschte in den Scharnieren. Aus einer Hundehütte vor dem Kuhstall sahen Ben und Tom blitzschnell einen Polarhund heransprinten. Ehe er sie erreicht hatte, machte er zwei Meter vor ihnen plötzlich Halt. Ben hörte ein leises Klirren und entdeckte erleichtert eine Kette am Halsband des Tieres. Der Husky fixierte die beiden Eindringlinge. Er gab keinen Ton von sich, starrte die beiden Männer nur aus seinen eisblauen Augen an.

Das Gehöft machte einen vollkommen verlassenen Eindruck. Niemand war zu sehen, nirgendwo Musik oder Stimmen zu hören. Fast unheimlich ruhig lag der Hof vor ihnen.

Die beiden gingen auf das Wohnhaus zu. Ein Dutzend relativ frischer Fußspuren waren zwischen Wohnhaus und Stall und Scheune in den Schnee getreten. Die Fenster lagen dunkel, kein Licht drang nach innen. Ben und Tom stiegen die beiden Stufen zur Haustür empor. Drei Paar Gummistiefel lagen achtlos auf und neben einem Gitterrost. »Gummistiefel!«, dachte Ben müde, »wohin man kommt, überall Gummistiefel!« Jetzt hörten die beiden von drinnen doch etwas. Ein Geräusch, ein Motor, vielleicht eine Waschmaschine oder ein Trockner.

Tom suchte vergeblich eine Klingel. Er klopfte gegen die Glasscheibe. Beide lauschten auf näher kommende Schritte, aber nichts geschah. Tom klopfte erneut. Fester. Nichts. Tom drückte vorsichtig die Klinke herunter und schob die Türe einen Spaltbreit auf. Er lugte in den Raum. Kleidungsstücke, Milchkannen, weitere Gummistiefel, alles lag wild verstreut im Raum. In der Ecke links standen Waschmaschine, Trockner und eine große Tiefkühltruhe. Im Sichtfenster der Waschmaschine drehte sich schmutzige Wäsche.

»Hallo, ist hier jemand?« Toms Stimme hörte sich seltsam flach an. »Herr Alburg, sind Sie zu Hause?«

Beide lauschten wieder.

»Komm rein!«, sagte Tom. Leise zog er die Tür hinter Ben zu. Von einem Wasserhahn auf der anderen Seite des Raumes tropfte es in ein riesiges altes Waschbecken. Tom öffnete die Tür zu einem dunklen Flur. Links entlang führten auf jeder Seite weitere Türen in andere Räume. Rechts endete der Flur in einen einzelnen Raum, aus dem Licht in den dunklen Flur fiel. Teile einer Kücheneinrichtung waren von hier zu erkennen. Tom rief noch einmal:

»Herr Alburg, Polizei, wir haben nur ein paar Fragen. Herr Alburg, kommen Sie bitte, wir brauchen Ihre Hilfe.«

Er machte Ben ein Zeichen, die Türen links im Auge zu behalten. Er selbst ging nach rechts.

Auch die Küche sah aus wie ein Schlachtfeld. Rechts unter der Spüle lagen neben einem Mülleimer mehrere Decken. Fünf kleine Kätzchen krabbelten in einem flaumigen Knäuel hin und her. Sie schauten die beiden Kommissare neugierig an, maunzten und purzelten dann in ihrem Spiel wieder übereinander. Eine kleine schwarz-weiße landete in einer von drei Untertassen voller Milch.

Auf dem Tisch in der Mitte des Raumes stand schmutziges Geschirr. Reste von Senf und Ketchup klebten an den Tellern und vermischten sich mit vertrocknetem Gemüse. An den Wänden hingen Schiebeschränke. Die Schranktüren waren größtenteils mit Pferdebildern zugeklebt. Auf einer langen Arbeitstheke rechts standen Küchengeräte wie Kaffeemaschine und Toaster.

Über der Theke ein zweiflügeliges Fenster, durch das man einen guten Blick auf den Innenhof hatte. Tom betrachtete den Polarhund, der immer noch reglos im Schnee saß und weiter in ihre Richtung schaute.

»Irgendwie unheimlich, Ben, oder?«

»Sieht ziemlich verlassen aus, finde ich.« Ben kniete sich zu den jungen Kätzchen, nahm ein braunes auf, streichelte es und lachte leise, als sich das Tier in seiner Hand auf den Rücken drehte und mit winzigen Zähnen zubiss.

»Ja, und irgendwie auch nicht. Sieht aus, als sei hier jemand überstürzt getürmt, was? Nicht mal abgespült. Da hat 's jemand ganz eilig gehabt. Auch die Fußspuren draußen.«

Ben erhob sich: »Vielleicht ist der Alburg einfach drüben im Stall. Wenn er noch Kühe hat, dann müssen die ja auch versorgt sein.«

Tom schaute den dunklen Flur hinunter: »Komm Ben, wir gucken uns mal grade die anderen Räume an, ja?«

»Mach mal«, sagte Ben, »ich bleib hier. Wenn einer rüberkommt aus dem Stall, dann seh ich den und sag dir Bescheid. Wir haben hier nix zu suchen.«

Tom nickte. Leise ging er den dunklen Flur entlang. Er öffnete die erste Türe rechts. Uninteressant. Ein großes, blau gekacheltes Badezimmer mit zwei Waschbecken, nur eine Zahnbürste in einem Glas, ein Deostift, ein Handtuch. Toilette und Badewanne. Er schloss die Tür. Gegenüber ein Schlafzimmer. Doppelbett. Rechts und links davon jeweils kleine Kommoden und gegenüber ein Schrank mit einem mannshohen Spiegel in der Mitte. Nur die rechte Hälfte des Bettes war gemacht, die linke dagegen vollkommen zerwühlt. Die Luft war alt, stickig und verbraucht. Tom schloss die Tür. Schräg gegenüber ein Kinderzimmer. Das wusste er, noch bevor er die Klinke niederdrückte. Ein großes Poster von ›Tokio Hotel‹ klebte mit Tesafilm außen an der Türe. Auch der Schlüssel steckte außen. Innen war alles dunkel, die Rollladen herunter gelassen. Durch die kleinen Ritzen schien Tageslicht. In der rechten Ecke des Raumes sah Tom den roten Schein eines kleinen Lichtes. Vielleicht eine Kerze oder eine schwache Lampe. Tom spürte ein leichtes Kribbeln im Nacken und dachte an die Worte von Hertha Gruhse, an das junge Mädchen, an die Alburgtochter, die sich umgebracht hatte.

Mit der linken Hand suchte Tom den Lichtschalter. Gleichzeitig rechnete er damit, dass ihm eine Hand mit einem Rasiermesser über die Handfläche fuhr. Aber nichts geschah. Das Licht strahlte hell von der Decke, eine schmucklose Lampe in der Mitte des Zimmers. In der Helligkeit fiel ihm zuerst die Ordnung auf. Das Bett war sorgfältig gemacht, nirgends lag etwas herum, weder Wäsche, Bücher oder Schuhe. Der Holzkleiderschrank war fast neu, zumindest glänzte der Lack ohne Kratzer im Deckenlicht. Auf der Kommode sah Tom einige Photos stehen.

Er trat ins Zimmer, näher an die Bilder heran. Auf einem lachte ihm Alburg entgegen, daneben eine Frau, wahrscheinlich seine Frau und die Tochter. Das kleine Mädchen war auf vielen Bildern zu sehen, lachend, schmollend, verschmitzt. Manchmal schaute sie in die Kamera, auf anderen Schnappschüssen hatte es den Anschein, als wisse sie gar nicht, dass sie fotografiert worden war.

Alle Fotos erscheinen in einem roten, matten Glanz. Das Licht kam von einer kleinen Kerze, die in einer roten Schale stand.

Aber nirgends entdeckte Tom irgendetwas Geschriebenes. Keine Geschichten, keine Bücher, keine Notizblöcke.

Vielleicht sollte er in den Schubladen suchen, doch dazu war jetzt keine Zeit. Tom drehte sich um. Vorsichtig und ohne etwas zu berühren verließ er das Zimmer. Die Klinke klickte laut, als er die Tür in den Rahmen zog. Langsam, fast auf Zehenspitzen, ging er den Flur zurück zu Ben.

Ben stand mit dem Rücken zu ihm. Er schaute auf den Innenhof. Als er Tom hörte, drehte er sich um. »Was gefunden?«

»Das Kinderzimmer war unheimlich. Überall Bilder von der Kleinen. Also, von der, die tot ist. Und eine Kerze. Wie in der Kirche. Aber keine Geschichten, keine Blätter, Tagebücher oder so was, nichts Geschriebenes.«

Ben schaute wieder nach draußen. »Hier tut sich auch nix. Nur der Köter lässt uns nicht aus den Augen. Starrt die ganze Zeit rüber. Komm, lass uns rausgehen. Wir schauen drüben im Stall nach, und dann machen wir uns schleunigst wieder auf ins Dorf. Ich hab so ein Gefühl, dass unser Mann da nämlich im Moment auch gerade ist.«

Alburg blieb verschwunden. Alle Kühe standen gemolken und angeschirrt im Stall, von dem Bauern gab es nicht die geringste Spur. Ben und Tom traten gerade ins Freie, als sie ein tiefes Brummen hörten. Ben schaute auf.

»Ach du Scheiße, das kann ja wohl nicht wahr sein! Verfolgt der uns oder was?« Am Tor zum Gehöft stand Nero und starrte die beiden Kommissare an. Zweimal, dreimal scharrte er mit den schweren Hufen im Schnee, dann begann er zu laufen. Ben und Tom warfen die Stalltür wieder hinter sich ins Schloss. Die meisten Kühe wurden unruhig, versuchten sich umzudrehen. Sekunden später war ein heftiges Schnauben jenseits der Tür zu hören. »Dass ich meine Scheißpistole nicht dabei hab!«, fluchte Ben. »Dem würde ich eins zwischen die Hörner pusten.«

»Lass gut sein, Ben, ich hab im Augenblick das Gefühl, du würdest auf alles schießen, was sich bewegt.« Tom schaute sich um. Am anderen Ende des Stalls war eine Tür. »Komm, da lang!« Tom begann zu laufen.

»Keine Panik, mach mal langsam.«

»Von wegen, Ben. Wir suchen hier in einem leeren Haus rum, und der Bursche ist längst schon wieder im Dorf.«

»Aber wir haben keine Fußspuren gesehen, die weg führen«, meinte Ben.

»Vielleicht ist er ja einfach über die Weiden gelaufen? Kennst du dich hier aus?«

Die Tür am Ende des Stalls ließ sich problemlos öffnen. Wenige Meter vor ihnen erhob sich ein dunkelbrauner Siloturm gegen den dunkelgrauen Himmel. Es stank säuerlich, viele Stellen im Schnee waren mit brauner, übel riechender Flüssigkeit durchsetzt.

Die beiden Kommissare liefen weiter, befanden sich jetzt außerhalb des schützenden Areals des Gehöfts. Rings herum nur Weiden, umzäunt mit Stacheldraht. Rund fünfhundert Meter entfernt begann dichter Wald. Ein kalter Wind fegte über den Schnee und trieb ihnen die Tränen in die Augen.

»Ben, da hilft nix. Wir müssen den Berg wieder rauf und zurück ins Dorf.«

Ben atmete tief durch. »Okay, auf geht 's. Ich will nur hoffen, dass das dieser elendige Bulle nicht spitz kriegt.«

Bereits am ersten Stacheldraht gab es Probleme. Ben wollte sich über den Zaun schwingen, aber die Öse, die den Draht hielt, gab nach. Ben fiel nach hinten, stieß einen kurzen Schrei der Entrüstung aus und landete unsanft im Schnee.

Er fluchte ausgiebig, bevor er sich hochrappelte. Tom sagte nichts. Beim zweiten Versuch kam er mit Hilfe von Tom, der Bens Rücken stützte, über den Zaun.

Tom drehte sich um, konnte den Bullen aber nirgends entdecken. Das schnelle Gehen strengte an. Die oberste Schicht des Schnees war mal getaut, im Verlauf des Tages aber wieder gefroren. Ben schnaufte wie ein Hindernisläufer, als sie die Bergkuppe erreicht hatten. Tom hatte in der Hocke seine Hände auf den Knien abgestützt. Der Wind pfiff ihm eisig in den Nacken. »So, Ben, jetzt nur noch hier rüber, dann kannst du dich ganz deinen Herzproblemen widmen.«

»Halt die Klappe, Tom«, japste Ben. Er stieß Tom freundschaftlich in die Seite, »denk dran: Beim Ringen hab ich dich in drei Sekunden auf der Matte!«

Kapitel achtundzwanzig

Viele Menschen erlangen Trost für ihr eigenes kärgliches Leben durch das Unglück anderer. Ob sich der Trost als mitfühlender, aber dennoch wohliger Seufzer nach dem Krankenhausbesuch eines Verwandten äußert oder als lauwarme Träne auf der Beerdigung eines ungeliebten Arbeitskollegen; das gesehene Elend lässt uns deutlich spüren, dass wir immer noch atmen. Immer noch aufrecht gehen, immer noch mittendrin sind im Laufrad.

Auch Else Peyn kämpfte im Augenblick mit diesem Gefühl. Als Frau, die zwei ihrer drei Kinder verloren hatte, wusste sie um Elend. Zwar war sie – so unglaublich das klingen mag – jeden Tag auch glücklich, aber nur jene Sekundenbruchteile nach dem Aufwachen, in denen ihr Bewusstsein noch nicht mit ihrer Identität zusammen geschmolzen war.

Den Kopf in die Hände gestützt saß sie nun am Wohnzimmertisch und dachte nach. Mit leerem Blick beobachtete sie die Kinder, die draußen an ihrem Fenster vorbei liefen. Die Schritte der Jungen und Mädchen knirschten dumpf im Schnee, ihr Lachen wurde durch die klare Luft weiter getragen als sonst.

Britta, ihre Tochter, war schon seit Stunden dort draußen. Ohne jemals müde, hungrig oder durstig zu werden, so schien es. Else dachte aber nicht an ihre Tochter, sie dachte an die drei Toten und deren Angehörige.

Heute Morgen waren all die Kondolenzbesuche der Nachbarn und Verwandten in ihrem eigenen Haus wieder gegenwärtig geworden. Das Flüstern im Flur, die vorsichtigen, leisen Schritte, das Streichen über die Schulter, die grundlos verschämten Blicke, das verlegene Zusammensitzen im Haus.

Fast niemand hatte Worte gefunden damals. Man trank gemeinsam Kaffee, aß Kuchen oder andere Dinge, die jeder mitbrachte, so als habe man nach einem Todesfall besonderen Hunger. Und jeder war befreit, das stille Haus nach einer halben Stunde wieder verlassen zu können. Man atmete erleichtert auf, sog die Luft in die Lungen und wandte sich mit einer Spur neuer Zuversicht dem eigenen restlichen Leben zu.

Else Peyn fragte sich, ob es in den Häusern der Angehörigen der Toten jetzt auch so still und bedächtig zuging wie damals nach dem Tod ihrer Söhne. Diese Trauer, die den Anschein besaß, in Zeitlupe zu existieren, um das Leid noch mehr in die Länge zu ziehen.

Sie wollte auch einen Kondolenzbesuch machen. Sie ließ die ausgebreiteten Arme auf den Tisch sinken und überlegte, wohin sie zuerst gehen würde. Der junge Rainer Jonker war jetzt ganz allein. Hertha Gruhse hatte immerhin noch ihre Tochter, die bei ihr war. Und bei den Händells drüben waren seit dem Morgen Dutzende Menschen ein- und ausgegangen. Wahrscheinlich waren die Eltern von Max froh, wenn der Besucherstrom nachließ, wenn Ruhe und Trauer sich setzen konnten. Sie würde zu Rainer Jonker gehen, heute Abend. Jetzt wollte sie erst einmal nach ihrer Tochter schauen.

Sie stand auf, horchte im Flur, ob der Gast noch auf seinem Zimmer war, zog sich ihre dicke Jacke und ein paar pelzgefütterte Stiefel an und verließ das Haus.

Die kalte Luft brannte ihr in Nase und Rachen, dass es fast schmerzte. Trotzdem fühlte sie sich so sehr am Leben, wie schon lange nicht mehr. Sie blinzelte in die Sonne und begann ihre Tochter zu suchen.

Tom und Ben stapften auf den Weiden tapfer durch den fast meterhohen Schnee. Die obere, verharschte Schicht machte das Gehen noch schwerer. Ihr Ziel, wieder auf die Straße zu gelangen, war fast erreicht. Zwar lag der Schnee dort genauso hoch wie auf den Feldern, aber dort konnten sie in ihre Fußspuren treten und eine Menge Kraft sparen. Ben schnaufte mittlerweile beängstigend laut.

Das ›Haus im Park‹ lag kalt und bedrohlich in der Nachmittagssonne. Der angrenzende Fichtenwald erinnerte an die Titelseite eines Natur-Magazins. Die Bäume brachen unter der Schneelast fast zusammen, von den Sträuchern schauten nur noch die oberen Äste heraus.

Tom kletterte über den letzten Zaun, der die Weiden von der Straße trennte.

»Nicht schon wieder«, seufzte Ben. Trotz der Kälte liefen ihm mittlerweile Schweißperlen über 's Gesicht.

Tom bemerkte Bens genervten Blick. »Wir sind hier auf dem Land, Ben, die Kühe halten sich nicht an mündliche Absprachen, wenn 's um die Grenze ihrer Weide geht. Und Vorfahrt kennen die auch nicht, weißt du!«

»Sehr witzig!« Ben wischte sich über die Stirn.

Tom hielt ihm zwei Drähte des Zauns auseinander, und Ben zwängte seinen massigen Körper hindurch. Er hatte es fast geschafft, da verfing sich seine Jacke in einer Spitze des Stacheldrahtes. Das Reißen war gut zu hören, gefolgt von Bens wüster Schimpfsalve. Tom verdrehte die Augen, sagte aber nichts. Ben war mit dem Landleben einfach nicht kompatibel.

»Scheißzaun!«, fluchte er, als er sich wieder aufrichtete und den Riss im linken Ärmel betrachtete.

Tom schüttelte grinsend den Kopf: »Kannst du mir mal sagen, wie du die Sportprüfung jedes Jahr schaffst? Was um Himmelswillen zahlst du den Jungs?«

»He, da müssen wir nicht zwischen Zäunen lang kriechen, so weit ich mich erinnern kann, oder?«

»Trotzdem, Ben, du bist grad mal Mitte vierzig.«

»Tu mir einen Gefallen und halt die Klappe, ja? Mich regt dieser ganze Mist hier schon genug auf. Bin ich auf Schnitzeljagd oder was?«

Tom gab keine Antwort. Nachdenklich betrachtete er den Schnee. Ben stellte sich neben ihn. Da waren noch andere Spuren außer ihren eigenen. Sie führten von dem leeren Haus Richtung Alburghof.

»Wem gehören die denn?« Heller hockte sich hin. »Ich meine die neben denen vom Bullen«.

»Keine Ahnung, scheint doch Schnitzeljagd hier zu sein, was?«

Tom schaute zu Ben hoch: »Wollen wir hinterher?«

»Ne, lass mal. Kann ja sein, dass der genau wie wir über die Felder ist, und dann drehen wir uns im Kreis.«

Ben öffnete den Reißverschluss seiner Jacke ein paar Zentimeter weiter. »Langsam komm ich mir ein bisschen verarscht vor, ehrlich. Das Wichtigste ist jetzt mal: Wir müssen diesen Alburg auftreiben, und ich schätze, dann wissen wir eine Menge mehr.«

Michael Schlem stand am Tor zum Alburghof. Die Tür war nicht verschlossen, das hatte er schon probiert, aber dahinter kläffte irgendein wild gewordener Köter und wenn er irgend etwas nicht leiden konnte, dann waren es diese gottverfluchten Kreaturen von Hunden. Er wusste, er musste diese Türe aufmachen und in den Hof gehen, aber irgendetwas hielt ihn zurück. Stattdessen blinzelte er, verschämt wie ein Dreizehnjähriger an der Damenumkleide, durch einen Riss zwischen den Holzbrettern. Plötzlich sah er die Tür am Wohnhaus aufgehen. Ein mittelgroßer, dicklich wirkender Mann klaubte ein Paar Gummistiefel vom Boden und zog sie an. Unruhig schaute Schlem in Richtung des Hundes, der weiter in seine Richtung kläffte. Der Dicke schien nichts zu bemerken. Er trug nichts außer einer schwarzen Hose und einem dicken Pullover. Schlem fror bereits beim Hinsehen. Der Mann pfiff auf zwei Fingern und augenblicklich verstummte der Hund. Der Mann ging ohne nach links und rechts zu gucken quer über den Hof. Ab und zu schaute er auf den Boden, als suche er etwas. Kurz darauf verschwand er im Stall auf der gegenüber liegenden Seite des Wohnhauses. Die Rolltür fiel hinter ihm ins Schloss und Schlem atmete erleichtert auf. Was jetzt? Wer war der Typ? Und was hatten die beiden Kommissare hier gewollt? Zeugenbefragung? Oder war der Dicke ein Verdächtiger?

Er verlagerte sein Gewicht auf das linke Bein und zog vorsichtig am Tor. Ohne ein Quietschen und Knarren gab es nach. Der Hund begann wieder zu bellen, und Schlem rechnete jeden Augenblick damit, dass das Rolltor des

Stalls zur Seite geschoben wurde und der Dicke ihn entdeckte. Aber das Tor blieb verschlossen. Schlem trat einen Schritt vor. Wenn der Bauer jetzt herauskam, würde er einfach die Geschichte vom recherchierenden Journalisten erzählen. Himmel, das war ja sogar die Wahrheit! Schlem lächelte vor sich hin. Plötzlich fiel ihm der Bulle wieder ein. Den hatte er ganz vergessen. Natürlich, der musste ja auch noch hier irgendwo rumstreunen! In dem Moment legte sich eine schwere Hand auf seine Schulter.

»Was wollen Sie hier?«, hörte er eine Stimme hinter sich. Der Klang dieser Stimme war fast freundlich, zumindest nicht aggressiv oder bedrohlich, so dass Schlem es wagte, sich umzudrehen. Der Mann, der eben im Stall verschwunden war, stand jetzt schräg hinter ihm.

»Und, wo sind die anderen?«

»Wie, die anderen?« Schlem runzelte die Stirn. Der Mann roch nicht nur streng, er schien auch geistig verwirrt zu sein. Schlem schaute ein wenig angstvoll in die funkelnden Augen des Mannes.

»Da sind noch mehr Spuren. Außer Ihren. Da waren noch mehr hier auf meinem Hof. Wo sind die?«

Schlem sagte nichts. Er war einfach verblüfft. Und verängstigt. Und verärgert. Er verstand nicht, was dieser kleine, dicke Mann eigentlich von ihm wollte. Wen meinte er mit ›die anderen‹? Die beiden blöden Bullen, oder wen?

»Hören Sie ...« Schlems Stimme versagte, »Hören Sie, ich habe keine Ahnung, wovon Sie reden. Ich bin hier einfach vorbei gekommen, und ein Hund bellte und ...«

»Quatsch!« Alburg drückte seine Hand tiefer in Schlems Schulter. »Erzählen Sie das sonst wem. Sie sind hier nicht so einfach vorbei gekommen. Nicht bei diesem Wetter! Wir haben einen Meter Schnee, und Sie latschen hier mit Ihren Sommerschühchen lang.« Er schaute auf Schlems Halbschuhe, die mittlerweile völlig durchweicht waren.

Alburg kniff drohend die Augen zusammen. Schlem empfand diesen Anblick als schlechtes Zeichen. Oh ja! Dieser Bauer machte ganz den Eindruck, als könne er ziemlich gut austeilen. Bereits jetzt tat Schlem die Schulter weh. Fast wünschte er sich die beiden Kommissare herbei.

Nein, er wünschte es sich nicht fast, er wünschte es sich sehnlichst! Himmel, wo waren diese Idioten?

»Hören Sie«, begann Schlem erneut. Er hob die Hände wie ein Politiker, um den Mann zu beschwichtigen. »Ich bin Journalist, und ich untersuche die Todesfälle hier bei Ihnen im Dorf. Deswegen ... «

»Seit wann untersuchen Journalisten Todesfälle?« Alburg betrachtete Schlem misstrauisch. »Ich war gestern im Dorf bei der Versammlung. Und Sie hab ich da nicht gesehen. Nur zwei Kommissare.« Er legte den Kopf schräg: »Also, was machen Sie hier auf meinem Hof?«, fragte er drohend.

Schlem begann zu schwitzen. »Herrje, was soll ich Ihnen sagen, das ist die Wahrheit. Ich recherchiere hier, vielleicht kennen Sie das Wort aus dem Fernsehen. Die beiden Kommissare waren eben hier«, wollte Schlem noch sagen, aber dazu kam er nicht mehr. Wie aus dem Nichts schoss Alburgs rechte Faust auf sein Gesicht zu. Genauer gesagt auf seine Nase. Schlem sah sie Sekundenbruchteile kommen, konnte aber nicht ausweichen. Er war einfach zu überrascht. Noch nie, niemals hatte es jemand gewagt, ihn zu schlagen. »Oh mein Gott«, dachte Schlem noch, dann hörte er sein Nasenbein knirschen. Er sank zu Boden.

Alburg stellte sich schwer atmend über ihn: »Zum letzten Mal: Wo sind die anderen?«

Schlem konnte kaum etwas sehen. Tränen schossen in seine Augen. Blind versuchte er mit den Händen Schnee zu sammeln. Nein, keinen Nasenbeinbruch, bitte keinen Nasenbeinbruch!

Zitternd drückte er Schnee auf das zertrümmerte Etwas in seinem Gesicht.

Alburg wartete ungefähr zwanzig Sekunden, ob Schlem noch etwas sagen wollte. Das war nicht der Fall. Also fasste er ihn am Kragen seiner Jacke und zog ihn durch das Tor auf den Hof. Das war relativ einfach, denn der Stoff von Schlems Jacke und Hose galt als sehr abriebarm, was er hier unter Beweis stellte, der neueste Schrei.

Der Husky bellte nicht mehr, er betrachtete jetzt interessiert die beiden Männer.

Schlem war derart mit sich selbst und seiner Nase beschäftigt, dass er gar nicht mit bekam, was mit ihm geschah. Er versuchte sich aufzurichten, Halt zu finden, aber der Bauer achtete gar nicht auf seine kläglichen Bemühungen, wieder auf die Beine zu kommen.

Scheinbar ohne jegliche Anstrengung zerrte er den Journalisten in den Kuhstall. In einer Ecke der Milchküche, zwischen zwei Dutzend Milchkannen und mehreren Pappkartons ließ er Schlem einfach liegen.

»So, mein Freund, dann seh ich eben selbst nach. Und wenn ich wiederkomme, dann könnt ihr was erleben, das kann ich dir versprechen. Hier rum zu schnüffeln. Und versuch ja nicht, raus zu kommen. Ich setz dir den Hund vor die Tür.«

Er knallte die Tür hinter sich zu. Schlem hörte einen Schlüssel im Schloss drehen. Nun konnte er sich ganz seiner blutigen Nase widmen.

Wenn Tom und Ben um die Verletzung von Schlem gewusst hätten, es hätte ihnen ohne große Anstrengung ein breites Lächeln auf ihr Gesicht gezaubert. Doch leider ahnten sie nichts von der Auseinandersetzung der beiden Männer rund vierhundert Meter entfernt.

Zusammen mit Tom stand Ben vor ›Haus im Park‹. Der Wind hatte zugenommen, und hier auf der Bergspitze schüttelte er die Kommissare ordentlich durch. Beide waren unschlüssig, was zu tun war. Tom hatte vorgeschlagen, getrennt den verschiedenen Spuren im Schnee nachzugehen, Ben war dagegen.

»Wir haben hier keine Telefone, wir haben gar nichts, wenn wir uns verlieren. Und wenn was passiert, ist es besser, wenn wir zusammen eingreifen können«.

Das stimmte zwar, war aber nur die halbe Wahrheit. Ebenso wichtig war es Ben, nicht alleine Gefahr zu laufen, wieder diesem Ochsen, diesem Bullen oder was auch immer, zu begegnen. Diesem Vieh, das ihn gestern Abend beinahe umgebracht hatte und das ihnen anscheinend immer am Hintern klebte.

Tom nickte nur. Beide starrten auf die Fußspuren, die Richtung Alburghof führten.

»Gehören auf jeden Fall nicht dem Bauern.«

»Warum?« Ben rieb sich die Augen. Dieser verdammte Schnee. Er hatte das Gefühl, blind zu werden.

»Weil das hier Profile von Halbschuhen sind. Guck doch mal!« Tom bückte sich, »das sind Sommerschuhe oder so was. Die haben gar kein richtiges Profil. Und kein Mensch, der hier lebt, geht mit Sommerschuhen spazieren. Und außerdem«, fuhr Tom fort und zeigte auf das leer stehende Haus, »was will der Alburg da in der Ruine?«

»Uns beobachten, was sonst?« Ben begann leicht zu zittern, sein verschwitzter Pullover ließ immer mehr Kälte durch. Der Wind pfiff durch die eingeschlagenen Fensterscheiben des alten Hauses und verursachte einen unangenehmen, fast gespenstischen Ton. Die dunklen Fenster wirkten wie Augen, die sie beobachteten. Ben wollte weg hier, wieder zurück ins Dorf.

»Quatsch. Wenn der uns erwartet und uns beobachten will, dann macht er das bei sich auf dem Hof. Da, wo er sich auskennt. Keiner begibt sich auf fremdes Terrain, wenn er meint, dass die Bullen hinter ihm her sind.«

Ben war anderer Ansicht, sagte aber nichts. Der Bauer kannte sich hier wahrscheinlich überall aus.

Tom schaute in Richtung Alburghof. »Okay, wenn du ins Dorf zurück willst, dann lass uns gehen. Das sind nicht seine Spuren. Keine Ahnung, wo der ist.«

Ben zog den Reißverschluss seiner Jacke bis oben.

»Tom, wenn du der Mörder wärst, und du würdest dich hier auskennen, dann wärst du doch längst weg, oder? Keine Minute würdest du länger hier bleiben, wenn du wüsstest, dass wir im Dorf wären.«

Tom schaute Ben an. »Du meinst, der ist schon weg?«

»Ja klar, was denn sonst? Es sei denn …« Ben zögerte.

»Was denn?«

»Es sei denn, tja, er hat noch was zu erledigen.«

Tom verzog das Gesicht. »Himmel nein! Lass uns zurückgehen. Obwohl wir sicher mal wieder zwei Stunden zu spät dran sind, wenn du Recht hast.«

Ben lächelte resignierend: »Auch gut. Dann kommen wir ja vielleicht noch rechtzeitig zum übernächsten Mord.«

Kapitel neunundzwanzig

Beutetiere flüchten bei Gefahr. Sie laufen weg, sie fliegen weg, sie verkriechen sich. Nur manchmal verhalten sie sich unerwartet. Damit verblüffen sie ab und zu derart ihre Feinde, dass die von der neuen Situation überfordert sind und von ihnen ablassen.

Nehmen wir die Gazelle, die in großen, weiten Sprüngen vor dem jungen Geparden flüchtet, aber spürt, dass das Raubtier ihr gleich die Läufe weg schlagen wird, um Sekunden später seine Zähne in ihre Kehle zu schlagen. Sie hört seine Tatzen über den Sandboden jagen, spürt schon seinen Atem, und was macht sie? Sie dreht sich um und stoppt! Bleibt einfach stehen. Der junge Gepard ist sofort bei ihr, doch er ist über die jetzt vollkommen widerstandslose Beute derart verblüfft, dass er es mit der Wucht seiner Geschwindigkeit versäumt, die Gazelle sofort zu Boden zu werfen. Verblüfft steht er ihr gegenüber, schwer hechelnd, eine wunderschöne Tötungsmaschine, doch den Moment, seine Jagd abzuschließen, hat er verpasst. Aus dem Stand heraus schafft er es noch nicht, die Beute zu schlagen, anzuspringen, zu ersticken oder ihr den Hals zu brechen. Er beschnuppert das wehrlose Tier ein paar Sekunden und zieht dann ab.

Rainer Jonker ähnelte zurzeit ein wenig dieser Gazelle, er stellte sich der Gefahr. Die Türen ins Haus standen zwar nicht sperrangelweit offen, doch er hielt sie auch nicht verriegelt. Obwohl die Sonne langsam unterging, und das Dorf erneut im kalten und immer dunkler werdenden Klammergriff des Dezembers lag. Die Eiskristalle glitzerten in den gelblich schimmernden Außenlampen der Häuser, die Luft war klar und trocken.

Angst vor einem nahenden Tod fühlte Rainer Jonker nicht. Das wusste er jetzt, denn auch vor einer halben Stunde war er ganz ruhig geblieben. Er hatte in der Küche auf der Eckbank gesessen und sein Brot gegessen. Lustlos eigentlich, ohne Appetit, einfach aus Langeweile oder Gewohnheit. Die Kühe hatten noch ruhig im Stall gestanden, erst später hatte er rüber zum Melken gehen wollen. Auf dem alten, fleckigen Herd war Wasser für Pfefferminztee aufgebrüht. Er hatte daran genippt und hinter sich am Fenster ein Geräusch gehört. Ein Knirschen wie von Schuhen im verharschten Schnee. Rainer hatte dem Impuls widerstanden, sich umzudrehen.

Er hatte tief ausgeatmet und geradeaus geschaut. Sein Blick war auf einem Foto von ihm und seiner älteren Schwester hängen geblieben, beide irgendwo in einem Freizeitpark auf einer Rutsche. Im Nacken hatte er den Blick einer Gestalt von draußen gespürt, den Hass und die Wut. Doch er war ruhig sitzen geblieben, hatte dann auf seine Hände geschaut, auf seine Fingernägel und hatte gewartet.

Im nächsten Moment würde die Fensterscheibe bersten, und irgendetwas würde seinen Kopf treffen. Eine Kugel vielleicht oder etwas anderes, aber auch das war ihm seltsam egal gewesen. Er hatte an gar nichts gedacht, einfach nur gewartet. Doch es war nichts geschehen. Die Schritte im Schnee hatten sich leise vom Fenster entfernt. Rainer Jonker war langsam aufgestanden und in die Küche geschlurft, um sich ein Brot zu schmieren. Fast fühlte er sich ein wenig enttäuscht.

Ben spürte seine Füße kaum noch. Irgendwo in diesen verdammten Schuhen musste ein Loch sein. Er hätte sich die dicken Socken nicht anziehen sollen. Dadurch waren die Schuhe jetzt etwas zu klein und drückten. Er konnte sich ungefähr vorstellen, wie seine Füße gleich aussehen würden, ungefähr so ähnlich wie an jenem Abend, als er seiner Frau zuliebe mit zu einem Tanzabend gegangen war. Ben in geliehenem Smoking, Fliege und Lackschuhen in Größe 42. Es war die Hölle gewesen. Zu Beginn dieses denkwürdigen Abends hatte er nur Beklemmungen wegen dieser verfluchten Schleife um seinen Hals verspürt. Hätte er gewusst, dass er sich derart zum gelackten Affen machen musste, nur um seiner Frau einmal eine Freude zu machen, er hätte sich lieber am Nachmittag vorher freiwillig das Bein gebrochen. Nun gut, die Fliege war nicht allzu lange sein einziges Problem geblieben. Im Verlauf der Veranstaltung, ungefähr nach zwei Minuten, begannen diese rutschigen schwarzen Dinger an seinen Füßen zu drücken. Immer mehr. Erst an den kleinen Zehen, wenig später auch an den großen. Es war ein Prickeln, fast, als seien seine Füße eingeschlafen.

Nach einer halben Stunde dachte er bereits, mit den Füßen in einer Schraubzwinge zu stecken. Als seine Frau ihn zum Tanzen nötigte, (sie hatte tatsächlich gesagt: »Ben, das ist doch unser Lied! Komm schon!«), hatte er die Dinger natürlich längst unter dem Tisch abgestreift. Es dauerte eine gefühlte Unendlichkeit, bis er wieder einsatzbereit war. Das Lied, er kannte es nicht einmal, war natürlich in der Zwischenzeit längst vorbei und seine Frau eingeschnappt.

Damals gab es im Gegensatz zu heute allerdings den Vorteil, dass es nicht so himmelschreiend kalt gewesen war.

Ben überlegte, ob er sich auch heute noch für seine Frau in zu enge Schuhe quetschen würde, nur, um ihr mal wieder einen Gefallen zu tun. Er wusste es nicht. Das war ein ehrliches Eingeständnis, dachte er, als er mit Tom ins Dorf einbog. Er wusste es einfach nicht. Man musste es wahrscheinlich darauf ankommen lassen, um zu sehen, was eine Ehe nach vielen Jahren noch wert war.

Aus den Augenwinkeln sah Ben, dass sich an einem der Fenster von Bert Rumpers Haus eine Gardine bewegte. Ben schaute rüber und winkte wütend. »Verdammter Dörfler!«

»Gleich sind wir da, Ben, komm. Wir müssen diesen Alburg finden. Reg dich also nicht auf wegen irgendwelcher Idioten, wir haben echt anderes zu tun!«

»Ja ja, schon gut.« Ben humpelte weiter. Er warf einen Blick auf das Jonkerhaus. In einem der vorderen Zimmer brannte Licht.

»Sollen wir da noch kurz vorbei gehen?«

»Und fragen, ob er noch lebt, oder was?« Tom blieb stehen.

»Ist das so witzig? Immerhin steht der Bursche ja wohl ganz oben auf der Liste, wenn wir mit unserer Vermutung richtig liegen.« Ben wollte tatsächlich nach Jonker sehen, aber mindestens genau so wichtig war ihm, irgendwo einen Augenblick zu sitzen, sich die Schuhe auszuziehen, seine Füße zu wärmen und am besten noch irgendetwas Heißes zu trinken zu bekommen. Oder etwas zu essen. Aber Hauptsache, er konnte diese Schuhe loswerden.

»Okay, klopfen wir.«

Rainer Jonker öffnete die Tür. Er wirkte ungewaschen und nicht mehr ganz nüchtern. »Was wollen Sie denn schon wieder? Brauch ich ne Amme oder was?«

»Haben Sie den Bauern Alburg heute gesehen?« Tom wollte schauen, wie Jonker reagierte, wenn er ihn ganz unvorbereitet mit seinem Verdacht konfrontierte. Aber über das Gesicht von Rainer Jonker huschte nur ein leichtes Lächeln. Er hatte verstanden.

»Ne, keine Ahnung, der war wohl gestern auch bei der Versammlung, glaub ich. Aber danach ist er mir nicht mehr über den Weg gelaufen.« Es entstand eine kleine Pause, dann fragte Rainer: »Warum suchen Sie den?«

Ben drängte sich an Tom vorbei: »Herr Jonker, tut mir leid, aber wir stellen hier die Fragen. Und bislang sind Sie uns bei den Antworten noch keine besonders große Hilfe gewesen. Also: Haben Sie den Alburg heute gesehen oder nicht?«

Rainer Jonker schüttelte den Kopf. »Keine Ahnung, wo der steckt. Ich hab ihnen doch gesagt, dass wir mit den Leuten hier im Dorf nichts zu tun haben.«

»Das war 's schon«, Tom tippte sich an die Stirn. »War doch gar nicht so schwer, oder?«

Rainer Jonker grinste die beiden Kommissare an, dann schloss er die Tür.

Ben fluchte leise. Er musste noch ein paar weitere Minuten in diesen Schuhen ertragen.

Genauer gesagt waren es vier Minuten. Dann standen beide Kommissare vor der ramponierten Tür des ›Forellengrunds‹.

Tom zog an der ausgeleierten Klinke, die fast aus dem Scharnier fiel. Ein Schwall warmer, abgestandener und mit Essen getränkter Luft kitzelte in ihren Nasen. Ben bekam trotzdem fast augenblicklich wieder Hunger. Er schaute rechts Richtung Tresen und sah nicht, wie Tom vor ihm plötzlich stehen geblieben war. Er stolperte gegen ihn.

»Was 'n los?«, fragte Ben. Über Toms Schulter sah er es: Am Tisch hinten links saß Alburg. Der Bauer war dabei, kleine Brötchenstücke zu zerreißen und tunkte sie in eine dampfende Suppenterrine, die vor ihm stand. Daneben ein halbvolles großes Bier. Alburg schaute auf, erkannte die beiden und seine Gesichtszüge verhärteten sich. Mit zwei, drei Schritten waren Ben und Tom bei ihm.

»Sie kommen uns gerade recht, Freundchen!«, zischte Ben.

Alburg schien irritiert und ließ sich in seinen Stuhl zurückfallen, dass es knarrte.

»Schon gut, schon gut, was 'n los? Ich hab Sie auch schon gesucht.« Abwechselnd schaute Alburg die beiden an. Ben zog sich einen Stuhl vom Nebentisch ran, Tom rückte von der anderen Seite neben Alburg.

»Sie haben uns gesucht, Sie scheinheiliges Arschloch?!« Ben spuckte die Worte aus. Wolfgang Loose hinter dem Tresen schaute ungeniert zu ihnen rüber. Auch die Skatrunde in der rechten Ecke bei den Toiletten hatte ihre Karten hingelegt und verfolgte aufmerksam das Gespräch der drei. Es war still, nur die Musikbox dudelte weiter irgendein Stück.

Tom versuchte ruhig zu bleiben. Zuerst schaute er Ben beschwichtigend an, dann wandte er sich an den Bauern: »Herr Alburg, wir suchen Sie den ganzen Tag, wir waren sogar auf Ihrem Hof heute Nachmittag, wo waren Sie?«

Ben konnte nicht mehr an sich halten, vielleicht auch, weil seine Zehen immer noch weiter schmerzten, obwohl er mittlerweile die Schuhe unter dem Tisch ausgezogen hatte. »Und wo waren Sie gestern Abend um zehn? Und wenn wir schon dabei sind: Wo waren Sie gestern Morgen?« Die letzten Worte brüllte Ben fast. Tom versuchte ihm durch Nicken zu verstehen zu geben, dass er ruhig bleiben sollte.

Alburg schaute die beiden Kommissare verdutzt an. »Sie glauben, ich hab was mit den Morden hier im Dorf zu tun?« Er versuchte zu lachen. »Ha, Sie spinnen ja schön! Was soll der Quatsch?« Er griff nach seinem Bierglas. Im selben Moment drückte Ben den Arm des Mannes so heftig runter, dass das Bier überschwappte und eine kleine schaumige Pfütze auf der Tischplatte hinterließ.

»He, he, jetzt langt 's aber. Was wollen Sie von mir?«

Ben beugte sich näher an Alburg. »Ich weiß, Sie haben ein hartes Schicksal gehabt mit Ihrer Tochter, aber Selbstjustiz ist das Beschissenste, was es gibt«, fauchte er jetzt etwas leiser.

»Mensch, Ben!«

Der Bauer nickte langsam mit dem Kopf. Dann lehnte er sich wieder zurück. Plötzlich schien er ganz ruhig. »Da läuft der Hase also lang. Sie haben von irgendeinem Schandmaul hier was über meine Tochter erfahren, stimmt 's?«

Tom schaute den Mann direkt an: »Wir wissen, dass Sie Ihre Tochter verloren haben. Wir wissen, dass sie Selbstmord begangen hat. Und wir vermuten, dass sie ein paar Wochen vorher vergewaltigt wurde. Wir vermuten, dass es sich bei den Tätern um Gerd Gruhse, Max Händell und Rainer Jonker handelt.«

»Und Sie glauben, dass ich dieses Pack wegen ... wegen meiner Tochter umgebracht hab? Gerächt hab, sozusagen? Sie sind ja nicht ganz sauber.«

Ben und Tom beobachteten den Bauern.

»Also ist es so gewesen?« Ben wurde wieder ungeduldig. »Los, ist was dran an unserer Vermutung?«

Alburg machte eine lange Pause. »Und ja, Sie haben ja irgendwie Recht: Ich hatte einen Plan. Ach Quatsch, nicht einen, ich hatte viele Pläne. Wissen Sie, ich hab mir viel überlegt. Ich überlege immer noch, was ich mit diesen Schweinen machen würde, wenn sie nicht schon tot wären.« Er lächelte. »Zumindest zwei von ihnen.«

»Warum sind Sie nicht zur Polizei gegangen, wenn Sie wussten, was Ihrer Tochter passiert war und wer dafür verantwortlich ist?«, fragte Tom.

Alburg grunzte verächtlich: »Zur Polizei? Und was passiert dann? Dieser dreckige Abschaum wird vor Gericht gestellt. Und? Dann kriegen die höchstens sechs, sieben Jahre Jugendstrafe. Wegen schwieriger Kindheit und so. Hauptsache, sie gehen in Therapie, und ich muss noch dafür bezahlen. Vergessen Sie 's.« Er macht eine Pause, und Ben und Tom schauten sich kurz an.

»Wissen Sie, diese Schweine wollte ich persönlich haben. Jeden einzelnen von ihnen. Wenn ich die letzten Monate an irgendwas gedacht habe, dann nur daran, dieses Pack umzubringen. So wie sie meine Tochter umgebracht haben.«

Alburg kämpfte um seine Fassung und fuhr sich mit einer Hand über den Kopf. Seine Augen spiegelten eine Mischung aus Hass und Trauer wider. »Und wenn 's das Letzte gewesen wäre, was ich gemacht hätte. Das können Sie mir glauben.«

»Und jetzt ist Ihnen einer zuvor gekommen!« Toms

Der Bauer nickte langsam: »Jetzt ist mir einer zuvor gekommen, genau.«

Er lachte tonlos. »Und wissen Sie was? Ob Sie 's glauben oder nicht: Das gefällt mir ganz und gar nicht.«

»Sie tun mir fast leid.«, sagte Ben.

»Mir ist ganz egal, was Ihnen leid tut oder nicht. Zwei von diesen Dreckschweinen sind tot. Wahrscheinlich stecken die noch in anderen Sauereien, und ich bin nicht der einzige, der diesem Abschaum die Hölle gewünscht hat. Nur leider ist mir einer zuvor gekommen, da haben Sie wohl recht.« Wieder langte er nach seinem Bierglas, und diesmal fiel ihm Ben nicht in den Arm.

»Und wissen Sie, warum sie sich meine Tochter ausgesucht haben?«

Beide Kommissare schüttelten den Kopf.

»Weil diese Bettina Drees scharf auf mich war. Dieses Früchtchen! Der Gerd Gruhse war hinter ihr her. Das wussten alle. Aber ran gemacht hat sie sich an mich. Und«, er starrte auf sein Bier, »meine Ehe lief nicht mehr so gut, und an dem Abend, auf dem Fest hier, da hat sie mich scharf gemacht. Und, und ich bin drauf eingestiegen, ich Vollidiot. Am nächsten Morgen ist der kleine Wichser dann zu mir gekommen, und meinte, dass er mir das heimzahlen würde. Ich hab mich vor ihn hin gestellt und gesagt, wenn er was will, muss er 's nur sagen. Aber er hat nur den Schwanz eingezogen und meinte nur, dass das nicht genug wehtun würde. Und dann«, Alburg machte eine Pause, »dann haben sie sich an Anja vergriffen. Können Sie sich das vorstellen?« Er schüttelte langsam den Kopf, »Wie böse muss man sein, um so etwas tun zu können?« Er wischte sich über die Augen.

»Wissen Sie«, er machte eine Pause, »ich war immer gegen die Todesstrafe. Immer! Solange ich denken kann. Bis zu dem Tag, als ich das Tagebuch meiner Tochter gefunden habe. Da hat sie noch gelebt. Ich hab mir einfach Sorgen gemacht. Sie hatte sich so verändert das letzte Jahr. Und wir wussten nicht, was wir machen sollten, meine Frau und ich. Und eine Woche später ist sie tot, die Anja. Und das Tagebuch ist auch weg.« Er schaute die beiden Kommissare abwechselnd an: »Wissen Sie, das ist alles nur Theorie. Ob Sie für oder gegen etwas sind, das können Sie immer erst dann sagen, wenn Sie persönlich betroffen sind.«

Alburg war ganz sachlich geworden. Langsam drehte er sein Bierglas auf dem Tisch. »Wissen Sie, ich bin nur ein kleiner, dummer Bauer, aber ich meine, so ist es doch mit der Todesstrafe. Normalerweise betrifft es Sie nicht. Wer denkt daran, dass jemand mit so etwas Furchtbarem in Ihr Leben einbrechen könnte? Das passiert nur den anderen, denen, die weit weg sind, die man nicht kennt. Oder die unvorsichtig gewesen sind. Aber wenn dir selbst so etwas passiert, ich sag Ihnen, dann stellen Sie sich die Frage nach Foltern und Todesstrafe ganz neu. Als meine Tochter gestorben ist, da hat sich für mich die Frage nach der Todesstrafe ganz neu gestellt.«

Der Bauer schaute den Kommissaren kurz in die Augen, »Ich weiß nicht, ob Sie Kinder haben. Aber wenn ja, dann sag ich Ihnen eins: Wenn Ihr Kind misshandelt oder ermordet wird, dann sag ich Ihnen, dass sich Ihre ganze Welt ändert. Meine Meinung ist: Wenn Sie Ihr Kind nicht rächen wollen, wenn Sie die Mörder, wer immer es auch ist, ungeschoren davon kommen lassen wollen, vielleicht mit ein paar Jahren Gefängnis, und danach spazieren die wieder raus und genießen ihr Leben, aber Ihr Kind ist immer noch tot, dann sag ich Ihnen, dann stimmt irgendwas nicht mit Ihnen.«

Ben rieb sich die Nase. Er sagte nichts. Vor allem, weil er ähnlich dachte. Inoffiziell. Er glaubte, dass Rache in solch extremen Fällen fast etwas Notwendiges war.

»Und jetzt, meine Herren, können Sie mich meinetwegen festnehmen. Sorgen Sie nur dafür, dass meine Tiere versorgt sind. Wenn Sie denken, ich hab diese Brut umgebracht, dann bitte. Ich wollte es tun, ich hätte es getan, aber ... ich war 's nicht.« Er legte beide Hände auf den Tisch, so als erwartete er, dass Ben oder Tom ihm Handschellen anlegen würden.

»Mit wem hatte Ihre Tochter hier im Dorf Kontakt?« Tom spürte einen Stich im Rücken und setzte sich gerade. Er betrachtete die Finger von Alburg, die schmutzig waren und dick und rissig.

»Mit wem? Na, mit allen. Sind ja nur ein paar in ihrem Alter. Mit denen sie in den Konfirmandenunterricht gegangen ist, zum Beispiel. Oder zwei, nein, drei aus dem Dorf sind auch auf ihrer Schule. Da müssten Sie meine Frau fragen, aber die«, er seufzte, »ist wieder mal im Krankenhaus.«

Ben fixierte Alburg. »Gab es denn niemanden, der Ihrer Tochter etwas näher stand. Die häufiger mal bei Ihnen auf dem Hof war, oder mit der sie Schulaufgaben gemacht hat? Ein Mädchen oder vielleicht auch ein Junge?«

Alburg schüttelte den Kopf. »Nein, ich wüsste jetzt keinen.«

Ben schaute zu Wolfgang Loose, der damit begann, bauchige Gläser in ein Regal hinter sich zu stellen. Auch die Skatrunde hatte sich wieder aufs Trinken und Karten spielen verlegt.

»Sie können gehen!« Tom lehnte sich zurück.

»Einen Moment noch.«, sagte Ben plötzlich. »Hat Ihre Tochter geschrieben?«

»Wie meinen Sie das: geschrieben?«

»Na, Geschichten oder vielleicht Gedichte oder so. Halt Privates, was ihr so einfiel. Außer dem Tagebuch. Irgendwas, worin sie vielleicht Gedanken versteckt hat.«

»Gedanken versteckt?« Alburg schaute Tom fragend an.

»Na, also, wo sie das, was sie erlebt hat, in Geschichten verpackt hat. Also in solche, die mit ihr nichts zu tun zu haben scheinen, wenn man es nicht weiß.« Himmel, hörte sich das geschraubt an.

Alburg schüttelte den Kopf. »Nein, also, wir, meine Frau und ich, wir haben nach ihrem Tod natürlich alles durchgeschaut, ich zuerst, aber wir haben nichts sonst gefunden. Sogar das Tagebuch war dann weg, hab ich Ihnen ja gesagt.«

Ben spürte, wie seine Füße langsam wieder etwas wärmer wurden, sie fühlten sich an, als steche jemand mit Tausenden von Nadeln auf sie ein. »Wusste Ihre Frau von dem Tagebuch?«

»Nein, ich, ich hab 's ihr dann auch nicht mehr gesagt.«

Tom sah, wie der Bauer die Fäuste ballte. »Wie konnten Sie so lange hier noch leben?«

Der Bauer zuckte die Achseln. »Das war kein Leben mehr. Aber ... ich weiß nicht.«

Als er Toms Gesichtausdruck sah, lächelte er schwach und fügte hinzu: »Ich weiß, das hört sich alles sehr überlegt an. Aber glauben Sie mir: Ich war oft kurz davor, einfach meine Flinte zu holen und das Dreckspack abzuknallen. Aber, ich weiß nicht«, er zögerte, »meine Frau war da und unser Hof, und die erste Zeit war ich einfach betäubt, ich ... ach, ich weiß es auch nicht.«

Dann nickte er leicht und schob sich an Ben vorbei zum Tresen. Kurz darauf kam er noch einmal zurück: »Ich kann

Ihnen leider kein Glück wünschen. Ich meine, dass Sie den Mörder finden. Lassen Sie den mal seine Arbeit machen. Einer muss nämlich noch kriegen, was er verdient.«

Tom ging nicht darauf ein: »Schauen Sie bitte noch einmal nach dem Tagebuch Ihrer Tochter. Das ist wichtig, hören Sie?«

»Mach ich!« Alburg legte einen Geldschein auf den Tisch, tippte zum Gruß kurz mit dem Zeigefinger an die Schläfe und schlurfte grußlos hinaus in die Kälte.

»Wär auch zu einfach gewesen!«, sagte Ben, als Alburg die Tür von außen wieder halbwegs ins Schloss schob.

»Was meinst du?«

»Na, der Alburg unser Mann. Der war 's nicht.«

»Wissen wir noch nicht, Ben, wissen wir noch nicht. Erzählen kann er viel. Wir brauchen jetzt erst mal das Tagebuch. Und den Jungen oder das Mädchen, das am meisten mit Anja zu tun hatte. Die beste Freundin oder was weiß ich, der erste Freund.«

Ben nickte. »Fragen wir am besten mal hier bei der Dorfzeitung nach!«

Er winkte dem Wirt. Wolfgang Loose eilte sofort herbei. Er hatte die beiden ja ohnehin fast die ganze Zeit mit einem Auge im Blick gehabt.

»Was darf 's denn sein, die Herren?« Beflissen und diensteifrig strich er sich mit beiden Händen über den Bauch.

Ben lehnte sich zurück. »Zuerst hätt ich gern noch eins von Ihren Bierchen. Oder zwei.« Er schaute zu Tom, »für meinen Kollegen hier auch. Und dann brauchen wir noch kurz Ihre Zeit. Paar Minuten nur.«

Wolfgang Looses Gesichtsausdruck verriet, dass er dem gerne sofort nachgekommen wäre, aber nicht konnte. »Können Sie damit noch einen kleinen Augenblick warten? Die drei dort drüben«, er deutete auf die Skatrunde, »haben grade angeboten, ihre Deckel zu zahlen.« Er lachte geziert. »Da kommen sicher sechs Monate zusammen. Wahrscheinlich weil bald Weihnachten ist. Und die Chance«, er breitete die Arme aus, »will ich mir nicht entgehen lassen. Sonst reißt mir meine Frau den Kopf ab.«

»Und das wollen wir doch nicht!«, sagte Tom.

»Wie bitte?« Loose beugte sich vor, als habe er nicht richtig verstanden.

»Ne, schon gut, ich hab nur laut gedacht.« Tom verdrehte die Augen. »Bis gleich dann.«

»Und die Bierchen nicht vergessen!«, rief ihm Ben hinterher.

»So, meine Herren, jetzt hab ich Zeit für Sie.« Mit einem tiefen Seufzer ließ sich Wolfgang Loose neben Tom fallen. Tom schnupperte und rutschte ganz langsam ein Stück zur Seite. Der Gastwirt roch ungesund und sauer.

»Herr Loose, wer hat hier im Dorf Kinder, die so, ja, sagen wir mal zwischen dreizehn, vierzehn und sechzehn Jahren sind?«

»Warum fragen Sie?«

»Wir wollen alles über das Dorf wissen!«

»Na ja«, Loose kratzte sich am Kopf, »da haben wir die beiden Rumperkinder, die sind, glaube ich«, er starrte zur Decke, »dreizehn und fünfzehn. Dann die zwei Pänz vom Klaus Massing, die Britta von Peyns unten und, ja, ich denke mal, die ist allerhöchstens fünfzehn, und von Börd das Mädchen. Martina oder Marina heißt die.«

»Mehr nicht?«, fragte Ben. Er hatte einen Zettel und einen Kuli aus seiner Jacke geholt und kritzelte alles in seiner eckigen Handschrift mit.

Der Wirt schüttelte den Kopf. »Die meisten anderen sind jünger. Bis zehn, sag ich mal. Und natürlich die Älteren. Wie, na ja, wie der Gerd Gruhse oder der Max und die anderen Jungs.«

»Und können Sie uns sagen, wo die hier wohnen? Die Hausnummern?«

»Ja die Rumpers sind ziemlich am Anfang hier von der Straße, das ist ›Am Birkenfeld 3‹. Massing ist weiter durch, neben Gruhse, das ist, warten Sie mal, das ist die 10, Peyn unten, das ist Fuchsstraße, auch das erste Haus, und Börd, das ist der Wolfsweg, da gibt es nur drei Häuser, das ist das auf der rechten Seite, müsste die 2 sein.« Ben nickte. »Schön, das wär 's schon.«

Enttäuscht blieb der Wirt sitzen. »Und, ja, äh, ich meine, das geht mich ja nichts an, aber«, er deutete ein verlegenes Lachen an, »aber wofür brauchen Sie das? Sind das Verdächtige, ich meine die Eltern? Ich dachte, der Alburg ...« Er ließ den Satz unbeendet.

Tom rutschte noch ein Stückchen nach rechts. Der Geruch des Gastwirtes wurde immer penetranter. Außerdem störte ihn die verkappte Kumpanei des Mannes, diese unausgesprochene Komplizenschaft.

»Herr Loose, wir ermitteln im Augenblick noch. Das heißt wir tragen Fakten zusammen, hören uns Meinungen an, beobachten oder hören einfach nur zu, und dann schauen wir, was sich für ein Bild ergibt. Okay?«

»Okay!« Loose stand auf. Ein bisschen beleidigt zwar, aber machtlos. Wenig später stellte er Ben und Tom die bestellten Getränke auf den Tisch. Wortlos. Dabei ahmte er, ohne es zu bemerken, mit einer Geste, seine Frau nach, wenn sie beleidigt war. Er reckte das Kinn nach vorne. Damit wollte er die beiden Städter spüren lassen, dass sie von nun an auf seine Hilfe verzichten mussten. »Recht geschieht ihnen«, dachte er trotzig.

Als Ben und Tom aufstanden und den ›Forellengrund‹ verließen, drehte er ihnen den Rücken zu. Aber die Kommissare bemerkten es nicht einmal.

Kapitel dreißig

Aggressionen, die nicht umgehend oder zumindest schnellstmöglich abgebaut werden können, zeigen bei Menschen vollkommen unterschiedliche Wirkung. Bei dem einen werden sie vergessen und fortgespült im täglichen Fluss der Gefühle, bei dem anderen fließen sie dagegen nicht hinweg, sondern spülen gegen eine Mauer. Sie stauen sich auf, werden höher, wachsen weiter, schäumen über und reißen im schlimmsten Fall vieles mit sich fort. Manchmal auch vieles Wertvolle.

Ben gehörte zur zweiten Kategorie. Zu seinen Eigenschaften zählte eben auch, dass er nachtragend war. Seine Empfindungen stauten sich auf. Ben vergaß nicht, wenn ihm übel mitgespielt oder er beleidigt worden war. Wie ein Dickhäuter, dem er aufgrund seiner Statur ja auch glich, speicherte er Gutes und Schlechtes in seinem Kopf und vergaß keine Gelegenheit, offene Rechnungen irgendwann zu begleichen.

Er war dabei keineswegs bösartig. Nur die Schwelle, bei der er sich gekränkt fühlte, lag deutlich niedriger als bei anderen Menschen. Als bei Tom zum Beispiel.

Und somit war für niemanden überraschend, was geschah, als die beiden Kommissare dann vor dem Holzhaus ›Am Birkenfeld 3‹ standen.

Fassungslos las Ben das tönerne Türschild. »Anklopfen, anmelden, antreten!« stand dort in Sütterlinschrift. Das militaristische Bild vervollständigte ein kleiner Blechsoldat, den man mit einem Nagel durch den Hals an die Hauswand geschlagen hatte.

»Der hat sicher Schluckbeschwerden!«, meinte Tom trocken.

Ben schaute seinen Kollegen an: »Tom, tu mir einen Gefallen und sag mir nicht, dass das hier dieser Idiot aus der Kneipe ist. Das Großmaul mit dem Scheitel.«

»Ganz ruhig, Ben, ja? Wir wollen ja nichts vom ihm, es geht um seine Töchter. Vielleicht ist er gar nicht da.« Insgeheim hoffte Tom das inständig.

Ben schnaubte. »Ja klar, wahrscheinlich ist er in der Oper!«

»Tu mir einfach den Gefallen und bleib ruhig, okay? Ich will hier keinen Streit, klar? Halt den Mund, ich mach das.«

Tom klopfte gegen die Butzenscheiben der Haustür. Im Haus war leise Weihnachtsmusik zu hören. Beide warteten. Jemand sang laut und völlig falsch ›Süßer die Glocken nie klingen‹.

Plötzlich wurde die Musik lauter und ein Lichtschein erleuchtete den Flur. Einen Augenblick später öffnete sich schwungvoll die Haustür.

»Ach, schau einer an, die Herren Kriminaler!« Auf Rumpers Gesicht war das für ihn typische höhnische Grinsen zu sehen. Ben spürte fast schmerzhaft, wie ihm das Adrenalin in den Körper schoss. Ganz leise versuchte er, tief durch zu atmen.

»N' Abend!«, sagte Tom, so freundlich es ging. »Wir möchten uns gerne mit Ihren Töchtern unterhalten.«

Rumper verlagerte sein Gewicht auf ein Bein und stützte sich an den Türrahmen. Seine gesamte Gestik und Mimik drückte Verachtung und Überlegenheit aus.

»Kommen nicht weiter in Ihrem Fall, was? Was wollen Sie denn von meinen Töchtern?«

»Wie Sie sicher wissen, sind hier im Dorf ...«

»Klar weiß ich das, so groß ist dieser Puff hier auch wieder nicht.«, unterbrach Rumper und legte einen Finger an den Mund als müsse er nachdenken, »aber ist es nicht so, dass Sie dafür eine Erlaubnis von den Eltern brauchen? Meine Töchter sind beide noch nicht sechzehn, wissen Sie? Und wenn ich richtig informiert bin, entscheide immer noch ich, ob Sie mit meinen Kindern reden.« Er machte eine kurze Pause: »Richtig?«

»Das ist prinzipiell richtig, Herr Rumper«, sagte Tom, »aber ...«

»Was heißt prinzipiell? Ich denke mal, das heißt, Sie legen das so aus, wie Sie das gerne hätten. Aber ich kann

Ihnen sagen, dass es das prinzipiell heute Abend nicht gibt. Und morgen auch nicht! Mit wem meine Töchter sprechen, mit wem sie ausgehen, welche Freunde sie haben, welche Fächer sie in der Schule wählen, das bestimmen ich und meine Frau, klar? Noch sind die beiden nicht volljährig, und so lange ...«

Ben explodierte. Das tiefe Durchatmen hatte ungefähr fünf Sekunden geholfen, dann stieg ihm unaufhaltsam die Galle hoch. Er spürte den metallenen Geschmack im Mund, kurz bevor er sich Luft machen musste.

»Jetzt halten Sie mal den Mund, Sie Klugscheißer! Wenn Sie Ihre Töchter drangsalieren, bis sie achtzehn sind, dagegen können wir nichts ausrichten, aber wenn Sie hier unsere Ermittlungen behindern, mein Freund, dann fahre ich mit Ihnen Schlitten, das sag ich Ihnen.«

Rumper schüttelte sich vor Lachen. »Das will ich mal hoffen«, gluckste er, »da machen Sie dann ja vielleicht ne bessere Figur als auf den Skiern, was?«

Plötzlich wurde Ben ruhig. Von einem auf den anderen Augenblick. Tom kannte diesen Moment. Ben prüfte jetzt sein Gegenüber, suchte den wunden Punkt, um ihn so lange zu provozieren, bis der ihm den Gefallen tat, etwas Unüberlegtes zu sagen oder zu tun.

Tom wollte am liebsten eingreifen, wusste aber, dass Ben damit sein Gesicht vor Rumper verlieren würde.

»Ich weiß, dass Sie nichts in der Birne haben, Sie Null!«, sagte Ben leise. »Und wahrscheinlich nicht nur da.« Ben sprach jetzt ganz langsam: »Also, wenn 's recht ist: Wir würden Ihre Töchter jetzt gern sprechen, wenn 's denn tatsächlich Ihre sind.«

Wie zu erwarten, gefror Rumpers Grinsen. Mit einem Schnauben riss er die Tür vollends auf und stürzte sich auf Ben. Aber genau darauf hatte Ben natürlich nur gewartet. Fast gemächlich trat er zur Seite, ließ Rumper ins Leere laufen und versetzte ihm mit der rechten Faust einen Hieb in die Magengrube.

»Und das alles zu ›Süßer die Glocken nie klingen‹!«, dachte Tom kurz.

Rumper, der zu all seinem Unglück und seiner Selbstüberschätzung auch noch auf dem Eis vor der Haustür den Halt verloren hatte und ohnehin weggerutscht wäre, klappte durch den Schlag wie ein Taschenmesser zusammen. Ein würgendes Geräusch kam aus seiner Kehle. Das Stückchen Lebkuchen, das er eben aus der Schale auf dem Wohnzimmertisch geklaubt hatte, suchte nun wieder seinen Weg nach oben. Das Geräusch brach jedoch ab, als er Sekundenbruchteile später mit dem Gesicht im Schnee landete. Er hustete und drehte sich mühsam auf den Rücken. Mit einer Hand hielt er sich den Bauch, mit der anderen stützte er sich ab, um aufzustehen.

Tom legte ihm zwei Finger auf die Schulter. »Tun Sie das nicht, Herr Rumper. Bleiben Sie einen Moment dort unten sitzen und denken Sie nach, ja? Ich weiß nicht, ob es Ihnen bewusst ist, aber Sie haben soeben einen Polizisten angegriffen. Wenn Sie jetzt keine Vernunft annehmen, legen wir Ihnen sofort Handschellen an, ist das klar? Wir sperren Sie in irgendeinen Keller, weil Sie eine Gefahr darstellen und die Ermittlungen behindern. Und das ist erst der Anfang, okay? Und damit verlieren Sie nicht nur die Achtung Ihrer Kinder und Ihrer Frau, sondern auch eine Menge Geld, vielleicht eine zeitlang Ihre Freiheit und wenn 's ganz schlimm kommt sogar Ihren Job.«

Tom trat einen Schritt zurück. »Also: Überlegen Sie sich genau, was Sie als nächstes tun werden.«

Rumper überlegte tatsächlich. Hätten seine Frau oder seine verstorbenen Eltern diesen seltenen Moment erleben dürfen, sie wären hoch erfreut gewesen. Die Umstände wären ihnen zwar weniger angenehm vorgekommen, aber ›Hauptsache, der Junge kommt ans Denken!‹, hätte der alte Rumper – Gott hab ihn selig – gesagt. So saß der Sohnemann also im Schnee, und wog die Möglichkeiten ab. Und: Er kam zu dem Schluss nachzugeben. Das war zwar wider seine Natur, doch in Anbetracht der Situation, wie sie sich auch ihm zurzeit darstellte, hielt er es tatsächlich für besser, so etwas wie Vernunft und Einsicht an den Tag zu legen. Obwohl das, was er dachte, weder etwas mit Vernunft, noch mit Einsicht zu tun hatte. Er wich einfach dem Stärkeren. Vielleicht der einzig gesunde Instinkt, der bei solcher Art Menschen intakt ist.

Mühsam rappelte er sich hoch, klopfte seine Hose von Schnee- und Eispartikeln ab und ging zurück ins Haus. Sein Magen schmerzte fürchterlich, er bekam kaum Luft, aber ums Verrecken würde er diesen feigen Schweinen jetzt nicht den Gefallen tun, Schwäche zu zeigen.

»Warten Sie!«, presste er hervor. Hinter ihm knallte die Haustür ins Schloss. Die Hauslaterne wackelte leicht. Toms und Bens Schatten vollführten auf dem dunklen Hof einen skurrilen Tanz.

»War das nötig?«

Ben hob abwehrend die Hände. »Hallo? Tom? Hab ich irgendwas getan? Wer wollte denn hier auf wen losgehen, he?«

»Ich kenn deine Taktik.«

»Sonst hätt der uns hier abblitzen lassen, ich sag 's dir. Das war schon recht so. Was für ein aufgeblasenes Arschloch!« Ben war rundum zufrieden. Den metallenen Geschmack im Mund bemerkte er kaum noch und seine Atmung ging auch wieder vollkommen normal. Herrje, der Tag war doch nicht so schlecht, wie er gedacht hatte.

Im Flur wurde eine Lampe angeschaltet, dann hörten die beiden Kommissare Bert Rumpers Stimme: »Zieht euch was über. Und keinen Schritt ins Haus mit den Kerlen, verstanden? Ihr bleibt direkt an der Tür.«

Die Haustür ging erneut auf. Die beiden dick vermummten Mädchen, die jetzt vor Ben und Tom standen, schauten die beiden mit großen Augen an.

»Guten Abend!«, sagten beide fast gleichzeitig. Dann schauten sie sich an und begannen zu kichern.

Tom wartete ein paar Sekunden, dann fragte er: »Was ist denn hier so lustig?«

Barbara, die jüngere der beiden, sah verlegen zu Boden. »Der Kommissar«, mit einem Finger zeigte sie schüchtern auf Ben, »wir haben ihn gestern morgen auf der Schanze gesehen.«

»Na, da habt ihr ja sicher Euren Spaß gehabt«, meinte Tom. »Aber der Kollege hier kann nun halt mal nicht so gut mit den Brettern umgehen wie ihr.« Und als die beiden weiter kicherten, fügte er hinzu: »Ist das denn immer noch so witzig?«

Die Größere versteckte ihr Gesicht hinter einem dicken roten Schal. »Na ja, das sah halt so lustig aus.« Ihre Stimme war hinter dem Stoff nur gedämpft zu hören.

Ben trat einen Schritt vor: »Hört mal, ihr beiden, ihr könnt uns vielleicht helfen, wollt ihr das?«

Beide Mädchen nickten, von einem auf den anderen Augenblick ganz ernst. »Ihr kanntet doch die Anja Alburg, ja? Das Mädchen vom Aussiedlerhof. Drüben über den Berg.«

»Die Anja hat sich umgebracht!«, sagte Barbara.

»Und wart ihr mit der Anja in einer Klasse?«

»Nein, ich war eine drunter.« Sie guckte zu ihrer Schwester. »Und Barbara ist noch eine unter mir. Die Anja ist zwar nur ein halbes Jahr älter, also als ich, meine ich, aber ich bin erst in der acht, und die Anja ist, wäre jetzt in der neun. Bei der Frau Weigelt.«

»Seid ihr denn trotzdem mit der Anja befreundet gewesen? Habt ihr euch getroffen oder so?«

»Ihr seid doch jeden Morgen zusammen an der Bushaltestelle gestanden, oder?«, fragte Ben.

Die beiden Mädchen schüttelten den Kopf. »Nein«, Barbara schaute Tom an, »der Bus hat immer bei Alburgs gehalten. Außer, wenn ein anderer Busfahrer gekommen ist. Also nicht der Walter. Der uns immer fährt«, fügte sie hinzu.

»Seid ihr denn zusammen schwimmen gegangen, geritten, oder habt zusammen gespielt, die Anja und ihr?« Viel mehr fiel Tom nicht ein. Was konnte man in so einem Dörfchen sonst noch alles machen?

Monika schüttelte erneut den Kopf. Die Kapuze ihres Anoraks rutschte ihr dabei halb vom Kopf.

»Die Britta ist dienstags immer mit ihr zum Schwimmen gefahren. Und zum Fechten. Mittwochs, glaub ich. Die waren befreundet.« Barbara sah ihre ältere Schwester an. »Ja«, Monika nickte, »die Mutter von Anja hat die Britta jede zweite Woche zum Schwimmen abgeholt. Sonst ist Brittas Mutter gefahren. Die haben sich abgewechselt mit dem Hinfahren, glaub ich. Die sind auch zusammen auf Wettkämpfe am Wochenende.«

»Was denn für Wettkämpfe?«

Monika schaute Ben an, als sei er mehr als nur schwerfällig von Begriff. »Na, Schwimmwettkämpfe. Und Fechten.«

»Ach so. Wie heißt denn die Britta mit Nachnamen?«

»Peyn.«

»Die hat Sie gestern auch gesehen, die Britta!«, platzte Barbara heraus und lachte wieder. Dabei hielt sie sich die Hand vor den Mund.

Ben machte ein etwas genervtes Gesicht. Tom lächelte die beiden an. »Danke euch!«

Die Mädchen drehten sich um und stießen die Haustür auf.

»Ach, wartet noch mal grade«. Ben hielt die beiden zurück, »Habt ihr irgendeine Ahnung, warum sich die Anja umgebracht hat?«

Die beiden Mädchen sahen sich verlegen an. Gleichzeitig schüttelten sie den Kopf. Es lag nichts Falsches oder Abwartendes in dieser Bewegung, dachte Tom, die beiden schienen tatsächlich keine Ahnung zu haben.

Ben nickte. »Dann danken wir euch!«

Hinter den beiden fiel die Haustür ins Schloss. Kurz danach ging die Hauslaterne aus. Ben und Tom standen im Dunkeln.

»Sehr freundlich«, knurrte Ben. Von drinnen erklang wieder Weihnachtsmusik.

Tom betrachtete die erloschene Laterne. »Na, was erwartest du von einem, dem du gerade den Magen zerlegt hast? Soll er dir auch noch nach Hause leuchten?«

»Lass uns zu den, wie heißen sie, den Peyns gehen«, meinte Ben.

Tom schaute missmutig zum Himmel. Aus der Dunkelheit fielen erneut dicke Schneeflocken. Auch an diesem Abend würde keine Verstärkung mehr eintreffen. Ihm war nicht wohl bei dem Gedanken. Aber er hatte irgendwie das Gefühl, dem Mörder durch das Gespräch mit den beiden Mädchen ein ganzes Stück näher gekommen zu sein. Er konnte aber nicht sagen, warum.

Kapitel einunddreißig

Werden Menschen, die in Besitz eines übersteigerten, ungerechtfertigten Selbstvertrauens sind, mit der Realität konfrontiert, ändern sie einfach die Realität. Ehe sie sich selbst und ihre Fähigkeiten in Frage stellen, stellen sie die Welt in Frage. So einfach ist das!

Nicht nur Bert Rumper folgte diesem Prinzip der Egomanen. Auch Michael Schlem war sich sicher, dass sich hier und heute ein Komplott gegen seine Person abspielte. Während er frierend und fröstelnd in der Milchküche der Alburgs saß, überlegte er, welcher seiner Feinde ihm diesen Streich gespielt haben könnte. Ihm fielen einerseits einige Kollegen ein, doch zweifelte er natürlich andererseits daran, dass sie einen derartigen Einfallsreichtum an den Tag gelegt hätten, ihn zu ärgern.

Seine Füße, die immer noch in den Sommerschuhen steckten, fühlten sich mittlerweile an wie Eisklumpen.

Der schwarz-weiß gekachelte Boden strahlte keine Wärme ab, eine Heizung oder einen Ofen sah er auch nirgends. Das Fenster über dem Milchbassin war zu klein, als dass er sich hätte hindurchzwängen können. Und mit den blauen Schläuchen der Melkanlage konnte man sich im Falle eines Feuers sicherlich prächtig irgendwo abseilen, hier jedoch wusste er damit nichts anzufangen.

Hinter der Tür hörte Schlem die Kühe, die sich mit allerlei Muhen langsam zur Ruhe legten. Er musste hier raus, verflucht. Wollte er nicht zum Gespött werden, musste er von hier verschwinden.

Wo war dieser verdammte Bauer, der ihn hier eingesperrt hatte? Wütend schaute er sich um. Dann sah er den alten, verrosteten Spaten. Er lehnte, fast unsichtbar, am gegenüberliegenden Ende des Milchbassins. Schlem sah nur den oberen Teil des Stiels, deswegen war ihm das Ding bislang gar nicht aufgefallen. Er erhob sich von dem kleinen Schemel und holte sich den Spaten. Das Türschloss schien nicht allzu stabil zu sein.

Ungefähr eine halbe Minute stand er regungslos vor der Tür und starrte angestrengt auf das Schloss. Auch ohne weitere Vorkenntnisse kam er zu dem Schluss, den Spaten am besten zwischen Rahmen und Tür anzusetzen.

Er holte aus. Mit halber Kraft ließ er die Spitze des Spatens niedersausen. Und tatsächlich: Die Tür sprang auf! Er hätte das Schloss auch mit der linken Hand eindrücken können, denn die Tür war seit Urzeiten von Holzwürmern zerfressen, aber dazu hätte er die unzähligen kleinen Löcher im Türblatt bemerken müssen.

Eine wohlige Wärme umfing ihn, als die Tür zum Stall aufschwang. Ein paar Kühe drehten neugierig die Hälse. In der Mitte des Stalls, unterhalb eines arg verschmutzten Waschbeckens, standen ein paar grüne, mit Kuhmist verschmierte Gummistiefel. Und, oh Gott, da war genau, was er suchte! Jemand hatte ein paar dicke, graue Wollsocken hineingestopft. Schlem zog seine Schuhe aus und streifte die Wollsocken über. Seine schmalen Füße versanken fast in den Stiefeln. Aber das machte nichts. War er hier, um einen Schönheitspreis zu gewinnen? Schlem rüttelte am Schiebetor. Im ersten Augenblick befürchtete er, das Tor sei verschlossen, aber als er kräftig gegen den Schieberiegel drückte, rollte es fast mühelos auf. Draußen war es dunkel geworden. Nirgendwo ein Licht. Dicke Schneeflocken fielen. Ganz in der Nähe hörte er eine Kette rasseln. Eine Kette?

Im ersten Moment konnte er das Geräusch nicht orten, dann sah er rechts von sich einen schwarzen Busch schnell auf sich zukommen. Als der Busch nur noch einen Meter von ihm entfernt war, hörte er ein schnappendes Geräusch, dann ein Knurren. Der Hund! Mit Schrecken erinnerte er sich plötzlich wieder an den Husky, der vor dem Stall in seiner Hütte fest gemacht war. Dieses blöde Biest hätte sicher zugebissen, wenn die Kette nicht zu kurz gewesen wäre. Das Knurren hörte nicht auf. Schlem hätte dem Vieh am liebsten einen Schlag versetzt. Aber er atmete erleichtert durch: Er war draußen.

Anders als ihr Intimfeind Schlem standen Ben und Tom dagegen vor einer verschlossenen Tür. Das Haus der Peyns versank in vollständiger Dunkelheit. Tom schaute auf seine Uhr. Kurz nach sieben. »Komisch!«, sagte er.

»Was ist komisch?« Ben drückte seine Stirn gegen die Fensterscheibe und versuchte ins Innere des Hauses zu schauen.

»Kurz nach sieben. Ich meine, die können doch nicht schon schlafen, oder? Die haben eine vierzehnjährige Tochter. Da muss doch was los sein im Haus.«

»Vielleicht ist die in der Disco.« Ben versuchte irgendetwas zu erkennen. In der Mitte des Raumes stand ein Tisch mit ein paar Stühlen. Auf dem Tisch lagen Zeitungen oder Kataloge. Und eine Tasse, wenn er das richtig sehen konnte.

»Und was jetzt?« Er stopfte beide Hände in die Taschen seiner Jacke. »Mir wird langsam verdammt kalt hier.«

»Ich werd dich nachher wärmen!«, meinte Tom.

Ausnahmsweise ließ sich Ben nicht ärgern. »Komm, wir gehen zu Rainer Jonker. Ich hab kein gutes Gefühl, dass der da immer noch alleine rum wirtschaftet.«

»Will er ja nicht anders«, sagte Tom.

»Lass uns noch mal vorbeigehen. Zu der Bördtochter oder wie die heißen, da können wir ja später hin. Dann gehen wir auch hier noch mal vorbei. Bei dem jungen Jonker kriegt man wenigstens immer was zu trinken.« Die beiden Kommissare zogen ihre Jacken enger. Der fest getretene, mittlerweile fast braune Schnee der Trampelpfade dämpfte ihre Schritte. Nur ihr eigener Atem war zu hören und das Knirschen ihrer Stiefel. Ben wäre am liebsten wieder in den ›Forellengrund‹ zurückgegangen. Er wollte sich einfach nur hinlegen und ausruhen. Heute hatten sie sicherlich schon ein Dutzend Kilometer zurückgelegt.

Am Haus der Rumpers brannte die Hauslaterne wieder. Die Kommissare schauten sich kurz an. Vorsichtig stiegen sie die vereisten Treppen zum Jonkerhaus hoch.

Tom blieb stehen. »Oh Mist!« Ben schaute auf. Die Haustür war nur angelehnt.

Ben verdrehte die Augen. »Das hat uns grade noch gefehlt!« Er stellte sich schnell links neben die Tür.

Tom schnupperte. Im Haus roch es verbrannt. Der Geruch war nicht stark, nicht bedrohlich, kein Zimmerbrand etwa, nur penetrant. Er erinnerte an ein Spiegelei, das länger als gut war, in der Pfanne briet. Tom schob die Haustür langsam bis zum Anschlag auf. Sie quietschte leise. Die Lampe der Garderobe tauchte den kleinen Flur in ein warmes Licht. Im Halbdunkel erkannten beide ein paar Stiefel. Achtlos lagen sie mitten auf dem Boden. Rechts die Tür neben dem Eingang führte in die Küche.

Tom machte Ben ein Zeichen, weiter zu gehen. Am Ende des Flurs lag das Wohnzimmer. Ben stellte sich neben die Küchentür. Der Läufer im Flur schluckte jedes Geräusch. Tom lauschte an der Wohnzimmertür. Kein Laut war zu hören. Langsam drückte er die Klinke. Die Türe öffnete sich. Niemand zu sehen. Der Geruch wurde stärker. In den Glasscheiben des Wohnzimmerschranks spiegelte sich der eingeschaltete Fernseher. Der Ton war abgestellt. Tom schaute kurz hin. Kriegsbilder, ein zerfetztes Auto, weinende Menschen, Polizei.

Kein Mensch zu sehen. Doch das Kribbeln im Nacken verriet ihm, dass irgendjemand im Haus war. Mittlerweile vertraute er diesem Gefühl. Nach einer missglückten Übung auf der Polizeischule hatte ihn sein Ausbilder beiseite genommen und gefragt, warum er die Gefahr nicht erkannt habe. Zusammen mit einem anderen Anwärter sollte er ein Gebäude durchsuchen und hatte es vermasselt. Bei einem ernsthaften Einsatz wären beide von hinten erschossen worden. Weil Tom vergaß, eine Tür zu sichern. Er hatte gedruckst, aber keine Ausrede gefunden, nur gemurmelt, dass er zwar irgendwie gespürt habe, dass etwas nicht gestimmt habe, er sich aber nicht auf ein Gefühl hatte verlassen wollen. Er dachte, das würde sich professionell anhören. Der Ausbilder lächelte und sagte: »Hören Sie zu, Heller. Wenn Sie in diesem Beruf alt werden wollen, merken Sie sich eins: Sobald sich in Ihrem Nacken irgendwas abspielt, wenn Sie ein Kribbeln spüren oder sich die kleinen Härchen aufrichten, die Ihre Freundin so schrecklich gerne krault, was mich nebenbei gesagt gar nicht interessiert, dann seien Sie, verdammt noch mal, auf der Hut. Hören Sie auf Ihre Instinkte. Die sind um einiges älter und erfahrener als Sie.« Bislang war Tom mit diesem Rat immer gut gefahren.

Der Fernsehsessel war leer. Tom spürte unangenehm, dass er durch das Licht der Deckenlampe von draußen klar und deutlich zu sehen war. Auf dem Wohnzimmertisch stand ein Glas, halbvoll mit einer klaren Flüssigkeit. Nur eines. Einen Moment blieb Tom ruhig stehen. Von irgendwo her hörte er ein Summen. Oder ein Brausen. Es kam aus der Küche. Langsam ging er über den Teppich. Ein Blick in die Küche. Niemand zu sehen. Alles aufgeräumt. Auf dem Esstisch ein leerer Teller. Mit Besteck. Im Backofen dann die Ursache des Summens: Durch das Sichtfenster sah Tom eine Pizza. Oder das, was von ihr übrig war. Fast verkohlt. Kleine, graue Rauchschwaden zogen durch die schmalen Ritzen des Ofens gegen die Zimmerdecke. Ben stand jetzt in der offenen Tür. Tom drehte an den Knöpfen und schaltete den Ofen aus.

Ben schnupperte: »War ne Tonno!«

»Hier ist jemand!«, sagte Tom leise.

Plötzlich ein Geräusch. Von unten. Als sei eine Flasche umgekippt oder ein Tonkrug. Ben ging langsam auf Tom zu. »Hast du eine Tür zum Keller gesehen?« Tom runzelte die Stirn. Beide gingen leise zurück in den Flur. Unter Ben knarrte eine Holzbohle. Tom schaute sich um: Direkt neben der Haustür führte eine Treppe ins obere Stockwerk, sonst nichts.

»Mach die Lichter aus!«, sagte Ben leise. Tom schaltete die Küchenlampe aus. Auch das Licht im Wohnzimmer. Es war jetzt fast stockdunkel. Nur durch das Fenster drangen von der Hauslaterne von Rumpers zwei fahle, scharf geschnittene Lichtblöcke. Ben ging leise zurück in den Flur. Er bemerkte den Lichtschein unter der Treppe ins obere Stockwerk als erster. Fast unsichtbar neben der Garderobe eine kleine Tür. Knapp einen Meter fünfzig hoch. Ohne Klinke, ohne Riegel. Ben schob seine Hand zwischen zwei Balken. Mit einem lauten Quietschen ließ sich die schräge Tür nach innen drücken. Eine nackte Glühbirne beleuchtete eine dunkle Steintreppe. An den weißgetünchten kalten Wänden kein Geländer. Am Rand der Stufen Einmachgläser, Konserven und Flaschen.

Tom zählte die Stufen. Elf. Unten wieder ein Lichtschein. Unmöglich, dass der von der Glühbirne auf der Treppe kam. Da mussten noch mehr Räume sein. Ben tippte sich an die Brust. Diesmal hatte er seine Waffe mitgenommen. Er ging zuerst. Tom zog vorsichtig seine Jacke aus. Der Stoff raschelte stark. Behutsam legte er sie an den Treppenaufgang. Einen Moment fragte er sich, ob es ein Fehler sei, das obere Stockwerk nicht zu sichern. Aber das Geräusch war eindeutig von unten gekommen. Jetzt war es ohnehin zu spät. Ben war drei Stufen vor ihm. Vorsichtig setzte Tom einen Fuß vor den anderen. Der Keller musste mehr als hundert Jahre alt sein. Ben hatte die letzte Stufe erreicht. Ungläubig starrte er in einen über zehn Meter langen Flur. Rechts und links gingen Türen ab. Vier auf jeder Seite. Links alle vier offen, rechts alle zu. Eine überhelle nackte Glühlampe machte den Flur fast zu einer erleuchteten Bühne. Ben nahm kurz Deckung hinter der Tür: Am Ende des Flurs lag irgendetwas. Das hatte er in dem blendenden Licht erkennen können.

Ben kniff die Augen zusammen. Irgendetwas Großes musste es sein. Ein Kleiderbündel? Oder aber ein Mensch, der zusammen gekrümmt auf der Seite lag.

Er tippte auf Rainer Jonker. Wen sonst? Ben hörte ein leises Röcheln. Er widerstand dem Impuls sofort loszulaufen. Ein paar Sekunden später war Tom direkt hinter ihm. Er schaute ihm über seine Schulter. »Jonker?«, fragte Tom leise. Ben nickte.

»Das ist eine Falle, Ben.«

Ben nickte. Er drückte sich zurück in den Treppenaufgang. »Herr Jonker, können Sie sich bewegen?«, fragte er mit lauter Stimme.

Beide hörten erneut ein Röcheln. »Herr Jonker, können Sie mich verstehen?« Als Antwort kam etwas, das sich ungefähr so anhörte wie: »Idioten!«

»Können Sie sich bewegen?« Das Etwas am Ende des Flures rührte sich ein wenig, schrie dann auf.

»Frage beantwortet«, meinte Tom leise. »Wir müssen hin. Vielleicht verblutet uns der Kerl. Nicht, dass ich irgendetwas dagegen hätte.«

Ben zog seine Waffe. »Sind Sie allein?« Keine Antwort. »Sind Sie allein, Herr Jonker. Oder ist da noch jemand?«

Wieder keine Antwort.

Ben drehte sich zu Tom: »Ich geh vor. Ich links, du rechts. Vor der ersten Tür Stopp. Wir schauen rein, Tür zu, du bleibst stehen. Geh in Deckung. Ich geh weiter.« Ben schüttelte den Kopf. »Wie ich diesen Mist hasse!«

Ben schob sich links an der Wand entlang. Er versuchte alle acht Türen gleichzeitig im Auge zu haben. Er konzentrierte sich auf einen Punkt in der Mitte des Raumes. Er brauchte anderes Licht. Irgendwo musste doch ein zweiter Lichtschalter sein, verflucht.

Rainer Jonker hob den Kopf. Er flüsterte irgendetwas, aber Ben verstand nichts.

Noch drei Meter bis zur ersten Tür. Jetzt die Tür. Mit der Waffe den Körper drehen. Ruhig und schnell. Hineinschauen. Eine alte Badewanne. Kleiderschrank. Sonst nichts. Tür zu. Tom gegenüber. Er drehte den Schlüssel der ersten Tür rechts um. Kurzer Blick. Nichts. Tom versuchte Jonker unter den Türrahmen zu ziehen. Der Bursche war verdammt schwer. Außerdem stank er nach Alkohol. Jonker stöhnte. Tom drehte ihn langsam auf den Bauch. Die ganze Kleidung war voller Blut. Tom knöpfte das Hemd auf, schob Jonkers blutdurchtränktes Unterhemd nach oben. Links, etwas unterhalb des Herzens sah Tom eine tiefe Wunde. Zu schmal für eine Kugel. Wieder ein Stich.

Tom schob seine Hand vorsichtig unter Rainer Jonkers Rücken. Keine Austrittswunde. Tom schaute kurz hoch zu Ben. Ihm war heiß. Ben hatte mittlerweile die zweite Tür gesichert. Der Knall, wenn Ben die Türen zuwarf, erschien ohrenbetäubend.

»Wer war es?« Tom beugte sich zu Rainer Jonker herab. Der Bauer sagte etwas, aber Tom verstand nicht. Jonker stöhnte leise.

»Ist er noch da?«, fragte Tom. Er hatte das Gefühl, Jonker schütteln zu müssen, damit der Bauer endlich den Mund aufmachte. Jonker röchelte wieder etwas Unverständliches. Eine große Speichelblase zerplatzte an seinem Mund. Tom war erleichtert. Die Spuke war zwar eklig gelb, aber ohne Blut.

»Okay, Herr Jonker, ich zieh Sie jetzt hoch. Sie müssen sofort hier raus. Irgendjemand muss sich um Sie kümmern. Sie verlieren Blut.«

Aber Tom hatte sich überschätzt. Der Bauer wog knapp zwei Zentner. Tom suchte in seiner Hose nach einem sauberen Taschentuch. Er nahm die Hand des Bauern und drückte sie mit dem Taschentuch auf die Wunde. Der Bauer stöhnte erneut. Tom schaute auf. Ben stürmte in den letzten Raum auf der linken Seite. Nichts. Er warf die Tür zu.

Ben kam zurück. »Sieht so aus, als wären wir allein.« Er hockte sich neben Tom und Jonker. »Wie sieht 's aus?«, fragte er tonlos.

»Wieder ein Stich. Wie bei den anderen. Aber scheint nichts Lebenswichtiges getroffen zu sein. Er spukt kein Blut.«

»Dann kann er uns ja einiges erzählen.« Ben packte die Beine des Verletzten. Tom griff unter die Achseln von Rainer Jonker. Er versuchte, die warme Nässe zu ignorieren, die er spürte. Bei dem Gewicht des Bauern brach ihm noch stärker der Schweiß aus. Seine Hände drohten unter den Achseln durch zu rutschen. Wie sollten sie diesen Brocken die Treppe hoch hieven? Auch Ben kämpfte.

Das sah Tom in Bens Augen. Die schienen fast aus den Höhlen zu springen.

Dann stutzte Tom: Eigentlich sah das gar nicht so sehr nach Anstrengung aus. Das war verdammt noch mal Verwunderung! Und, oh Gott, Panik! Erst jetzt nahm Tom hinter sich ein Geräusch wahr. Irgendetwas bewegte sich da hinter seinem Rücken. Gleichzeitig stellten sich seine Nackenhaare auf. Viel zu spät. Wie in Zeitlupe sah er, wie Ben den Verletzten einfach fallen ließ. Durch den Ruck wurde Tom, der die Beine von Jonker hielt, nach vorne geworfen. Was ihm das Leben rettete. Im Fallen hörte er, wie Ben die Pistole entsicherte. Und irgendetwas schrie. Tom fiel auf den Verletzten. Dann ein Blitz. Ein Schuss. Und noch einer. Ohrenbetäubend.

Tom rollte sich von Rainer Jonker. Der Ekel vor dem schweißigen Geruch des Bauern war kurzzeitig stärker als seine Angst. Dann sah er Ben breitbeinig einen Meter entfernt von ihm stehen. Er sagte etwas, aber Tom hörte nichts. Nur ein Klingeln, ein Pfeifen. Wie von einem alten kochenden Teekessel. Tom schaute hinter sich. Alles immer noch wie in Zeitlupe. Da lag etwas. Ein Mensch. Völlig zusammengesunken. Unter ihm ein Schwert. Nein, kein Schwert, das hier war schmaler, kleiner. Ein Degen vielleicht.

Tom schaute wieder zu Ben. Der sah ihn an, sagte wieder etwas, aber Tom zuckte nur die Schultern. Er deutete auf seine Ohren. »Ich kann dich nicht hören!« Seine Stimme schien aus der Mitte seines Kopfes zu kommen. So wie früher, wenn er als Kind in der Badewanne unter Wasser Lieder gesungen hatte.

Tom zog seinen linken Arm unter Jonker hervor. Langsam kroch er zu dem dunklen Etwas mit dem Degen. Ben war bei ihm, die Pistole immer noch im Anschlag. Tom drehte das Bündel um. Es trug einen braunen Mantel. Eine Frau. Zuerst erkannte er sie nicht. Überall Blut. Ihre Augen waren weit geöffnet. Ein Schuss hatte ihren Hals aufgerissen. Dann erinnerte er sich. Sie war bei der Versammlung gestern dabei gewesen. Hatte ziemlich weit vorne gesessen.

Was hatte der Dorfvorsteher Klaus Massing über sie gesagt? Mutter von drei Kindern, so weit er sich erinnerte. Und zwei dann verstorben. Aber das war schon lange her. Tom schaute zu Ben, der langsam die Waffe sinken ließ. »Verdammte Scheiße, wo kam die denn her?«

Michael Schlem tappte im Dunkeln. Im ursprünglichen Sinne des Wortes. Er erkannte kaum die Hand vor Augen. Er orientierte sich an dem allein stehenden Haus oben auf dem Berg. Beleuchtet von einer einsamen Straßenlaterne. Ein scharfer Wind trieb ihm Tränen in die Augen. Dort musste er hin. Und den Berg auf der anderen Seite nur noch runter, zurück ins Dorf. Und dann, Gott im Himmel, einfach weg. Scheiß auf die Story. Zum ersten Mal in seinem Leben hatte Schlem das Interesse an einer Geschichte verloren. Nicht, dass er sie aufgegeben hätte. Nein, die reißerische Geschichte über die Morde in dem kleinen Dorf war bereits in seinem Kopf. Und damit in den Medien. Doch er würde sie so allgemein halten, dass keine Recherchen mehr erforderlich waren. Wozu gab es schließlich Telefon?

Die Jacke, die er in der Milchküche gefunden hatte, stank fürchterlich. Nach Kuh, nach Milch, nach altem Schweiß. Aber lieber ein bisschen flacher atmen als erfrieren. Die Stiefel sanken tief in den Schnee. Noch dreißig Meter bis zur Laterne, dann war die Hälfte geschafft. Er konnte es kaum erwarten, wieder Menschen zu sehen. Sogar diese Dörfler hier. An der Laterne verschnaufte er ein bisschen. Hier oben wehte der Wind noch rauer. Okay, jetzt abwärts! Nur noch den Berg runter. Links das leer stehende Haus. Die großen Fenster wie dunkle Augen, die ihn beobachteten. Dreihundert Meter entfernt bereits die alte Scheune von Rumpers. Der Ortseingang des Dorfes. Schlem holte tief Atem. Mittlerweile hatte der Schneefall aufgehört. Schlem dachte über den Beginn seiner Story nach. Noch zweihundert Meter. Aus irgendeinem Gefühl heraus, das er nicht beschreiben konnte, drehte er sich plötzlich um.

Was er sah, ließ ihn erstarren. Im Schein der Laterne stand ein riesiges Tier. Es starrte ihn an. Schlem erkannte auf die Entfernung keine Einzelheiten. Für ihn war der Bulle ein Monster. Schlem schnappte nach Luft. Er drehte sich um und begann zu laufen. Oder das, was in dem meterhohen Schnee möglich war.

Wie viele im Dorf in den vergangenen Monaten und Jahren lieferte sich jetzt Schlem ein Wettrennen mit Nero. Allerdings mit einem kleinen Unterschied: Er verlor!

Kurz vor dem Rumperhaus hatte der Bulle Schlem fast erreicht. Er klebte ihm tatsächlich sozusagen am Hintern. Nero wusste eigentlich selbst nicht, wie ihm geschah. Feiner Schnee wirbelte Schlem um die Beine. Hinter sich das schwere Schnaufen des Bullen. Das Getrampel der Hufe auf dem gefrorenen Schnee. Noch fünf Meter bis zur Balkontreppe der Rumpers. Die Weihnachtsbeleuchtung entlang des Geländers erschien so friedlich. Und schrecklich fehl am Platz. Noch zehn Zentimeter zwischen Neros Hörnern und Schlems Hintern. Dann keine Entfernung mehr. Beide wurden eins. Das linke Horn versank in Schlems rechter Hinterbacke. Schlem fühlte keinen Schmerz. Nur Verwunderung. Er wurde hochgehoben. Wie auf einer Schiffsschaukel. Er drehte sich. Dann entließ ihn das Karussell ins Nichts. In den Raum. Schlem flog. Schön, aber kurz. Mit dem Kopf krachte er gegen die Treppenstufen. Das

Getöse erschien ihm unglaublich laut. Im Flur der Rumpers ging Licht an. Schon stand der Hausherr in der Tür. Vorbereitet auf neuen Ärger. Diesmal aber war er gewappnet. Bewaffnet. In seiner rechten Hand hielt er kampflustig einen Baseballschläger. Ungläubig betrachtete er nun jedoch die Szene, die sich ihm bot: Mitten auf dem Hof der riesige Bulle. Dampfend in der Nachtkälte, sein riesiger Leib hob und senkte sich schwer. Seine linke Hornspitze rot von Blut. Nero schien genauso verblüfft wie Rumper. Beide schauten auf Schlem, der in diesem Moment damit begann, langsam, wie ein nasser Fisch, die Treppenstufen herab zu rutschen. Auf dem Bauch. Sein Kopf tockte gegen jede einzelne Stufe. Dann glitt er langsam zu Boden. Stille. Nero brummte. Es war ein zufriedenes Brummen. Voller Genugtuung. Nicht böse, nur endgültig. Fast so, als habe er endlich etwas geschafft, woran er selbst schon nicht mehr geglaubt hatte. Ein kleiner Sieg im Spiel Mensch gegen Tier. Ein Ehrentreffer. Immerhin!

Ohne Rumper oder Schlem weiter zu beachten, drehte er sich fast grazil um die eigene Achse und trottete zielstrebig auf den gegenüber liegenden Hof zu. Dorthin, von wo er gestern gekommen war.

Rumper stellte den Baseballschläger neben die Haustür. Schlem kam langsam wieder zu Bewusstsein. Unglaublich, der Mann schien noch nicht einmal etwas gebrochen zu haben. Auch seine Gehirnerschütterung hielt sich in Grenzen, wie man später feststellte. Rumper half ihm hoch, schleppte ihn ins Haus, in sein Wohnzimmer, hinein in die Weihnachtsstimmung. Gebäck und Glühwein. Töchter und Frau saßen wortlos auf dem Teppich und spielten mit den Katzen. Schlem wurde auf die Couch gelegt. Sybille Rumper wunderte sich: Sonst war die dem Hausherrn vorbehalten. Aber Rumper hatte die Berühmtheit, die ihn aus trüben Augen anschaute erkannt.

»Ich kenne Sie!«, sagte er voller Bewunderung. Seine Augen wurden glänzend. »Aus dem Fernsehen!«

Schlem fühlte sich gleich besser. Mühevoll rappelte er sich hoch. Er fühlte sich geschmeichelt. Wer war dieser intelligente Mann? Er wollte etwas sagen. Er sagte auch irgendetwas.

Ben stand regungslos in dem Zimmer, in dem Else Peyn häufig gelesen, geschrieben und geweint hatte. Es war ein düsteres Zimmer mit einer Schräge, die knapp ein Meter über dem Boden begann. Die Tür hatte geknarrt, als Ben sie geöffnet hatte. Ein alter Teppichboden schluckte die Geräusche seiner Schritte, als er ans Ende des Zimmers zum Fenster ging, um die Vorhänge aufzuziehen. Auf einem Bügelbrett rechts neben dem Fenster stand ein Bügeleisen, die Schnur schlängelte sich schlaff Richtung Boden. Auf das Fensterbrett hatte irgendjemand ein kleines Transistorradio aufgestellt, die riesige Antenne war nach draußen gerichtet.

Ben erinnerte sich, dass er so eines einmal als kleiner Junge besessen hatte. Er fühlte sich deprimiert. Fast die gesamte untere Hälfte der Wand links von der Tür nahm ein großer Eichenschreibtisch ein. Die Beine waren zu Löwenpfoten geschnitzt. Das Ganze wirkte bedrohlich und altertümlich.

Ben zog die oberste der drei Schubladen auf der rechten Seite auf. Sie war leer bis auf ein Dutzend Büroklammern. In der mittleren rollten ein paar Buntstifte hin und her. In der untersten fand Ben Papier. Vielleicht hundert Blatt.

Ben dachte, dass es so aussah wie das, auf dem die Geschichten an den Tatorten geschrieben worden waren. Aber sahen nicht fast alle Papiere gleich aus?

Er zog den Schreibtischstuhl heran und setzte sich. Er rieb sich die Augen.

Vor nicht einmal fünf Minuten hatte er unten an der Haustüre geklopft, um Werner Peyn zu sagen, dass seine Frau nicht mehr lebte. Und dass sie es wahrscheinlich war, die seit gestern drei Menschen umgebracht hatte.

Ben atmete tief durch und rückte mit dem Stuhl näher an den Schreibtisch. Die Tochter war noch nicht zu Hause. Ab jetzt war sie ganz allein mit ihrem Vater.

Konnte man sich das vorstellen?

Ein Geräusch ließ Ben herum fahren. Werner Peyn stand in der Zimmertür. Er sagte nichts, stand nur da und wartete. Ben hatte ihm noch an der Haustür erklärt, dass er sich gerne kurz im Haus umschauen wolle. Er wusste, dass er kein Recht dazu hatte, aber Werner Peyn hatte nur genickt und ihn herein gelassen. Sonst hatte der Mann keine Reaktion gezeigt. Er hatte nicht geweint, er hatte nicht geschrieen. Es schien als sei Werner Peyn vollkommen ruhig oder wie betäubt. Oder als habe er so etwas erwartet.

»Hat Ihre Frau geschrieben?«, fragte Ben jetzt und drehte sich mit dem Stuhl in Richtung Tür, wo Werner Peyn immer noch stand.

»Geschrieben?« Sein Gegenüber verstand nicht.

»Ja, Tagebuch, meine ich, oder Geschichten. Hat sich Ihre Frau Notizen gemacht, hat sie Dinge, die ihr wichtig waren, vielleicht verwahrt oder so?«

Werner Peyn schüttelte den Kopf. »Die Britta schreibt viel, ich weiß nicht, woher sie das hat, aber meine Frau und ich«, er schüttelte wieder den Kopf, »nein.«

»Haben Sie eine Schreibmaschine?«

Werner Peyn hielt sich mit einer Hand am Türrahmen fest. Er schien unendlich müde. »Schreibmaschine? Wir haben der Britta einen Computer gekauft, den brauchen sie jetzt für die Schule, aber Schreibmaschine?« Er wollte schon wieder den Kopf schütteln, hielt dann aber inne. »Im Keller steht noch eine alte. Die wird aber schon lange nicht mehr benutzt. So eine elektrische. Italienisch, glaube ich.«

»Kann ich die mal sehen?«

Werner Peyn drehte sich um. »Kommen Sie mit.«

Ben erhob sich und schob den Stuhl langsam wieder an den Schreibtisch. Nachdem er von außen die Tür zugezogen hatte, beugte er sich über das Geländer. Vielleicht gab es doch noch einen Hinweis. »Kann ich auch mal kurz in das Zimmer Ihrer Tochter?«, fragte er.

Werner Peyn schaute hoch. »Warum?«

»Ich suche nach einem Papier.«

Werner Peyn zuckte die Schultern. »Wenn es sein muss!« Dann verschwand er aus Bens Blickfeld und ging die Treppe wieder nach unten.

Das Tagebuch von Anja Alburg lag unter der Matratze. Ben hatte es zuerst zwischen den Romanen und Kinderbüchern in dem Regal vermutet, aber Kinder wussten meist noch nicht, dass die offensichtlichsten Verstecke meist die sichersten waren.

Er begann zu blättern und überflog die Zeilen, aus denen Britta Peyn heraus gelesen hatte, wie ihre Freundin immer verzweifelter wurde. Immer verzweifelter, je länger die Vergewaltigung zurücklag.

Ben hielt immer wieder inne, dann blätterte er weiter. Als er das Buch zuklappen wollte, verrutschten am Ende mehrere lose, zusammengefaltete Seiten. Ben las sie. Es waren kurze Geschichten. Ben nickte. Er hatte sie an den Tatorten schon einmal gelesen.

Tom saß im ›Forellengrund‹. Seine Ohren rauschten immer noch. Vorhin hatte er bei Rainer Jonker vorbei geschaut und sogar dabei geholfen, Jonkers Verband zu wechseln. Die eigentliche Arbeit hatte Martina Gruhse gemacht, die Tochter von Hertha Gruhse. Wortlos hatte Martina den Freund ihres toten Bruders verbunden. Jetzt saß Tom wieder hier in der Gaststätte, hörte immer noch kaum etwas und kam sich seltsam müde und deprimiert vor. Er dachte an Anne, und seine Gedanken an sie waren genauso düster wie seine ganze Stimmung. Plötzlich klangen ihm wieder die Worte von Schlem im Ohr. Diese blöde Bemerkung, dass er Anne sehr gut kennen würde. Und mehr als das. Dabei hatte sein viel sagender Blick Tom weismachen wollen, dass er mit Anne nicht nur Essen gegangen war. Auch jetzt konnte Tom das nicht glauben, wollte es nicht glauben, aber Schlems Worte verdarben ihm gegen seinen Willen die Laune. Tom drängte es, wieder nach Hause zu kommen.

Ben kam zur Türe herein. Alle Gäste schauten auf, weil sie wussten, dass er im Haus der Peyns gewesen war. Auch die Skatrunde, die immer noch an ihrem Tisch saß, unterbrach ihr Spiel. Mit einem tiefen Seufzer ließ sich Ben neben Tom auf einen Stuhl fallen.

»Und, hast du was gefunden?«

»Der Mann war da, der Ehemann, Werner Peyn.« Ben atmete tief aus. »Zwei Kinder verlieren und jetzt noch die Frau. Ehrlich, Mann Gottes, ich kann es nicht fassen!«

Tom wartete ein paar Sekunden, dann fragte er noch einmal »Hast du was gefunden?«

»Das Tagebuch von Anja Alburg. Im Zimmer der Tochter von Peyn.«

»Der Tochter?«

Ben nickte.

»Was steht drin?«

»Die kleine Alburg schreibt ne Menge über diese Sache, nicht immer so direkt, aber eigentlich klar. Und die Freundin hat 's gelesen. Vielleicht hat ihr die Anja Alburg das Buch gegeben, bevor sie sich entschloss ..., ich weiß nicht.« Ben zögerte. »Und ich denk mal, die Mutter Peyn hat ihre Tochter kontrolliert. Was die so machte, mit wem sie Umgang hatte, befreundet war und so. Würde ich ja wahrscheinlich auch machen, wenn ich zwei von drei Kindern verloren hätte. Nur bloß aufpassen, dass dem letzten nicht auch noch was passiert.« Er schnaufte. »Und dabei hat sie von der Vergewaltigung erfahren. Hat sich alles zusammen gereimt mit den drei Männern, denk ich. Und den Selbstmord von Anja Alburg hatte sie ja sowieso mit bekommen.«

»Und dann?« Tom nippte lustlos an seinem Bier.

»Und dann? Keine Ahnung. Den Rest kannst du dir denken, schätz ich mal. Dann ist sie irgendwann durchgedreht, so wie 's jetzt aussieht. Ich denke, sie hat einfach Panik gehabt wegen ihrer Tochter. Dass der auch so was passiert. Und sie nichts machen kann. Wie bei ihren anderen Kindern. Oder wie bei der kleinen Alburg. Oder vielleicht wollte sie einfach nicht, dass diese drei Schweinehunde ungestraft davon kommen. Mein Gott!« Ben faltete die Hände und stieß sie sich leicht gegen die Stirn, »Ich weiß es wirklich nicht.«

»Wenn sie wollte, dass die drei Typen bestraft werden, hätt sie nur die Polizei anrufen müssen. Verdammt!«

Ben griff sich Toms Bier und trank es in einem Zug leer. »Du hast Alburg gehört. Die halten hier nicht so viel von unseren Gesetzen«, sagte er müde.

Nach einer Pause fragte Tom »Was ist mit den Geschichten, die wir an den Tatorten gefunden haben?«

»Ich denk mal, die hat die Anja Alburg geschrieben. Waren hinten in dem Tagebuch drin.«

»Und die Mutter Peyn hat das alles gelesen«, murmelte Tom leise. »Und dann abgeschrieben und dann mit zu den Tatorten genommen? So als verquaste Rechtfertigung, dass die Typen das verdient hatten, oder warum?«

Ben nickte langsam: »Ja, ich denk so in der Art vielleicht. Keine Ahnung, ich bin kein Psychologe.«

Tom schaute auf sein leeres Bierglas, dann fragte er: »Wo kommt die Waffe her, der Degen? Auch von der Tochter? Hast du was gefunden, eine Hülle oder so?«

Ben schüttelte den Kopf. »Ne, nix, aber ne Menge Urkunden hingen an der Wand. Von Schülerwettkämpfen. Die Töchter von diesem Rumper haben uns doch gesagt, dass die Peyn häufig mit den Mädchen zu Wettkämpfen gefahren ist. Ich denke, der Rest wird sich finden.«

»Hmm!« Tom fühlte sich wie in Trance.

Auch Ben kam sich unwirklich vor. Das Haus der Peyns zu betreten war fast zu viel gewesen. Er spürte das Bier im Kopf und wusste nicht, ob das gut war oder nicht. Beide standen langsam auf. Sie wollten noch einmal rüber, kurz nach Jonker schauen. Der Einzige, der außer der Peyntochter jetzt noch etwas zu dieser Geschichte sagen konnte.

Als Tom und Ben den ausgetretenen, schmutzigen Pfad die Straße entlang gingen, hörten sie aus einem der zugeschneiten Häuser Weihnachtsmusik. Friedliche, schöne

Weihnachtsmusik. Irgendein Lied, das sie aus ihrer Kindheit kannten.

Sie konnten sich zwar nicht an den Titel erinnern, aber die Melodie ließ sie kurz an früher denken, an eine Zeit, die schon mehr als tausend Jahre her zu sein schien.

Erschöpft stiegen sie die Treppenstufen zum Jonkerhaus hinauf. Bevor sie eintraten, schauten sie sich kurz um. Es hatte wieder zu schneien begonnen. Das Dorf wirkte noch genauso still wie gestern Vormittag, als sie angekommen waren.

Trotz der Dunkelheit erkannten sie vor dem Stall von Jonker die Silhouette von Nero. Er schnaubte. Der Bulle wartete darauf, dass ihn jemand herein ließ.

Weitere Titel des Verlages

DIX VERLAG

Ditmar Doerner

Sonnen-blende

Ben Deickers zweiter Fall

Kriminalroman

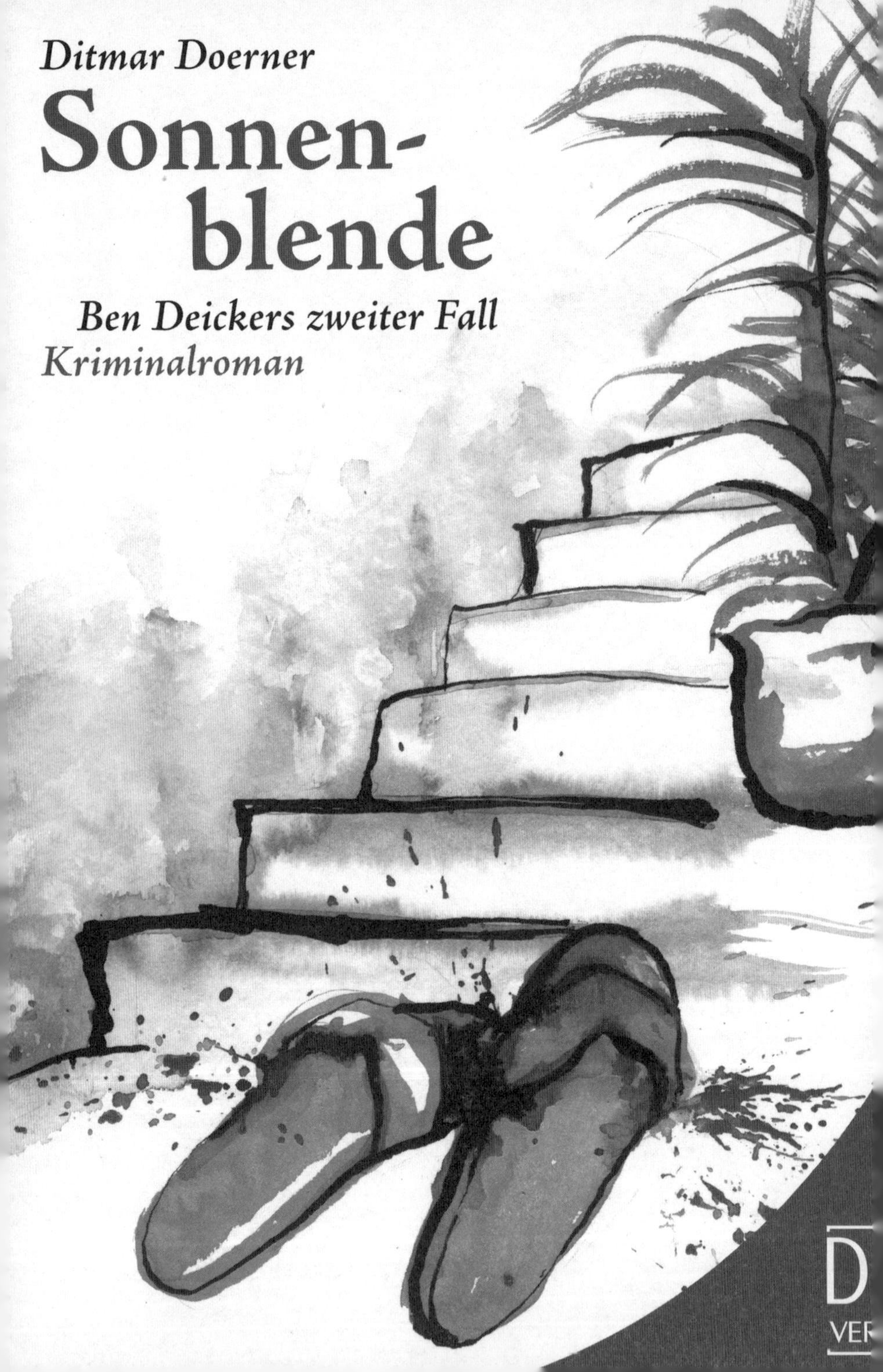

[Sonnenblende]

Ihr zweiter Fall führt die beiden Kommissare Ben Deicker und Tom Heller auf eine griechische Insel. Nicht zufällig begegnen sie dort dem pädophilen Bernd Loosen, mit dem sie noch eine Rechnung offen haben. Doch bevor sich die drei erneut begegnen, wird Loosen auf der gemeinsamen Hotelanlage ermordet. Inmitten einer Anzahl skurriler Hotelgäste. Da sich vor allem Ben nicht besonders kooperativ gegenüber der Inselpolizei verhält, findet er sich am nächsten Morgen in der einzigen Arrestzelle der Insel wieder. Als einer der Hauptverdachtigen...

Erscheint im Oktober 2010

ISBN: 978-3-941651-21-0 – € (D) 23,90 € (A) 24,60 sFr 45,–
eBook ISBN: 978-3-941651-31-9 – € (D) 23,90 € (A) 24,60 sFr 45,–

Li Jingze & Jing Bartz (Hg.)

Unterwegs

Literatur-Gegenwart China

China ist unterwegs, im Umbruch und Aufbruch. Gängige Gewissheiten sind erschüttert, Konventionen lösen sich auf. Diese kaum fassbare Spannung fangen die vorliegenden Geschichten ein. Ihre zehn Autoren leben in China und sind doch zugleich Bewohner einer globalisierten Welt. Diese Dynamik macht die Geschichten auch für westliche Leser so spannend und zugleich so zugänglich.
Weitgehend verschont vom Trauma der Mao-Zeit, schreiben die jungen Autoren auf der Höhe der Zeit: unaufgeregt, unterhaltsam und ironisch, ohne erhobenen Zeigefinger und ohne falsche Nostalgie, aber auch ohne Verklärung der Goldgräberstimmung, die wir im Westen so gern mit dem heutigen China assoziieren. Auf ihre ganz individuelle Art halten sie China den Spiegel vor.

Zehn Kurzgeschichten von Li Shijiang, Pan Xiangli, Fan Xiaoqing, Xu Zechen, Lu Min, Jin Renshun, Fan Wen, Ye Mi, Tian Er, Huang Tulu.
Aus dem Chinesischen von Hanne Chen, Johannes Fiederling, Karin Hasselblatt, Marc Hermann, Ulrich Kautz, Irmy Schweiger

384 Seiten HC
19,90 € (D) 20,50 € (A) 38,00 sFr
ISBN 978-3-941651-00-5
eBook: ISBN 978-3-941651-02-9
13,00 € (D) 13,00 € (A) 24,00 sFr

[Unterwegs]

Li Jingze, der chinesische Literaturkritiker und Entdecker zahlreicher literarischer Newcomer, beschreibt seine China spezifische Erfahrung als »fragmentiertes Gedächtnis«. Was in China in den letzten Jahrzehnten geschehen ist, überfordert die Aufnahmefähigkeit eines Einzelnen; kaum einer bringt noch die Kraft auf, diese von wilden, irrwitzigen Sprüngen und brutalen Zäsuren geprägte Geschichte in seinem Innern zu einem Ganzen zusammenzufügen. Für eine solche »fragmentierte« Erfahrung dürfte sich eine Reihe von Kurzgeschichten besser eignen als andere Textformen.

Jing Bartz als Mittlerin zwischen östlicher und westlicher Kultur lenkte insofern als sie Texte auswählte, die diese Lebenserfahrung und dieses Lebensgefühl Chinas dem europäischen Leser nahe bringen können.

Mosaikartig spiegeln die hier ausgewählten zehn Kurzgeschichten aus China, geschrieben zwischen dem 2002 und 2008, diese höchst komplexe Erfahrungswelt.

Liu Zhenyun

Taschendiebe

Als Liu Yuejin, einem gutmütig-treuherzigen Koch auf einer Pekinger Großbaustelle, seine Geldtasche gestohlen wird, bricht für ihn eine Welt zusammen. Darin waren Bargeld und ein Schuldschein, um sich mit einem kleinen Restaurant selbständig zu machen. Der Bestohlene begibt sich auf die Jagd nach seiner Tasche – eine Jagd, die ihn immer tiefer in die örtliche Unterwelt verschlägt. Statt an seine eigene gerät er an eine andere gestohlene Tasche, die einem vormals milliardenschweren, nun schwer verschuldeten Bau-Unternehmer gehört und einen Memorystick mit hochbrisantem Material enthält. In der nachfolgenden Serie von Zufällen und Verwicklungen, hinterlistigen Intrigen und raffinierten Schach- und Winkelzügen erweist sich der vermeintlich einfältige Koch Liu Yuejin als erstaunliches Schlitzohr und zieht den Kopf noch einmal aus der Schlinge. Allerdings hat er eine Domino-Reaktion von Verwicklungen ausgelöst, aus der er sich so schnell nicht wird befreien können.

Roman
Aus dem Chinesischen von Marc Hermann
Ca. 500 Seiten HC
22,90 € (D) 23,60 € (A) 43,50 sFr
ISBN 978-3-941651-01-2
eBook: ISBN 978-3-941651-03-6
15,00 € (D) 15,00 € (A) 28,00 sFr

[Taschendiebe]

Da erst begriff Yang, dass er einer Räuberbande aufgesessen war; Duanduan war der Köder gewesen, und er hatte in aller Einfalt angebissen. Nun hatte er seine Lektion wirklich gelernt: einen Menschen kann man nicht nach seinem Äußeren beurteilen. Der Kerl, der sich Yangs Kleidung geschnappt hatte, durchsuchte ungeniert die Taschen und zog ein Handy und ein Portemonnaie heraus und aus letzterem Geld und eine Bankkarte. Dann musterte er die Bauchtasche mit dem durchgeschnittenen und wieder zusammengeknoteten Gürtel und förderte aus ihrem Innern ein weiteres dickes Bündel Geldscheine zutage. Danach nahm er aus der Tasche noch einen Personalausweis heraus und las vor: »Liu Yuejin«.Er betrachtete das Foto auf dem Ausweis, ehe er sein nacktes Gegenüber von Kopf bis Fuß musterte: »Sieht dir gar nicht ähnlich«. Da durchfuhr es Yang: Vorhin im Restaurant hatte das Unglück seinen Lauf genommen – und schuld daran war die Bauchtasche, die er einem anderen – dem Koch Liu Yuejin – gestohlen hatte.

Sprachlich einfach und direkt, lebendig und präzise, gewürzt mit einem Humor, den sein Sinn für das Tragikomische auszeichnet. Dabei gelingt dem Autor die Synthese von Gaunerfarce, Sozialmärchen und realistisch-gesellschaftskritischem Roman.

»Realistische Milieuschilderungen des aktuellen Pekinger Großstadtdschungels.«

Kennen Sie unsere Bilder- und Kinderbücher?

Marianne Riemann / Miriam Bröllos – Tante Tuna wohnt im Wuselhaus
13,90 € (D) 14,40 € (A) 26,50 sFr – ISBN 978-3-941651-44-9

Kate Dargaw / Igor Oleynikov – Das kaiserliche Wettrennen
13,90 € (D) 14,40 € (A) 26,50 sFr – ISBN 978-3-941651-41-8

Kate Dargaw / Igor Oleynikov – Das Nian-Monster
13,90 € (D) 14,40 € (A) 26,50 sFr – ISBN 978-3-941651-40-1

K.T. Hao / Giuliano Ferri – Das Zauberbuch
13,90 € (D) 14,40 € (A) 26,50 sFr – ISBN 978-3-941651-42-5

Nydia Yang – Der knallblassrote Luftballon
13,90 € (D) 14,40 € (A) 26,50 sFr – ISBN 978-3-941651-43-2

Detlev Ihnken – Weltreise Nordsee: Wo steckt Lena?
11,90 € (D) 12,30 € (A) 23,00 sFr – ISBN 978-3-941651-70-8

Dagmar Fischer – Weltreise Berlin: Bolle ist verschwunden
11,90 € (D) 12,30 € (A) 23,00 sFr – ISBN 978-3-941651-71-5

Marc Hermann – Weltreise China: Lilli und die Drachenräuber
11,90 € (D) 12,30 € (A) 23,00 sFr – ISBN 978-3-941651-72-2

Silvia Roncaglia / Elena Temporin – Wenn Prinzessinnen zu viel über Prinzessinnen lesen
10,90 € (D) 11,30 € (A) 21,00 sFr – ISBN 978-3-941651-60-9

Silvia Roncaglia / Elena Temporin – Wenn Prinzessinnen immer nein sagen
10,90 € (D) 11,30 € (A) 21,00 sFr – ISBN 978-3-941651-61-6

Silvia Roncaglia / Elena Temporin – Wenn furchtlose Prinzessinnen gegen Monster kämpfen
10,90 € (D) 11,30 € (A) 21,00 sFr – ISBN 978-3-941651-62-3

Silvia Roncaglia / Elena Temporin – Wenn Prinzessinnen sich im Schloss langweilen
10,90 € (D) 11,30 € (A) 21,00 sFr – ISBN 978-3-941651-63-0